바나나 빛 행복

사소한 일상의 달콤한 위로

바나나 빛

행복

오가와 이토 지음

권남희 옮김

RHK
알에이치코리아

차 례

리본

스미레짱은 새를 무진장 좋아하는 사람이다.

내가 초등학교 때는 우리집 이층에 있는 빨래 건조대를 점령하고 버드 워칭으로 하루해를 보냈다. 등나무 흔들의자에 앉아 몸을 달랑달랑 흔들면서, 가끔 물통에 담아 온 달콤한 커피를 홀짝홀짝 핥듯이 마셨다.

마당도 없는 이 집에서 스미레짱이 어떻게 버드 워칭을 할 수 있는가 하면, 우리집 배경이 훌륭하기 때문이다. 바로 뒷집이 오래된 저택이어서, 빨래 건조대에서 바라보는 그곳은 마치 깊은 숲 같다.

그 숲의 나무 한 그루에 새장을 달아 놓은 것은 작년 여름이었다.

뒷집에서 우리집 쪽으로 쭉쭉 뻗어 나온 굵은 나뭇가지가 있었다. 그것을 그 집 주인이 잘라 주겠다고 했을 때, 스미레짱은 깔끔하게 담판을 지었다.

그런 일은 신경 쓰시지 않아도 되니, 대신 새장을 하나 달아주시면 어떨까요? 어쩌고저쩌고 해서.

스미레짱이 눈동자를 빤히 바라보며 부탁을 하니, 어지간한 심술쟁이나 고집쟁이가 아닌 이상 싫다고는 할 수 없었을 것이다.

그 후 스미레짱은 새장에 찾아오는 손님을 학수고대하게 되었다. 우리끼리 몰래 '할아버지'라는 별명을 붙였던 그 크고 오래된 나무에는 호도애와 박새가 자주 놀러 왔다. 예전에는 망원경으로 멀리 나는 새들을 들여다보던 스미레짱도 점점 팔힘이 약해지고, 시력도 떨어져서 할아버지에 새장을 단 것은 굿 타이밍이었다. 이제는 망원경에 의지하지 않아도 가까이에서 새들을 만날 수 있었다.

여름에는 짙은 초록색 잎을 잔뜩 달았던 할아버지도 가을이 되면 빨강과 노랑으로 물이 들고, 겨울에는 그 잎을 아낌없이 떨어뜨렸다. 하지만 봄이 오면 할아버지는 다시 작고 예쁜 새잎들로 덮이고, 여름이 될 무렵에는 바스락바스락 시원스러운 잎으로 가득해졌다.

이렇게 새장이 생긴 지 만 일 년이 지나고 다시 가을을 맞았다.

하지만 새장 자체는 거의 활용을 하지 못하고 있었다. 가끔 새가 상태를 보러 들어왔다가도 오래 머물지 않고, 이내 다시 동그란 구멍을 통해 훌쩍 바깥세상으로 날아가 버렸다.

그래도 스미레짱은 날이면 날마다 할아버지를 지켜보았다.

한때는 나도 스미레짱과 함께 버드 워칭에 빠져 있었지만, 꼼짝 않고 기다리는 데 점점 질려가서 빨래 건조대에 오래 있는 일은 드물었다.

애초에 히바리(일본어로 종달새 – 옮긴이 주)라는 이름을 내게 선물한 사람도 스미레짱이라고 한다. 갓 태어난 조그마한 나를 본 순간 그 이름이 하늘에서 떨어졌다나.

평소 좀처럼 자기주장을 하지 않는 스미레짱인데 그때만큼은 달랐단다. 스미레짱은 새하얀 속싸개에 싸인 나를 누구보다 먼저 꼭 껴안았다고 했다. 그리고 첫마디가 이랬다.

"스미레와 히바리는 영원한 친구야. 분명히 평생 좋은 친구로 지낼 거야."

그러고는 부모님이 서로 의논해서 이름을 지었는데도, 스미레쨩은 완고하게 나를 히바리라고 불렀다.

　나는 부모님에게 무남독녀였지만, 스미레쨩이 너무나 기뻐하며 히바리라고 부르는 모습을 보고, 부모님도 마지못해 스미레쨩에게 이름 짓는 권한을 양보했다고 한다. 사실은 '코子'가 붙는 이름을 짓고 싶었다는 말을 나중에 엄마한테 들은 적이 있다. 그렇게 해서 내 이름은 정식으로 '히바리'가 되었다.

　다만 철이 들고 나서 처음으로 스미레쨩이 들새 도감을 펼쳐 히바리(종달새) 그림을 보여 주었을 때는 솔직히 몹시 실망했다. 거기에 있는 것은 참새를 닮은 수수한 갈색 새로, 빨강 파랑 노랑의 예쁜 빛깔 새를 기대했던 나는 뭔지 모르게 배신당한 기분이 들었다. 그러나 스미레쨩은 아랑곳하지 않았다.

　"하늘에서 일직선으로 내려오는 그 모습이 정말 멋있단다. 한 치의 망설임도 없이 곧장 내려와. 히바리는 꼭 종달새처럼 곧은 여성이 되었으면 해. 난 하늘을 올려다보기만 할 뿐, 날갯짓은 할 수 없으니까."

　스미레쨩의 예언대로 지금 우리는 둘도 없이 친한 친구다.

　같은 반 아이들은 나이가 그렇게 차이 나는데 친한 친구라니 말도 안 된다고 입을 삐죽거린다. 그 애들은 같은 나이가 아닌 사람과의 사이에 존재하는 우정을 상상도 못 했다. 그러나

나는 한두 살 가지고 나이 차 운운하는 아이들 쪽이 더 불쌍했다. 나는 지금까지 한 번도 스미레짱을 '할머니'라고 느낀 적이 없다.

10월에 들어선 어느 화창한 날 오후의 일이다.

언제나처럼 학교에서 돌아와 이층에 있는 빨래 건조대로 곧장 올라갔는데, 스미레짱의 모습이 보이지 않았다. 화장실이라도 간 건가 생각하고 그대로 기다리고 있었지만, 전혀 나타날 기미가 없었다. 뒷집 정원에서는 은은하고 달콤한 향이 흘러왔다. 가을 산들바람을 타고 스미레짱이 제일 좋아하는 금목서 향이 날아온 것이다. 나는 이 향을 스미레짱과 함께 음미하고 싶어서 큰 소리로 스미레짱을 불렀다.

"스미레짱~."

몇 번이나 이름을 불렀을 때야 불쑥 스미레짱이 대답했다.

"무슨 일 있니?"

계단 아래에 스미레짱이 서 있었다. 집 안인데 깊숙하고 화려한 모자를 쓰고 있었다.

"스미레짱, 금목서가 말이에요."

그렇게 말하려고 했을 때였다. 스미레짱이 내 말을 저지하는 손짓을 했다.

나는 계단을 한 칸씩 건너뛰며 기세 좋게 내려갔다. 집이 상하니까 그렇게 뛰어 내려가지 말라고 매번 엄마한테 주의를 받지만, 지금은 스미레짱밖에 없으니 괜찮다. 힘껏 착지하자, 바닥이 둘로 쫙 갈라지는 듯한 소리가 울렸다.

"자, 이쪽으로 오렴, 히바리."

스미레짱이 방문을 열면서 속삭였다.

그런데 나는 지금까지 한 번도 스미레짱의 방에 들어간 적이 없었다. 어떡하지, 하고 망설였더니 스미레짱이 돌아보며 빙긋이 웃었다. 통통한 스미레짱의 뺨은 마치 방금 찐 만두 같았다. 그리고 언제나처럼 온화한 말투로 속삭였다.

"좀 어질러져 있긴 하지만."

들어가는 것이 금지된 것은 아니다. 하지만 왠지 스미레짱만의 성역으로 느껴져 가족 누구도 발을 들여 놓지 않았다. 그것이 우리 나카자토 가의 암묵적 규칙이었다.

나는 태어나서 처음으로 스미레짱 방에 들어갔다. 어두컴컴한 그곳에서는 묘한 냄새가 났다. 다다미 위에 카펫이 깔려 있어서 양식과 일식이 뒤죽박죽인, 하지만 너무나 스미레짱다운 인테리어였다. 이젠 사용하지 않는 피아노 위에 기모노를 입은 인형과 드레스를 입은 인형이 각각 한 무더기씩 놓여 있었다.

방 한복판에 당당히 놓인 침대에는 천장으로부터 얇은 베일 같은 천이 드리워져 있었다. 마치 공주님이 사는 성 같았다.

"절대로 비밀이란다."

스미레짱은 방문을 꼭 닫고 나를 빤히 보았다.

스미레짱의 눈동자는 어째서 이렇게 아름다울까. 나는 그 눈을 볼 때마다 반한다. 모든 탐험가와 모험가가 온 세상을 빠짐없이 뒤져서 간신히 발견한 신비의 호수처럼 빛이 닿는 각도에 따라 연한 하늘색이 되기도 하고 연녹색이 되기도 하고, 군청색이 되기도 한다.

비밀이라는 말의 울림에 양쪽 턱이 쏙 들어갔다.

스미레짱은 거울을 향해 걸어갔다. 요즘 들어 특히 무릎이 안 좋은 것 같았다. 무슨 동작을 할 때든 느리다. 으이쌰, 으이쌰, 마치 할머니 코끼리가 한 걸음씩 앞으로 나아가는 것처럼 느린 동작으로 몸을 움직였다.

드디어 화장대까지 도착하여 의자에 앉는 순간, 스미레짱이 입은 긴 스커트 자락이 동그랗게 커다란 원을 그렸다. 나는 그 뒤에 가만히 가서 섰다.

거울 속의 스미레짱은 눈부신 것이라도 본 것처럼 눈을 가늘게 뜨고 있었다. 나는 아직 한 번도 스미레짱이 화내는 얼굴을 본 적이 없다. 스미레짱이 그냥 가만히 있어도 웃는 것처럼 보이는 것은 양쪽 눈초리가 공원의 미끄럼틀처럼 부드러운 커브를 그리는 탓일지도 모른다. 유감스럽게도 내 눈에는 그 미 끄럼틀 커브가 없다.

나도 거울 너머로 한껏 미소를 건넸다. 스미레짱 어깨 위에 살며시 두 손을 올렸다. 스미레짱의 어깨는 크림이 잔뜩 든 주머니처럼 언제나 폭신폭신하다. 몸 전체가 몰캉한 생크림을 만지는 기분이어서, 나도 모르게 스미레짱의 몸 어딘가를 늘 만지고 있다.

스미레짱이 두 손을 머리 쪽으로 가져가더니 모자챙에 손을 뻗었다. 손가락에는 반짝반짝 빛나는 보석 반지를 끼고 있었다. 그 손으로 진한 연지색 꽃장식이 달린 외출용 모자를 우아하게 들어 올렸다.

스미레짱이 시간을 들여 모자를 벗자, 머리 위에 봉긋하게 묶은 경단 머리가 나타났다. 스미레짱의 단골 헤어스타일로 뒤에서 보면 동그란 떡을 두 개 겹쳐 놓은 것처럼 보인다.

단 한 가닥 검은 머리도 섞이지 않고 온전히 하얀 스미레짱의 머리칼은 축제 때 노점에서 파는 솜사탕이 연상된다. 가까이에서 가만히 보고 있으면 뭔가 혀 위에 올려놓고 싶은 충동이 들어 나도 모르게 침이 고인다.

그런데 스미레짱이 내 눈 바로 앞에서 그 경단 머리에 무언가를 살짝 꽂았다. 어디서 어떻게 보아도, 몇 번이나 눈을 깜박

거리고 보아도, 그것은 열을 재는 체온계가 틀림없었다.

놀람과 동시에 불안해졌다. 스미레짱, 열이라도 있는 건가. 겨드랑이 아래나 혀 밑에서 체온을 재는 건 알고 있지만, 머리칼 속에서 재는 것은 처음 보았다. 어렴풋이 느끼긴 했지만, 역시 어제까지의 스미레짱과는 어딘지 다르다.

"부탁 좀 해도 되겠니?"

체온계에서 시선을 돌리자, 거울 속의 스미레짱과 눈이 딱 마주쳤다. 나를 강렬한 시선으로 바라보고 있었다.

"히바리, 몇 도인지 좀 봐 주렴."

나는 스미레짱이 시키는 대로 머리칼에 꽂혀 있는 체온계를 보았다. 스미레짱이 한 손으로 계속 들고 있는 것이 힘들 것 같아서 내가 대신 체온계를 잡았다. 무릎 위에 가지런히 손을 내려 놓은 스미레짱은 중요한 결과를 기다리는 것처럼 지그시 눈을 감았다. 조금 긴장한 듯 보였다. 얇은 눈두덩이 바람에 나부끼는 비단처럼 떨렸다.

설마.

나는 아까부터 찜찜하게 가슴을 지배하고 있던 불안을 애써 떨쳤다. 같은 반 친구의 할아버지가 치매에 걸려, 요양원에 들어간 것이 불과 지난주 일이다. 그렇지만 스미레짱에게…….
만에 하나 그런 일이 있다면 나도 요양원에 따라가야지.

간신히 마음을 달래면서 스미레짱의 경단 머리에 꽂힌 체온계 수은주가 멈추기를 기다렸다. 집이나 학교 양호실에서 사용하는 것은 디지털식 체온계이지만, 물건을 아껴 쓰는 스미레짱은 아직 구식 낡은 체온계를 그대로 사용하고 있다. 디지털식이었다면 소리로 알려 줄 텐데, 구식은 수은의 움직임이 멈추기를 기다릴 수밖에 없다. 멈춘 것을 확인한 뒤, 은색으로 빛나는 눈금을 읽었다.

"36도 9부."

"고맙다, 히바리."

스미레짱은 나직하게, 하지만 확실한 의사가 담긴 목소리로 말했다. 그 목소리로 나는 방금 전 상상이 조금 지나쳤다는 것을 알았다. 스미레짱에게 그런 일은 있을 수 없다. 틀림없이 언제나의 스미레짱이다. 스미레짱에 관한 거라면 내가 제일 잘 안다.

스미레짱은 머리칼에서 체온계를 뽑더니 눈금을 확인하고, 의자에 앉은 채 체온계를 탈탈 털었다. 그리고 다시 원래대로 서랍에 넣어 놓았다. 어쩌면 이런 방법은 옛날식일지도 모른다. 아기 체온을 엉덩이에 꽂고 재었다는 말을 들은 적이 있기도 하고. 아직 내가 모르는 체온 재는 법이 있을 것이다.

그렇게 생각했을 때, 스미레짱이 다시 머리 위의 경단에 두 손을 뻗었다. 이번에는 경단을 좌우로 가르고 안을 펼치려고 했다.

"여기 한번 보렴."

뭘 하는 건지 대체 알 수 없었다.

그래도 시키는 대로 까치발을 하고, 스미레짱의 머리 꼭대기를 들여다보았다. 그러자 정확히 가마 근처에 연분홍색의 톡톡이 보였다.

또 내 머리에 물음표가 달랑 떴다. 어째서 그곳에 톡톡이 있는지, 스미레짱은 한 마디도 해 주지 않았다. 대신 스미레짱은 그 톡톡이를 한 손으로 천천히 들어 올렸다. 톡톡이란 여름에 땀띠가 나지 않도록 목욕을 하고 난 뒤 파우더를 바를 때 사용하는 솜뭉치 같은 동그랗고 보드라운 도구를 말한다. 큼직한 마시멜로처럼 생긴 그것을 정식으로 뭐라고 하는지 몰라서, 나도 스미레짱도 그냥 톡톡이라고 불렀다.

"깩."

피리를 입에 문 채 크게 재채기를 한 것 같은 이상한 소리가 튀어나왔다.

"어미 새가 포란, 음, 그러니까 알 품기를 멈춘 것 같아."

스미레짱이 중얼거렸다.

"포란?"

나는 지금 막 스미레짱이 말한 낯선 단어를 되뇌었다. 연분홍색 톡톡이 놓여 있는 바로 아래, 스미레짱의 가마 바로 위에 조그맣고 동그란 것이 있었다. 나는 잘못 본 건가 하고, 고양이가 곧잘 그러듯이 손가락 끝으로 눈을 비볐다. 그러나 그것은 몇 번 눈을 깜박여도, 어디서 어떻게 보아도 알이었다.

처음에는 스미레짱의 백발에 묻혀 있어 잘 몰랐지만, 스미레짱은 부드러운 머리칼을 둥지 삼아 알을 품고 있었다. 달걀만큼 크지는 않았지만, 메추리알 같은 반점도 없었다. 아이들 사이에서 그렇게 생긴 초콜릿이 유행인 게 문득 생각나서 이렇게 말했다.

"아주 잘 만든 초콜릿이네요."

초콜릿이라면 스미레짱의 체온으로 녹아 버릴지도 모른다. 초콜릿이 녹는 건 상관없지만, 스미레짱의 하얀 머리가 엉망이 되는 것이 걱정이었다.

"아니야, 히바리."

스미레짱이 단호히 말했다. 장기의 명인이 장군을 부를 때 같은 말투였다.

"이건, 과자가 아냐. 진짜 새의 알이야."

스미레짱은 '진짜'를 특히 강조했다.

스미레짱은 절대로 거짓말을 하지 않는다. 그래서 나는 그게 진짜 새의 알이란 걸 바로 받아들였다.

처음에는 머리칼에 가려서 몰랐지만, 알은 전부 세 개였다. 스미레짱은 놀란 나를 곁눈으로 보며 후후후후, 하고 온화하게 웃었다. 스미레짱이 귀족인가 화족인가 하는 고귀한 집안 출신이라는 사실을 실감하는 것은 이 독특한 미소를 만날 때다.

"무슨 새예요?"

우유 같은 순백색이 아니라, 생크림처럼 진하고 뽀얀 알이다.

"며칠 전, 아주 엄청난 태풍이 왔지 않니? 거기에 놀라서 어미 새가 달아나 버린 것 같아. 그제부터 줄곧 새장을 지켜보고 있었는데, 이제 한계 같더라고. 아침부터 까마귀가 노리고 있길래 책임지고 내가 기르기로 마음먹었단다. 산란하고 며칠은 스물네 시간 따뜻하게 해 주지 않아도 바로 죽는 일은 없으니까. 이 알에게는 아직 희망이 남아 있어."

스미레짱이 말하는 희망이란 아기 새의 탄생을 의미하는 걸까. 하지만 나로서는 이 작고 연약한 구체 속에 새가 될 것이 들어 있고, 그것이 이윽고 진짜 새가 될지도 모른다니, 좀처럼 상상이 되지 않았다.

결국 스미레짱은 마지막까지 어떤 새의 알인지 알려 주지 않았다. 어쩌면 스미레짱도 그걸 모르고 있었는지 모른다.

잠자코 알을 들여다보고 있는데 스미레짱이 다시 화장대 서랍을 열고, 이번에는 가느다란 색연필 같은 것을 꺼냈다. 화장

할 때 쓰는 도구 같았다.

"히바리, 또 좀 도와줄래. 이 펜슬로 알에다가 표시를 좀 해 주렴. 알아보기 쉽도록, 세 개 각각 다른 표시를 해 주면 돼. 앞으로 매일 전란할 거니까."

스미레쨩 입에서 낯선 말이 튀어나왔다. 전람회의 '전람'일까. 그런데 뭔가 좀 발음이 다른 것 같기도 했다. 잠자코 있으니 스미레쨩이 부드러운 목소리로 가르쳐 주었다.

"전란이란 건 알을 굴리는 거야. 알 전체를 골고루 따뜻하게 해 주기 위해 알의 방향을 바꾸어 줘야 하거든. 보면 어미 새가 배 밑에서 알을 굴리지? 원래는 어미 새가 자연스럽게 그걸 해 주지만, 이번에는 인공 부화를 해야 하니까."

나는 스미레쨩이 시키는 대로 알 표면에 그림을 그리려고 했다. 하지만 조금이라도 힘을 주면 알에 금이 갈 것 같아 무서워서 손에 힘이 들어가지 않았다. 아주 잠깐 손가락 끝에 닿은 알은 따뜻하고 부드러웠다. 되도록 힘이 닿지 않도록 세심하게 주의하면서 간신히 세 알에 전부 표시를 했다.

첫 번째 알에는 '☆'을, 두 번째 알에는 'ㅇ'를, 세 번째 알에는 잠시 망설이다 'ㅜ'를 그렸다. 'ㅇ' 다음에 '×'가 오면 재수가 없다고 생각했다. 작업을 마치자 긴장했는지 손바닥에 땀이 뱄다.

"고생했구나."

스미레짱은 손으로 더듬어 톡톡이를 원래 자리에 되돌려 놓더니, 정성껏 경단 모양을 가다듬었다.

되도록 바람이 들어가지 않도록 하는 것 같았다. 경단이 찌그러지지 않도록 조심하여 모자를 쓰면, 거기에 새 알이 숨겨져 있다는 건 아무도 모른다.

이렇게 나와 스미레짱의 알을 보호하는 날들이 시작되었다.

스미레짱은 진짜 어미 새가 되어 머리칼 둥지로 알을 지키고, 나는 스미레짱의 조수로서 최대한 협조했다. 아기 새를 세상에 태어나게 하는 것이 우리에게 주어진 최대의 사명이었다.

포란에서 시작해 전란, 부화로, 나는 지금까지 알 리 없었던 다양한 새 세계의 문을 열었다. 스미레짱 말로는 부화를 위해 가장 중요한 것은 온도와 습도를 일정하게 유지하는 것이라고 했다.

그러기 위해서 스미레짱은 그날부터 목욕을 딱 그만두었다. 아무튼 알이 감기에 걸리지 않도록 최대한 조심했다. 목조 가옥인 우리집은 해가 지면 갑자기 추워진다. 스미레짱은 바로 난로를 꺼내 방을 덥히고, 그 위에 주전자를 올려서 습도를 조절했다.

전란은 내 역할이었다. 이것도 알이 감기 걸리지 않도록 몸이 가장 따뜻해지는 목욕 직후에 하기로 했다.

밤에 몰래 욕실에서 스미레짱의 방으로 서둘러 가면 스미레짱은 버드 워칭 때 사용했던 흔들의자에 느긋하게 몸을 맡기고 있었다. 방 안은 마치 한여름처럼 더웠다. 벽에 걸린 온도계를 흘끗 보니 27도였다. 바깥 기온보다 10도 이상 높았다. 스미레짱의 만두 같은 뺨이 장밋빛으로 은은히 물들었다.

내가 가까이 가자, 스미레짱은 모자를 벗고 익숙한 모습으로 머리칼 속의 둥지를 좌우로 벌렸다.

"아까 히바리가 표시를 해 준 곳이 이번에는 아래로 가도록 돌려 주렴."

나는 알이 깨지지 않도록 엄지와 검지로 신중하게 들어서 이번에는 '☆'과 'ㅇ'와 'ㅜ'가 아래로 가게 알의 방향을 바꾼 뒤, 둥지를 다시 원래대로 돌려놓았다.

무의식중에 숨을 멈추었다. 알의 방향 하나 바꾸는 것만으로 피로가 와르르 몰려왔다. 작은 알은 마치 스미레짱 손가락에 낀 반지의 보석처럼 신비로웠다.

한바탕 작업을 마치자, 스미레짱은 다시 머리칼에 손을 대 봉긋하고 아름다운 모양으로 경단 보금자리를 가다듬었다. 그리고 바로 또 모자를 썼다.

그 후로 내 마음에서는 한시도 알 생각이 떠나지 않았다. 자나깨나 알 생각뿐이었다. 항상 생활을 함께 하는 스미레짱은 더 그랬다. 스미레짱의 일상은 그야말로 알이 중심이 되었다. 알을 춥게 하면 안 된다고 가장 좋아하는 버드 워칭도 그만두었다. 어쨌든 몸을 따뜻하게 해 주는 것을 최우선으로 해서, 온종일 자기 방에 틀어박혀 있었다.

스미레짱 방에 들어가면 곧잘 달콤한 생강 향이 떠돌았다. 휴지통에서 생강 맛 사탕 봉지를 봤는데, 이것도 몸을 따뜻하게 하기 위한 방법이었을 것이다. 스미레짱은 어미 새 그 자체였다.

원래 특이한 스미레짱이긴 했지만, 알의 보호자가 된 뒤로 그 도가 점점 더했다. 스미레짱은 식사 때도 화장실 갈 때도 한시도 모자를 벗지 않았다. 모자는 마치 몸의 일부이기라도 한 것처럼 항상 스미레짱 머리에 붙어 있었다. 내가 전란할 때 이외에는 완고하게 그 비밀을 지켰다.

"스미레짱, 식사하세요~."

알을 덥히기 시작한 지 일주일이 지났다.

나는 거실 커튼을 쳐 놓고, 방에서 정성껏 몸치장을 하는 스미레짱을 불렀다. 스미레짱은 일 년 삼백육십오 일 하루도 빠지지 않고, 저녁을 먹을 때는 예쁜 드레스로 갈아입는다. 그것은 예전에 스미레짱이 샹송 가수로 한 시대를 풍미했던 시절의 무대 의상으로, 소매가 넓고, 허리가 쏙 들어간, 긴 이브닝 드레스다. 스미레짱은 절대 낭비를 하지 않는다. 물건을 아끼는 마음에서 스미레짱은 오래된 무대 의상을 입는 것 같다.

다만 그 무렵보다 살이 쪄서 등 지퍼가 어중간한 위치에 멈춰 있거나, 배 주위의 장식 단추가 금방이라도 떨어질 듯이 달랑거린다. 그런 건 못 본 척하는 것이 철칙이다.

나는 오븐에 스미레짱이 먹을 롤빵을 넣고 100도로 설정한 뒤, 아까 끓인 된장국을 다시 데웠다.

"오늘은요, 감자와 고구마 된장국이에요."

나는 젖은 손을 수건에 닦으면서 스미레짱 쪽을 흘끗 보았다. 오늘은 팥죽색에, 허리에 커다란 리본이 달린 귀여운 공주님 드레스였다. 물론 머리에는 그 모자를 쓰고 있었다.

"히바리, 언제나 고맙구나."

스미레짱은 늘 그렇듯 무릎을 가볍게 구부리는 포즈를 하고, 신묘한 표정으로 의자에 앉았다.

반찬은 꽁치구이. 직장에서 허겁지겁 돌아온 엄마가 도중에 슈퍼에 들러 사 온 반값 할인 스티커가 붙은 꽁치다. 하지만 꽁치는 부모님과 나, 3인분뿐이고 스미레짱이 앉은 자리에는 하얀 수프 접시에 담긴 된장국밖에 없었다. 나는 오븐에 데운 스미레짱의 롤빵을 수프 접시와 세트인 하얀 접시에 담아 조심스럽게 날랐다.

엄마가 밥솥에서 밥을 푸고, 평상복으로 갈아입은 아버지도 자리에 앉았다. 가족 네 명이 모두 식탁에 모였다. 그러고 보니 온 집에 꽁치 냄새가 진동했다.

언제부터 그런 식사 스타일이 확립되었는지 정확하진 않지만, 어느새인가 보니 스미레짱만 가족과 다른 것을 먹고 있었다. 나이를 먹어서 보통 식사를 할 수 없어서인지, 아니면 달리 이유가 있는 건지 어린 나는 모른다. 어쨌든 스미레짱은 아침에도 점심에도 저녁에도 우리와 다른 것을 먹었다.

내가 초등학교 3학년 때부터 엄마가 일을 다시 시작해서, 그후로 스미레짱의 된장국은 내 담당이 되었다. 그렇지만 어려운 건 아니다. 스미레짱의 후원자가 매주 보내 준 채소 가운데 궁합이 좋을 듯한 것을 골라, 육수로 부드러워지게 끓인 뒤, 된장을 풀면 된장국이 된다.

그 된장국 옆에 언제나 사다 두는 롤빵을 데워서 같이 차리면, 스미레짱의 저녁은 완성이다. 외국에서 살았던 적도 있다고 하는 스미레짱에게 된장국과 빵의 조화는 그리 이상하지 않은 것 같았다. 그 조화가 스미레짱에게는 자연스러운 것이었다.

참고로 스미레짱의 아침 식사는 과일과 샐러드이고, 점심은 비스킷에 커피로 정해져 있다. 스미레짱은 상송 가수 시절, 다양한 시설에 기부를 했는지 당시 스미레짱에게 신세를 진 사람들이 지금도 감사 표시로 여러 가지를 보내 주고 있다. 그래서 스미레짱의 식사는 대부분 그런 답례의 선물로 해결한다.

아빠와 엄마와 내가 열심히 꽁치 뼈를 바르는 것을 곁눈으로 보며, 스미레짱은 평온한 얼굴로 된장국을 먹었다. 스미레짱은 스푼을 사용하여 된장국을 먹는다. 미역이나 무도 스푼으로 능숙하게 떠서 입으로 가져간다. 그 우아한 움직임에 넋을 잃고 있다 보면, 내 식사 따위 그만 잊어버리고 만다.

내가 아는 한, 스미레짱은 한 번도 식탁에 된장국을 흘린 적이 없다. 아빠처럼 후룩후룩 소리 내어 마신 적도 없다. 어쩜 저렇게 우아하게 된장국을 먹을 수 있을까, 하고 나는 매번 감탄한다. 게다가 스미레짱은 반드시 다른 가족이 식사를 마치는 것과 같은 타이밍에 수저를 내려놓는다. 혼자만 빨리 먹어 치우거나, 반대로 혼자만 계속 먹고 있거나 하지 않는다. 그리고 식후에는 작은 잔에 따른 브랜디를 천천히 마시고, 쓴 초콜릿을 딱 한 조각 입에 넣어 혀 위에서 천천히 녹여 먹는다. 나는 스미레짱이 일본에서, 아니, 세계에서 가장 마지막 남은 귀부인이 아닐까 생각했다.

그런 스미레짱을 부모님은 전혀 이해하지 못하는 것 같았다. 극히 평범한 감성의 소유자인 부모님에게는 스미레짱의 옷부터 식사법, 정중한 말씨까지 모든 것이 우주인처럼 느껴지는 모양이었다. 그래서 우리집 식탁에 밝은 대화 같은 건 거의 없었다. 내 앞에서는 얘기를 잘하는 스미레짱도 부모님이 함께 있으면 갑자기 조개처럼 입을 다물었다.

아빠가 말하기로, 스미레짱은 양갓집 규수가 그대로 할머니가 된 사람이었다. 세상 사람들이 말하기로는 스미레짱과 나는 할머니와 손녀 관계에 해당하지만, 실제로 아빠는 스미레짱이 낳은 친자식이 아니다.

내가 스미레짱에 관해 알고 있는 것은 아주 뼈대 있고 유복한 집안에서 태어났다는 것이다. 하지만 전쟁 후 얼마 되지 않아, 부모님과 동시에 지위도 명예도 재산도 모두 잃었다. 그 후에는 가수로 생계를 꾸려 나갔지만, 간신히 궤도에 오를 즈음 큰 병을 앓아 갑자기 노래를 부를 수 없게 되었다. 그 무렵에는 남에게 말할 수 없는 일도 많이 했다고 한다.

우리 아빠를 양자로 들인 것은 스미레짱이 다시 무대에서 노래 부르게 되어, 생활도 안정되고 남에게 말할 수 없는 일을 하지 않아도 되는 사십 대 중반 무렵이었다. 스미레짱이 교통사고로 부모를 잃고, 시설에서 자라던 아빠를 입양한 것이다.

그리고 아빠가 성인이 되어 엄마와 결혼한 후에도, 이렇게 한 지붕 아래, '가족'으로 살고 있다.

물론 부모님은 스미레짱에게 차갑거나, 심술을 부리거나, 집에서 쫓아내거나 하지는 않았다. 그렇지만 어딘지 모르게 거리를 두고 대했다. 그 편이 오히려 스미레짱은 마음 편하지 않을까 나 혼자 멋대로 생각했다.

다음 날, 학교에서 돌아오니, 어쩐 일로 집에 음악이 흐르고 있었다. 좁은 집이어서 소리가 온 사방에 퍼져, 나의 "다녀왔습니다." 인사도 지워져 버렸다.

내가 몰래 스미레짱 방을 들여다보자, 스미레짱은 흔들의자에 몸을 맡기고 한잠에 빠져 있었다. 스미레짱은 알을 신경 쓰느라 밤에도 거의 자지 않는 생활을 하는 것 같았다. 분명 수면 부족일 것이다.

여자의 노랫소리였다. 그 노래를 듣고 있으니 마음이 아프기도 하고 반갑기도 하고, 뭐라 표현할 수 없는 안타까운 기분이 들었다. 어딘가에서 들어 본 것 같은 목소리였지만, 누구의 목소리인지는 생각나지 않았다. 전체적으로 가라앉은 분위기의 노래도 있고, 즐겁게 춤추면서 부를 만한 노래도 있었다. 듣고 있으니 바다 위에서 출렁출렁 파도에 흔들리는 듯한 느낌이 들었다.

　내가 가방을 열 때, 찰칵하고 소리가 나서 스미레짱이 깨 버렸다.

"히바리?"

　스미레짱이 깜짝 놀랐다.

"다녀왔습니다. 방금 왔어요."

　나는 작은 소리로 그렇게 말하면서 스미레짱 옆에 살며시 다가섰다.

"어머나, 내가 깜박 잠이 들어 버렸네."

　스미레짱은 만두 같은 통통한 뺨에 두 손바닥을 갖다 댔다. 그리고 퍼뜩 틀어 놓은 음악을 깨달았는지 당황한 모습으로 흔들의자에서 일어났다. 스미레짱이 일어선 순간, 흔들의자가 깜짝 놀란 듯이 커다랗게 호를 그렸다.

　스미레짱이 레코드 바늘을 들어 올리자, 갑자기 집 안이 고요해졌다. 스미레짱이 음악을 듣는 것은 몹시 드문 일이었다.

　나는 재빨리 일과가 된 체온 측정을 했다. 이제 특별히 뭐라고 말하지 않아도, 쿵하면 짝하는 호흡으로 스미레짱은 모자를 벗는다. 나는 서랍에서 체온계를 꺼내, 눈금이 내려가 있는 것을 확인한 뒤, 조심스럽게 스미레짱의 경단 머리에 끝 부분을 찔러 넣었다.

처음에는 이 작업이 영 쉽지 않았다. 체온계 끝이 알에 닿아서 깨지면 어떡하나, 무서워서 좀처럼 체온계를 안까지 넣을 수가 없었다. 하지만 그러면 아무래도 보금자리 속의 정확한 온도를 잴 수 없다. 나는 매번 체온계 끝에 내 눈이 달린 것 같은 기분으로 손으로 더듬어 최고의 위치를 찾아냈다. 며칠 전부터는 드디어 떨지 않고 체온을 잴 수 있게 되었다.

"스미레짱이 집에서 음악을 듣다니 신기하네요."

아까 레코드가 생각나서 넌지시 말을 건넸다. 눈으로는 체온계 눈금이 슬금슬금 올라가는 것을 계속 지켜보고 있었다.

정말로 있을 수 없는 일이다. 부모님은 노래방 가는 게 취미여서 종종 나도 데려가지만, 그럴 때도 스미레짱은 완강하게 거부하여 노래는커녕 스미레짱의 콧노래도 들은 적이 없다. 노래를 부르기는 고사하고 음악을 듣는 일도 없어, 음악 그 자체에 거리를 두고 있다는 느낌이었다. 어쩌면 스미레짱이 레코드 듣는 모습을 본 것은 이번이 처음이었는지도 모른다.

하지만 스미레짱은 아무 대답도 하지 않았다. 마치 내 질문 같은 건 처음부터 없었던 것처럼. 체온계는 정확히 37도에서 멈추었다.

목욕 후 전란을 하기 위해 다시 스미레짱 방으로 가자, 화장대 위에 낡은 앨범 한 권이 있었다. 이제 겨울이 바로 저기까지

와 있었다. 스미레짱은 후원자가 보내 주었다는 빨간 털실로
짠 양말을 신고, 목에도 같은 털실로 짠 목도리를 둘둘 말고 있
었다.

무사히 전란 역할을 마친 내게 스미레짱은 부드러운 목소리
로 속삭였다.

"히바리, 잠깐만 시간 좀 내줄래?"

나는 스미레짱의 침대에 가볍게 걸터앉았다. 그날 이후, 스
미레짱의 침대에는 잠을 잔 흔적이 거의 없다. 스미레짱은 앨
범을 안고 와서 내 옆에 앉았다. 부드러운 침대가 불규칙하게
흔들려, 스미레짱에게로 쓰러질 뻔했다. 스미레짱은 나를 감
싸 안듯 한쪽 팔로 두르고 내 무릎 위에 앨범을 놓았다.

"예옛날, 옛날의 나란다."

너덜너덜해진 앨범 표지를 넘기면서 스미레짱은 조금 부끄
러운 듯이 말했다. 한 장 한 장 넘길 때마다, 마치 오래된 나무
문을 열 때처럼 끼이이익, 하고 작은 소리가 났다. 앨범 페이지
는 이미 물엿 같은 색으로 변했고, 사진은 하나같이 흑백에 연
한 색이 든 것뿐이었다.

"이제는 이런 할망구가 돼 버렸지만, 내게도 젊은 시절이 있
었단다, 히바리."

거기에는 젊은 날의 스미레짱이 있었다. 지금의 나보다 훨

씬 젊고 어려 보이는, 꼬마 스미레짱도 있었다. 피부가 뽀얗고, 예쁜 드레스를 입은 모습이 마치 스미레짱 방에 장식해 놓은 프랑스 인형 같았다. 나보다 어린 스미레짱을 만나다니, 뭔가 묘한 기분이 들었다.

"예뻐라."

어떤 한 장의 사진을 보고 나는 엉겁결에 중얼거렸다.

"이건."

스미레짱이 말했다.

"유명한 성악가 선생님한테 제자로 들어가, 선생님 댁에서 함께 살며 노래와 예법을 배우던 시절의 사진이야. 지금 생각 하면 그 시절이 가장 유복했던 것 같구나."

새하얀 식탁보를 깐 둥근 식탁에서 커피 잔을 들고 미소 짓 는 단발머리 여자가 있었다. 어쩐지 이 사람이 스미레짱 같았 다. 그 옆에는 스미레짱보다 훨씬 연상으로 보이는 여자도 찍 혀 있었다. 확실히 스미레짱의 웃는 얼굴은 그늘 한 점 없이 정 말 진심으로 행복해 보였다.

한 장 한 장 추억을 이야기하면서, 스미레짱은 세피아 색 사 진을 잇따라 보여 주었다.

그 중에는 스미레짱이 유럽으로 유학 간다는 걸 알리는 당 시 신문 스크랩도 있었다. 하지만 결국 전쟁이 시작될 무렵이어서 유학은 실현되지 못한 것 같았다.

"처음에는 오페라를 배웠단다."

스미레짱은 그 시절을 바라보는 듯한 시선으로 희미하게 웃으면서 이야기했다.

"세계 대전 중에는 선생님과 함께 큰 홀에서 여러 차례 콘서트를 했지. 콘서트라고 해도 대동아 교향악단이라는 오케스트라가 반주를 해 준 화려한 무대였어. 하지만 전쟁에 지고, 샹송이라는 새로운 음악이 일본에 들어왔는데, 이번에는 샹송에 빠져서 단번에 오페라를 버렸단다. 당시에 샹송은 우리 말 가사가 붙어 있지 않아서, 난 열심히 번역해서 붙이곤 했지. 내가 가사를 붙인 노래가 전후에 대히트한 적도 있단다."

그렇게 말하고 스미레짱은 자세를 바로 하더니,

"실은 오늘 들었던 레코드 있잖아. 그게 내 젊은 시절 작품이야."

무대에 서서 노래하는 자신의 모습을 바라보는 듯 중얼거렸다.

"역시."

아마도 그럴 것 같았다. 하지만 레코드 재킷에 쓰인 이름이 달라서 아닐지도 모른다고 생각해 굳이 그 자리에서는 언급하지 않았다.

"이제 내 노래는 절대로 듣지 않기로 마음먹었거든. 그런데."

거기서 말을 끊고, 스미레짱은 빙그레 웃더니 자신의 머리를 가리켰다. 그리고 자신의 얼굴을 가리키고, 두 손을 나풀나풀 흔들며 새가 나는 시늉을 했다.

"태교를 해 주기로 했어."

스미레짱은 달콤새콤한 것을 입에 넣은 것 같은 얼굴로 말했다. 태교란 배 속의 아기에게 멋진 음악을 들려주는 것을 말한다.

"지금부터 노래를 들려주면 분명 나를 어미 새라고 인정해 주지 않을까 해서."

그렇지만 내 속에서 무언가가 작은 뼈처럼 걸렸다. 나도 아까 스미레짱의 목소리란 걸 확실히는 몰랐던 것이다. 나는 스미레짱한테 과감하게 말했다.

"그렇다면 스미레짱이 직접 노래를 불러 주면 되잖아요?"

내 말에 스미레짱의 표정이 어두워졌다.

"그렇지만 엄마는 역시 젊은 편이……."

몇 초 뒤, 스미레짱은 불안한 표정으로 그렇게 중얼거리면서 호수 같은 눈동자로 내 얼굴을 들여다보았다. 나는 조금 망설였지만, 단호히 말하기로 했다. 스미레짱의 눈동자를 빤히 보았다.

"옛날 목소리를 들려주는 게 아니라, 스미레짱의 지금 목소리로 노래를 불러 줘요. 그러지 않으면 의미가 없어요. 태어난 아기 새가 혼란스러워 할 거예요. 자식은 어떤 엄마든 모두 좋아해요. 스미레짱, 그렇게 걱정하는 거 이상해요."

스미레짱의 눈에 점점 눈물이 고였다. 외모는 할머니인데 눈앞에 있는 스미레짱은 엄마한테 혼난 어린 여자아이 같았다.

왠지 모르게 그러는 것이 자연스럽다고 생각돼서, 나는 스미레짱을 꼭 껴안았다. 스미레짱의 어깨에 얇은 거즈라도 걸쳐 주는 것처럼.

내 힘없는 팔 안에서 스미레짱은 조용히 울었다. 나는 스미레짱의 통통하고 부드러운 등을 계속 부드럽게 어루만져 주었다. 마치 내가 스미레짱의 엄마가 된 것 같은 기분으로.

"이제 괜찮아, 히바리. 고마워."

스미레짱은 잠시 내 팔 안에서 호흡을 가다듬은 뒤, 벚꽃 색으로 물든 얼굴을 들고 나를 올려다보면서, 촉촉한 목소리로 중얼거렸다. 스미레짱 눈가의 미끄럼틀에 눈물이 한 방울 대롱거렸다. 그리고,

"내일부터 노래 연습을 하자꾸나."

밝은 목소리로 선언했다.

"나는 역시 노래밖에 할 줄 아는 게 없어. 그 정도밖에 아기

를 기쁘게 해 줄 일이 없네."

스미레짱은 알을 아기라고 불렀다. 알을 보호한 뒤로 처음 한 말이었다.

스미레짱은 개운한 표정으로 일어섰다. 내 팔과 품에는 아직 스미레짱의 온기가 은은하게 남아 있었다.

"맞아요, 내일부터 연습해요."

나도 다독거리며 말했다.

그리고 서로 굿나잇 인사를 하고 위층과 아래층으로 헤어졌다. 어디선가 부우우엉하고 부엉이 우는 소리가 났다.

다음 날부터 스미레짱은 바로 노래 연습을 시작했다. 먼저 발성 연습부터.

나는 부엌에서 된장국을 끓이면서 스미레짱의 노랫소리에 귀를 기울였다. 스미레짱은 처음에는 목에 가래가 걸린 듯한, 답답하고 쉰 소리밖에 내지 못했지만, 연습을 거듭할수록 점점 집 안이 울리도록 투명한 목소리를 내게 되었다.

스미레짱은 너덜너덜해진 오래된 악보를 보면서 몇 곡이고 닥치는 대로 노래를 메들리처럼 계속했다. 노래들은 하나같이 익숙하고 반가운 곡들로, 일본어도 있고 외국어 가사가 섞인 것도 있었다.

스미레짱은 가사를 모르거나 생각나지 않는 곡은 전부 라라 라라로 불렀다. 스미레짱이 즐거워 보여서 내가 만든 된장국까지 맛있어질 것 같았다.

그날 이후, 학교에서 돌아오면 언제나 집 안에 보이지 않는 음표가 넘쳐났다. 그리고 문득 정신을 차리고 보면 마지막에는 언제나 스미레짱이 같은 노래를 반복해서 부르고 있었다. 그것은 가사에 새 이름이 나오는 일본어 노래로, 그 노래가 가장 스미레짱의 목소리에 잘 어울렸다. 분명 스미레짱에게 특별한 감회가 있는 곡이리라. 나는 부엌에 서서 그 노래를 듣는 것이 즐거웠다.

그런데 주말이 되어도 알은 여전히 그대로였다.

나는 슬슬 불안해졌다. 알에는 유정란과 무정란이 있다. 무정란이라면 아무리 따뜻하게 해 주어도 새가 되지 않는다는 것을 알고 있다. 나는 아기 새가 알을 깨지 않는 것보다 그것 때문에 스미레짱이 침울해할까 봐 그게 더 두려웠다.

스미레짱은 여전히 머리칼 둥지 속에서 알을 덥히고 있었다. 그 모습에는 조금의 망설임도 없었다. 그래서 나도 체온 재기와 전란을 계속했다. 이제 스미레짱의 머리칼은 새 둥지 그 자체가 되었다.

토요일 저녁 무렵, 스미레짱이 2층에 있는 내 방까지 일부러 찾아왔다. 빨래 건조대의 버드 워칭을 그만두어서 스미레짱이 2층까지 올라오는 것은 오랜만이었다. 무릎이 안 좋은 스미레짱이 가파른 계단을 올라오는 것은 고생이었다. 내 방에 나타난 스미레짱은 지칠 대로 지친 표정으로 헉헉거렸다.

"이제 목욕하고, 전란하러 가려던 참이었어요."

나는 침대에서 뒹굴며 순정 만화를 읽고 있었다. 마침 클라이맥스이기도 해서 말투가 조금 까칠해졌다.

"있잖아."

스미레짱은 나와 같은 세대의 여자아이 말투로 우물거렸다.

"히바리하고 같이 안을 보고 싶어서……. 그렇지만 이따가 오는 편이 나을까?"

문득 보니 스미레짱의 왼손에 거울이 두 개 들려 있었다. 게다가 두 손에는 빨간 장갑을 끼고 있었다.

"안을 본다니요?"

지금 막 스미레짱이 한 말이 걸렸다.

이제 일일이 주어를 말하지 않아도 둘이서 나누는 대화의 내용은 거의 알에 관한 것이다. 하지만 안을 본다니, 설마 알의 껍데기를 깨 보자는 건가……. 내가 어지간히 놀란 얼굴을 했던 모양이다. 스미레짱은 황급히 덧붙였다.

"히바리 책상에 스탠드 있잖아. 그걸 잠시만 빌려줄 수 없을까 해서."

"스탠드?"

읽고 있던 만화책을 침대에 덮어 놓고 일어났다. 어느새 밖이 어두워져 있었다.

"내 방 불빛은 와트 수가 낮아서 잘 보이지 않거든."

아직도 스미레짱이 무슨 말을 하는지 잘 파악할 수 없었다.

"알 속에서 아기가 잘 자라고 있는지 이 단계에서 한번 확인해 둘까 싶어서."

"그런 게 가능해요?"

나는 정말로 놀라서 스미레짱의 머리 쪽을 말똥말똥 보았다. 그게 가능하다면 나도 지금 당장 보고 싶다. 이까짓 만화책 따위.

"형광등에 알을 비추면 대강 보일 것 같아."

불안한 표정으로 스미레짱이 말했다.

그리고 스미레짱은 평소 내가 쓰는 책상 의자에 앉았다. 스탠드 스위치를 켜자, 파르스름한 빛이 스미레짱의 얼굴 전체를 골고루 비추었다. 스미레짱은 머리 쪽으로 두 손을 가지고 가서 익숙한 손놀림으로 모자를 벗었다. 여전히 스미레짱의 경단 머리가 작은 알을 감추고 있었다. 그 후 줄곧 스미레짱은 머리를 감지 못했을 텐데 이상한 냄새는 나지 않았다.

머리칼 둥지를 헤치고 안에서 연분홍빛 톡톡이를 꺼냈다. 역시 아직 알은 깨어나지 않았다.

"히바리, 이걸 좀."

스미레짱이 내게 거울을 내밀었다. 거울을 사용해서 둥지의 알을 보려는 것 같았다. 나는 스미레짱에게 머리맡이 보이도록 거울 각도를 미세하게 조절했다.

"맞아, 거기. 그대로 조금만 들고 있어 주렴."

스미레짱은 빠르게 말하더니 장갑을 벗고, 신중하게 둥지 속에서 알 한 개를 들어 올렸다. 차가운 손으로 만져서 알의 온도가 내려갈까 봐 장갑을 끼고 있었던 것이다.

마치 오락실에 있는 봉제 인형을 집는 기계 같았다. 떨어뜨리지 않도록 신중하게 알을 들어 올려, 그대로 형광등 쪽으로 이동했다. 보고 있기만 해도 식은땀이 났다.

몇 초 뒤,

"살아 있네."

스미레짱은 엄숙한 목소리로 중얼거렸다.

"봐, 여기가 심장이야. 히바리, 희미하게 움직이는 것이 보이지?"

스미레짱이 나직한 목소리로 말했다. 다만 스미레짱만큼 새를 잘 모르는 나는 그것이 확실히 알이 살아 있는 증거란 건 알 수 없었다.

알은 형광등 빛을 차단하고, 불투명한 잿빛으로 부옇게 빛났다. 마치 강가에 구르는 동그스름한 돌멩이 같았다. '☆' 표시를 한 알이었다. 그것을 다시 둥지에 돌려놓았다. 이 작업을 두 번 더 되풀이했다.

형광등 빛을 차단한 것은 처음의 '☆'뿐이었다. 'ㅇ'와 'ㅜ'는 아무리 스탠드에 가까이 가져가도 빛을 다 통과시켰다. 그것은 알 속에서 아무 변화가 일어나지 않고 있음을 말없이 보여 주는 것이었다.

그래도 스미레짱은 남은 두 개도 똑같이 머리칼 둥지로 돌려놓았다. 스미레짱은 그 사실에 관해 한 마디도 하지 않았다. 다시 모자를 똑바로 쓰고, 입술을 악물고 아래층으로 내려갔다.

월요일이 가고, 화요일이 가고, 수요일이 되었다.

아기 새는 좀처럼 나오지 않았다. 나는 정말로 불안해졌다. 왜냐하면 스미레짱의 예상대로라면 태어날 가능성이 있는 것은 '☆' 표 알뿐이다. 희망은 단 한 개밖에 없다.

"괜찮아, 히바리."

가슴 가득한 불안이 얼굴에 나타났던 걸까. 체온을 잴 때, 스미레짱이 달래듯이 말했다.

"그렇지만 좀처럼 안 깨어나잖아요."

속에 가둘 수 없어진 불안이 가스처럼 팽창하여 거친 말이 되었다. 말한 뒤에 아차 했지만, 이미 늦었다. 스미레짱을 상처 입혔을지도 모른다.

"하루 더 기다려 보자꾸나. 기다리는 시간이 길면 길수록 만났을 때의 기쁨이 커진다고 하니. 알겠지, 히바리? 히바리 때하고 똑같아."

"나 때하고 같다니, 무슨 말이에요?"

"히바리도 엄마 뱃속에서 좀처럼 나오지 않았거든."

스미레짱이 아스라한 눈으로 어딘가를 보았다.

"그랬군요."

나는 지금까지 내가 태어날 때의 이야기를 아무한테도 들은 적이 없었다.

스미레짱은 노래를 부르기 시작했다. 내가 좋아하는 그 노래였다.

나는 가슴속 불안을 떨쳐 내듯이 함께 흥얼거리며 불렀다. 신기하게도 소리 내어 노래를 부르니 정말로 불안한 마음과 무서운 마음이 조금씩 줄어서 소리 없는 방귀처럼 쑤욱 몸 밖으로 빠져나갔다.

스미레짱의 된장국을 만들 무렵에는 밝은 희망이 싹트고 있었다.

목요일에는 방과 후에 동아리 활동이 있었다. 평소보다 하교 시간이 늦어서 집에 돌아오는 길에는 어둠이 조금씩 내리기 시작했다. 성미 급한 별들은 찔끔찔끔 모습을 드러냈다.

나는 동아리 활동에 사용한 앞치마와 머릿수건을 넣은 가방을 현관에서 복도를 향해 힘껏 던졌다. 빈손으로 서둘러 신발을 벗고 들어가면서 책가방도 복도에 내던졌다. 욕실로 직행해 볼일을 보고 양치질을 마친 뒤, 서둘러 스미레짱 방으로 향했다.

"스미레짱, 다녀왔어요!"

힘차게 인사하면서 아무 주저도 없이 문을 벌컥 열었다. 이제 스미레짱 방에 들어갈 때 느끼던 약간의 주저감도 거의 모습을 감추었다.

어서 오렴, 하는 부드러운 목소리 대신 스미레짱은 왼손 검지를 세워 입술 앞에서 흔들었다.

무슨 일이 있었던 것일까. 이번에는 아까와 달리 살금살금 스미레짱 옆으로 이동했다. 거울에 비친 스미레짱은 그곳만 빛이 소복이 쌓인 것처럼 봄날 같은 온화한 표정을 짓고 있었다.

"아까부터 귀를 기울이고 있는데 소리가 나."

말을 마치자마자, 스미레짱의 얼굴 전체가 환하게 다이아몬드처럼 빛났다.

나는 스미레짱이 쓰고 있는 모자에 귀를 바싹 갖다 대었다. 집중해서 귀를 기울이니 정말로 희미한 소리가 들리는 것 같기도 했다. 하지만 그것이 확실히 알에서 나는 소리인지 어떤지는 잘 알 수 없었다.

"듣고 보니 그런 것 같기도 한데……."

모호하게 내가 끄덕이자,

"히바리, 확인해 볼래?"

스미레짱이 딱 부러지게 말했다.

스미레짱이 천천히 모자를 벗었다. 이번에는 더 또렷하게 울음소리 같은 것이 울렸다. 칫칫칫 하는 혀를 차는 것 같은 소리였다. 불안과 기대가 내 가슴에서 서로 밀어내기 놀이를 하듯이 힘을 겨루었다.

천천히 심호흡을 한 뒤, 스미레짱의 경단 머리에 손을 뻗쳤다. 머리칼 둥지를 양쪽으로 가르고 안에서 톡톡이를 꺼냈다. 그대로 스미레짱에게 건넸다.

"어떤 상태야?"

기다리기 초조하다는 목소리로 스미레짱이 물었다.

"어, 그러니까."

까치발로 서서 둥지 속을 들여다보았다.

자세히 보니, 한 개의 알이 달달 떨고 있고, 표면에 작은 구멍 같은 것이 뚫려 있었다. 틀림없이, '☆' 표 알이다. 어쩐지 아까부터 들리던 소리는 역시 그 알에서 나는 것 같았다.

"알에서 아기 새가 나오려고 하는 것 같아요."

그 말의 엄청난 의미를 음미하면서 나는 소리를 낮추어 스미레짱에게 말했다. 큰 소리로 말하면 아기 새가 놀랄 것 같았다. 순간적으로 긴장이 파도처럼 밀려왔다. 내 심장이 마구 거칠어졌다. 늑골을 주먹으로 두드리며 여기서 꺼내 줘, 여기서 꺼내 줘, 하고 큰 소리로 호소하고 있었다.

"드디어 때가 온 것 같네."

스미레짱이 나직하고 조용한 목소리로 말했다. 완전히 흥분한 나와 반대로 스미레짱은 몹시 냉정했다.

"히바리, 좀 도와줄래? 알을 안전한 곳으로 옮기자. 머리칼에 엉키면 안 되니까."

정신을 차리고 보니 스미레짱은 이미 왼손에 거울을 들고 대기하고 있었다. 나는 그 거울을 움직여서 스미레짱에게 둥지 속 모습이 보이도록 각도를 맞추었다.

스미레짱은 오른손 엄지와 검지로 신중하게 '☆' 표 알을 집었다. 천천히 들어 올려, 이번에는 그것을 내 손바닥 위에 살며시 놓았다.

"나는 할망구여서 체온이 낮으니까. 히바리가 떨어뜨리지 않도록 이 아이를 잘 잡고 있어 줘."

한 손만으로는 불안해서 그 아래 또 손바닥을 받치고, 두 손으로 가볍게 밥공기 모양을 만들었다. 책임이 중대하다. 내 부주의로 알을 떨어뜨린다고 생각하면 정말로 숨을 쉬는 것도 무서워진다. 어깨에 힘을 잔뜩 넣고 어떡하든 손바닥 모양이 바뀌지 않도록 조심했다. 꼼짝 않고 있으려니 긴장해서인지 손이 떨렸다. 갑자기 화장실에 가고 싶었다. 그러나 지금은 참을 수밖에 없다. 설령 오줌을 싸는 일이 있더라도 지금 나는 알을 지켜야만 한다.

스미레짱이 자리를 양보해 주어서 나는 화장대 의자에 가볍게 걸터앉았다. 그때도 천천히 신중을 기하여 몸을 움직였다.

알은 고작 사탕 크기만 해서, 눈으로 보면 무언가 있다는 걸 알지만, 눈을 감으면 거의 무게도 느껴지지 않을 만큼 가벼웠다. 그 알이 지금 내 손바닥에서 필사적으로 깨어나려 하고 있다. 좀 전까지 아주 작은 구멍이었는데, 어느새 보니 그 주위에 돌아가며 균열이 생겼다. 어쩌면 이렇게도 예쁘게 선이 생기는 걸까. 누군가에게 배운 것도 아닐 텐데, 아기 새는 자신이 어떻게 하면 알에서 잘 나갈 수 있는지 알고 있었다.

"제대로 움직이고 있어요!"

마치 몸에 찰싹 붙은 젖은 스웨터를 어떡하든 손을 대지 않고 벗으려는 것 같았다. 낑낑낑 격렬하게 몸을 비틀었다. 내 손바닥에서 알이 활발하게 움직였다.

스미레짱 쪽을 슬쩍 보니, 알을 바라보는 눈에 눈물이 글썽거렸다.

힘내, 힘내.

힘내, 힘내.

나는 필사적으로 응원을 보냈다.

드디어 알의 움직임이 격렬해졌다. 나는 손바닥을 꼭 붙이고 알이 아래로 떨어지지 않도록 보호했다. 나도 모르게 턱이 으스러지도록 어금니를 꽉 물고 있었다.

눈 깜짝할 사이의 사건이었다.

껍데기가 두 개로 갈라진 순간, 안에서 맨몸뚱이의 아기 새가 몸부림치듯이 기어 나왔다. 그야말로 탈출극이었다. 머리에는 껍데기가 붙은 채여서 베레모를 쓴 것 같았고, 엉덩이 쪽에도 껍데기가 붙어 좀처럼 떨어지지 않았다. 얼핏 봐서는 어디가 어딘지 알아볼 수가 없었다.

순간, 아기 새가 울지 않아서 불안했다. 엉겁결에 스미레짱을 돌아보았을 때, 생각났다는 듯이 아기 새가 울기 시작했다. 칫, 칫, 칫, 칫, 소리가 아까보다 훨씬 또렷하게 들렸다.

이윽고 엉덩이에 붙어 있던 껍데기가 떨어지고 전체 모습이 드러났을 때, 나는 손바닥 위에서 꼼틀꼼틀 움직이는 것이 정말로 새인가 의심했다. 새라기보다 사람 아기를 몇 십 분의 일로 축소한 것 같았다. 털은 아주 일부분에만 붙어 있을 뿐 거의 알몸으로, 머리만 극단적으로 크고, 그 큰 머리의 대부분을 까맣고 커다란 눈이 차지하고 있었다. 게다가 머리 전체가 반투명의 얇은 비닐로 덮여 있어서 마치 우주인 같았다. 자그마한 몸에는 가녀린 팔다리가 달려 있었다. 손으로 보이는 것은 아마 날개 부분일 것이다. 하지만 눈앞에 누워 있는 새의 그것은 장래 하늘을 날기 위한 도구가 될 거라고는 도저히 상상할 수 없었다. 기묘한 각도로 구부러져 있고, 크기도 어중간해 신이 실수로 달아 놓은 것처럼 어설펐다.

내가 갓 태어난 아기 새를 정신없이 보고 있을 때,

"무사히 태어나 주어서 고맙구나."

스미레짱이 마치 신에게 기도하는 듯한 신성한 목소리로 아기 새에게 인사를 했다. 아기 새는 너무나 작고 가녀려서 나도 간단히 손가락으로 뭉개 버릴 수 있을 것 같은 몸인데도 제대로 생명을 갖고 살아 있다.

감동해하는 내 옆에서 스미레짱은 아기 새를 위한 새 잠자리를 준비했다.

"자, 신생아실이 준비되었습니다."

스미레짱이 손에 모자를 들고 있었다. 지금까지 새 둥지를 지키기 위해 한 몸처럼 지내던 모자다. 바닥 부분에 몇 장의 티슈를 깔았다. 머리 부분이 마침 볼록하게 꺼져 있어 어딘지 모르게 편안해 보였다.

"이제 머리칼 둥지에서는 키우지 않아요?"

당연히 거기서 다시 육아를 할 줄 알았다.

"앞으로는 이 아이한테 밥도 주어야 하니까. 게다가 계속 여기서 살면 아기한테 내 얼굴이 안 보이잖아?"

스미레짱이 자신의 경단 머리를 가리키며 말했다. 거기에는 아직 두 개의 알이 잠들어 있었다. 스미레짱의 말대로 태어났다고 끝이 아니다. 아니, 이제부터가 시작이다.

"이 아이, 아직 밥은 못 먹으려나."

손바닥에 얼굴을 바짝 갖다 대고 아기 새를 보았다. 울 때마다 엉덩이 끝이 달랑 들리는 것이 재미있었다. 아기 새가 움직이니 피부를 간질여 주고 싶었다. 멀리서 보면 씹다 만 껌 같았다.

"배가 고프면 울음소리로 알려 준단다. 게다가 금방 태어났을 때는 아직 몸에 영양분이 남아 있다고 하니, 갑자기 배가 고 파지는 일은 없지 않을까."

나는 신중하게 손바닥을 움직여서 아기 새를 신생아실로 옮겼다. 정말로 내 엄지보다 작았다. 엄지 공주가 실제로 있다면 이런 느낌일지도 모르겠다고 생각했다. 거꾸로 뒤집은 모자를 부드럽게 감싸듯이 스미레짱이 캐시미어 숄을 덮어 주었다. 지금까지 줄곧 머리칼 둥지를 시켜 온 모자여서 아기 새도 편안한 마음이 들 것 같았다.

문득, 스미레짱의 방에 걸려 있는 달력을 보았다.

오늘은 11월 9일.

스미레짱이 알을 품은 지 거의 삼 주일이 지났다.

아기 새는 생후 삼 일 정도 되자 겨우 털이 조금씩 나기 시작했다. 그러나 털이라고 해도 솜털 같이 힘없는 배냇머리로, 마치 살에 곰팡이가 난 것처럼 보였다. 후욱 하고 입김을 불면 전부 다 어딘가로 날아가 버릴 것 같았다. 게다가 여전히 커다란 눈은 머릿속에 묻힌 채 전혀 뜰 것 같지 않았고, 부리도 날개도 여렸다. 모양은 새라기보다 공룡 같지만, 인상은 공룡보다 역시 우주인에 가까웠다. 머리가 별나게 크고, 거기에 비해 몸체는 말라서 균형이 엉망진창이다. 흔히 새는 공룡의 후손이라고 하는데, 그렇다면 공룡은 우주인의 후손일지도 모른다.

태어나기 전까지는 체온 재기와 전란이 내 역할이었다. 하지만 이번에는 몸무게 재기가 일과가 되었다. 엄마가 과자를 만들 때 사용하는 저울에 상자를 올리고, 아기 새를 가지고 가서 몸무게를 잰다. 그럴 때는 아기 새를 티슈에 올린 채, 티슈째로 공중을 나는 카펫처럼 들어 올린다. 물론 이동할 때는 아기 새를 떨어뜨리지 않도록, 보호 그물 대신 스미레짱의 손이 바로 아래를 받치고 이동한다. 새보다 인간이 체온이 낮으니 새의 체온을 빼앗지 않도록 되도록 직접 아기 새에 닿지 않도록 주의한다.

생후 오 일째부터 몸무게가 쑥쑥 늘기 시작했다. 배가 고프면 아기 새는 큰 소리로 울며 먹이를 보챘다. 갓 태어났을 때의 혀를 차는 듯한 울음소리와 달랐다. 낮은 소리로 재촉하듯이 찌익찌익 울었다. 그럴 때의 목소리는 정말로 귀에 거슬려서 조금도 귀엽지 않았다. 먹이를 줄 때까지 기다리다 지치면 기린처럼 목을 길게 뽑고 있기도 했다.

스미레짱은 그때마다 어떤 경우에서도 당장 아기 새의 식사 준비에 들어갔다. 많을 때는 하루에 다섯 번, 여섯 번도 모이를 먹였다.

스미레짱의 방에 전기 포트가 있어서 굳이 부엌까지 가지 않아도 모이 준비는 할 수 있다. 스미레짱이 사용하는 화장대 위에는 파우더 푸드나 알곡 같은 여러 봉지에 든 새 모이가 나란히 놓여 있다. 이런 것도 후원자가 보내 주는 것 같다.

원래는 어미 새가 부리로 먹여 주기 때문에 아기 새는 따뜻한 것이 아니면 먹지 않는다. 그래서 스미레짱은 매번 파우더 푸드를 따듯한 물에 녹여서 관장기라고 하는 플라스틱 주사기에 담아 아기 새의 목 안에 흘러 넣어 준다. 여기에는 나름대로 요령이 필요해서 나는 할 줄 모른다.

스미레짱이 모이를 주면 아기 새는 머리를 한껏 치켜들고 정신없이 삼켰다. 정말 온몸으로 기쁨을 표현하는 듯한 식사를 보고 있으면 재미났다. 평소에는 씹다 만 껌처럼 힘없이 찰싹 누워 있는 주제에, 그때만은 두 다리로 튼튼하게 서 있었다. 이렇게 하지 않고, 실수로 기관지에 모이가 들어가기라도 하면 큰일이라고 했다.

갓 태어난 아기 새는 조금 먹고는 자고, 또 조금 먹고는 바로 잤다. 매일 그 생활의 되풀이였다. 나는 아기 새가 모자 속에서 잘 때마다 죽은 게 아닌지 걱정이 됐다.

하지만 걱정이 돼서 깨우려고 하면 스미레짱이 주의를 주었다.

"아기는 자는 게 일이야. 히바리도 그랬어. 내가 병원에 가도 잠만 자고 눈을 한 번도 안 떴어."

그런 말을 하며 여유만만하게 호호호호호 웃었다.

아기 새가 태어난 지 일주일이 지나도 다른 두 개의 알은 여전히 알인 채로였다. 그래도 스미레쨩은 알을 계속 덥혀 줄 생각인 걸까. 그렇게 생각하던 참에, 스미레쨩이 나에게 부탁했다.

"태어나지 못한 아이들을 흙에 묻어 주겠니?"

나는 스미레쨩의 머리칼 둥지에서 두 개의 알을 꺼냈다. 손수건으로 곱게 싸서 밖으로 나왔다. 스미레쨩은 육아 때문에 아기 새 곁을 잠시도 떠나지 않았다. 생각 끝에 할아버지 나무 밑에 두 알을 묻기로 했다.

할아버지는 이웃집 정원에 있지만, 덤불을 통하면 우리집에서도 갈 수 있다. 어릴 때는 멋대로 이웃집 뒤뜰에서 놀기도 했다. 그곳에 알을 묻는다고 해서 일일이 나무라지는 않을 것이다.

색색의 낙엽을 긁어모은 뒤, 나무 막대기와 뾰족한 돌로 구멍을 파서 두 개의 알을 넣고 그 위에 다시 흙을 덮었다.

무사히 애도를 마치고 집에 돌아오니, 아기 새가 지금까지보다 더 기세 좋게 모이를 먹고 있었다. 갓 태어났을 때와 비교하면 몸이 훨씬 통통해졌다. 그래도 아직 새다운 면모는 거의 없다. 촛농을 납작하게 붙여 놓은 듯한 코와 부리만 간신히 장래 새가 될 거란 걸 암시하고 있었다. 여전히 생긴 건 외계인이다.

무작정 모이를 먹어 치우는 아기 새는 얼굴 아래에 있는 주머니가 볼록하게 부풀어서, 혹부리 영감 같았다. 처음에 봤을 때는 깜짝 놀랐지만, 이것은 새 특유의 모이주머니라고 하는 투명한 자루라고 스미레짱이 가르쳐 주었다. 이곳을 통과해서 모이가 위로 흘러들어 간단다.

가끔 모이가 모이주머니에 쌓이는 일이 있는데, 그러면 식체를 일으켜서 생명에도 지장이 있다고 한다. 그래서 스미레짱은 언제나 모이가 제대로 흐르는지를 꼼꼼히 확인한다. 모이주머니에 모이가 남아 있을 때는 억지로 다음 모이를 주지 않고, 40도 정도의 물을 먹여서 모이주머니를 부드럽게 마사지해 주면 좋다고 한다. 그런 정성, 나는 절대로 무리다.

"저기, 스미레짱."

나는 열심히 모이를 주는 스미레짱의 옆얼굴에 대고 말을 걸었다. 이제 스미레짱의 경단 머릿속에 알은 하나도 남아 있지 않다. 텅 비었다. 그것이 좀 쓸쓸했다.

"왜 그래, 히바리?"

아기 새를 바라본 채, 스미레짱이 건성으로 대답했다.

"슬슬 이 아이에게 이름을 붙여 줘야 하지 않을까요?"

줄곧 마음에 걸렸다. 스미레짱은 아기 새를 아기라고 부르지만, 그것만으로는 뭔가 부족하다. 게다가 실제로 이름이 없으니 불편한 일이 많았다.

"그러네."

스미레짱은 아기 새의 모이주머니를 가볍게 마사지하면서 또 건성으로 대답했다. 그럴 때도 스미레짱은 일일이 손가락 끝을 뜨거운 수건으로 따듯하게 한 뒤 아기 새를 만졌다. 아직 제대로 털이 나지 않아서 아기 새는 여전히 추위를 많이 탄다고 했다.

"나도 이 아이 이름을 줄곧 생각했거든."

저녁을 먹고 숙제를 한 뒤 스미레짱 방에 가니, 스미레짱이 느닷없이 이름 얘기를 꺼냈다. 우리 집에서는 스미레짱이 욕실을 가장 먼저 사용하기로 정해져 있다. 그래서 스미레짱이 목욕하는 동안은 내가 아기 새 옆에 붙어 있다. 아기 새를 절대로 혼자 두면 안 된다.

잠자코 있으니, 스미레짱이 서랍에서 작은 상자를 꺼냈다.

"이건 어떨까?"

항상 거울과 체온계를 넣어 놓던 위 칸 서랍이 아니라, 가장 아래 칸 서랍이었다. 스미레짱은 으스대는 모습으로 천천히 상자 뚜껑을 열었다. 외국 초콜릿이 들어 있을 것처럼 보이는 예쁜 무늬의 상자에는 굵기도 폭도 소재도 제각각인 색색의 리본이 들어 있었다. 한 가닥씩 가지런히 말아 놓았다.

"리본?"

"그래, 리본."

"리본이 이 아이의 이름?"

"응."

그리고 스미레짱은 갑자기 자신 없는 듯한 모습으로 어때? 하고 덧붙였다.

아기 새는 스미레짱이 무릎 위에 올려둔 모자 바닥에서, 이미 새근새근 자기 시작했다. 스미레짱의 무릎 위에는 담요로 둘둘 만 전기 각로가 있어서, 따듯하고 기분 좋을 것 같았다.

"별로 마음에 안 들어?"

멍하니 있는데, 스미레짱이 불안한 듯이 나를 바라보았다.

"말도 안 돼요!"

나는 황급히 말했다. 이따금 스미레짱이 말도 안 돼, 하는 말을 잘 써서 나도 그 말이 입에 붙었다.

"리본, 정말 좋은 이름인걸요."

그런데 실은 나는 나대로 이 아이 이름을 생각하고 있었다. 하지만 쇼콜라나 캐러멜이나 앙꼬, 캔디 같은 달콤하고 맛있어 보이는 이름만 떠올라, 도저히 정하지 못하고 난감해하던 참이었다.

그런 상황에서 스미레짱의 아이디어는 전혀 예상도 하지 못한 다른 곳으로 세계를 넓혀 주었다. 귀엽고, 부르기 쉬워서 나도 대찬성이었다.

"나하고 히바리를 묶는 영원한 리본이야."

스미레짱은 천장을 올려다보며 읊조리듯 말했다. 마치 아주 소중한 맹세를 하는 것처럼.

분명 스미레짱의 눈동자에는 천장에 펼쳐진 얼룩이 은하수에 하얗게 빛나는 별들로 보일 것이다. 스미레짱은 천장에 펼쳐진 은하수를 올려다보며 말을 이었다. 문득 모이를 먹을 때의 리본과 옆얼굴이 포개졌다.

"언젠가 나는 히바리 앞에서 없어질 거야. 나쁜 일을 많이 해서 어쩌면 천국 입구에서 문전박대를 당할지도 모르지만. 그래도 어쨌든 이 세상에서 모습을 감추겠지."

"그런 말……"

느닷없이 하지 말아 주길 바랐다. 나는 언제까지나 스미레짱과 함께 있고 싶다. 그렇게 말하고 싶은데 목이 메서 생각처럼 소리가 나오지 않았다. 그 마음이 옆에 있는 스미레짱의 마음에 공기를 통해 전해졌을지도 모른다.

"난 이미 할망구잖니. 그런데 걱정하지 마. 아직은 히바리를 떠나지 않을 거니까. 나는 이 아이를 지킬 책임이 있어."

스미레짱은 등을 펴고 씩씩하게 말했다.

"하지만 히바리보다 더 오래 사는 일은 없을 거잖아. 자연의 규칙이니까 어쩔 수 없어. 그렇지만 말이야, 영혼은 분명 언제까지고 히바리 옆에 있을 거야. 눈에 보이지 않지만, 틀림없이 있을 거야. 그 사실을 언제나 기억해 주길 바라서 이 아이에게 리본이라는 이름을 붙이고 싶었단다."

거기까지 말하고, 스미레짱은 겨우 내 쪽으로 얼굴을 돌렸다.

"영혼?"

물론 말로는 알고 있지만, 제대로 된 의미는 몰랐다.

"영혼은 우리에게 아주 중요한 거야. 영혼이 더러워지면 모든 것을 잃어버리니까."

"마음하고는 달라요?"

"히바리, 좋은 질문 했네. 마음과는 달라."

스미레짱은 바로 대답했다.

"영혼은 마음이 지켜 주고, 마음은 또 몸이 지켜 주지."

확신에 찬 표정으로 덧붙였다.

나는 잠시 머릿속으로 상상했다. 영혼은 마음이 지켜 주고, 마음은 몸이 지켜 준다니…….

"딸기 찹쌀떡 같이?"

퍼뜩 생각나서 말했다.

"맞아, 바로 그거지."

스미레짱이 눈을 번쩍 떴다. 두 개의 예쁜 호수가 햇님에 비친 듯이 반짝였다.

"겉 부분의 떡이 몸이라고 하면, 그 속의 팥이 마음, 복판에 있는 딸기가, 그렇지, 바로 영혼이지. 히바리, 딸기 찹쌀떡의 주인공은 뭐라고 생각해?"

"딸기!"

힘차게 대답했다. 당연히 딸기 찹쌀떡에서 딸기를 빼면 그건 단순한 찹쌀떡이 된다.

"맞아, 그리고 지금부터가 중요해."

스미레짱은 반짝이는 호수 같은 눈으로 나를 물끄러미 보았다.

"내 영혼과 히바리의 영혼은 영원히 리본으로 묶여 있을 거야."

리본이 나와 스미레짱의 영혼을 묶고 있다. 투명한, 보이지 않는 리본으로 연결하고 있다. 그 생각을 하니 또렷하게 그 정체는 모르겠지만, 바다에서 오줌을 누는 것처럼 안타깝고 따듯한 것이 가슴속에 번졌다.

"리본."

나는 천천히 소리 내어 불렀다. 리본이 응? 뭐? 하듯이 얌전한 얼굴로 내 쪽을 보았다.

얼마나 멋지고 좋은 이름인가.

부르면 부를수록 스미레짱과의 끈이 단단해지는 듯한 느낌이 들었다. 그리고 갑자기 리본을 향한 애정이 거대한 잎사귀처럼 활짝 피어올랐다.

처음에는 5그램도 안 되던 몸무게가 생후 나흘째에 두 자리가 되고, 일주일 만에 거의 30그램, 열흘째에 50그램을 넘었다. 태어날 때보다 열 배나 자랐다. 최근 리본은 식욕이 왕성해져서 한 번에 먹는 양도 훨씬 늘었다. 처음에는 수프 상태의 모이밖에 먹지 못하다가 점점 죽으로 바뀌었다. 스미레짱의 말로는 이제 곧 알곡 같은 고형물도 먹을 수 있게 된다고 한다. 그렇게 되면 나도 모이 주는 걸 도울 수 있다.

솔직히 생김새가 징그러웠던 것은 생후 일주일이 절정이었다. 금붕어처럼 눈이 튀어나오고, 기린처럼 목이 길고, 게다가 금방이라도 똑 부러질 것 같아서 조금도 귀엽지 않았다. 털이 없는 새는 한없이 무방비하고 가녀리고 그로테스크할 따름이었다.

아주 조금이라도 귀엽다고 느끼게 된 것은 생후 열하루 날에 드디어 눈을 떴을 때였다. 아침에 학교에 가려고 하는데, 스미레짱이 불렀다. 가 보니 모자 속에 웅크린 리본이 눈을 희미하게 뜨고 있었다. 지금까지 줄곧 반투명 막 같은 것에 싸여 있었는데, 그 막의 일부가 단춧구멍처럼 조금 열렸다. 그곳으로 양갱처럼 까맣고 맑은 눈이 보였다. 아직 또렷하게 뜨진 않아서 아무래도 자다 깬 얼굴로 보였다.

"리본, 이 귀여운 아이가 히바리야."

내 얼굴이 잘 보이도록 바짝 갖다 대고 스미레짱이 리본에게 나를 소개해 주었다. 리본의 희미한 콧김이 뺨에 닿아 간지러웠다.

"리본. 내가 히바리야. 잘 부탁한다."

나도 리본에게 내 소개를 했다.

몸통 부분에는 보들보들한 깃털이 나기 시작했지만, 머리 쪽은 동그란 대머리다. 여전히 얼굴은 우주인으로 보이지만, 어제까지보다는 훨씬 새다워졌다.

"좋겠네요, 스미레짱."

그리고 나는 지각하지 않도록 황급히 현관을 뛰어나갔다.

"다녀오겠습니다~."

"좋은 하루!"

멀리서 스미레짱의 목소리가 들려왔다. 바람이 찬 초겨울
이었다.

학교에서 돌아와 리본을 보니, 명확히 그때까지보다 커졌
다. 스미레짱은 육아에 익숙해졌는지, 리본이 태어난 이후 한
참 쉬었던 노래 연습을 다시 시작했다. 먹을 때 이외에는 줄곧
잠만 잤던 리본도 이 무렵이 되자 깨어 있는 시간이 늘어났다.

희미하게 눈을 뜬 지 사흘 뒤, 그러니까 생후 이 주 만에 리
본은 완전히 눈을 떴다. 부자연스럽게 굽어 보였던 날개 뼈에
도 깃털 같은 것이 나기 시작하고, 몸 전체가 굵은 바늘 같은
뾰족뾰족한 털로 덮였다. 이제야 새다운 모습이 되어 내 가슴
에도 리본에 대한 애정이 끊임없이 퐁퐁 솟구쳤다. 어느새, 리
본의 대머리에는 한 가닥 상투 같은 털이 자라났다.

나는 손바닥에 리본을 올려놓고 모이를 주었다. 손바닥 복
판에 생명의 무게가 또렷하게 전해졌다.

"혹시 리본은 직박구리?"

스미레짱에게 물었다.

"봐요, 여기."

나는 리본의 귀 언저리를 엄지로 가리켰다. 새의 귀는 눈에서 비스듬하게 아래에 있다. 마치 이쑤시개로 콕 뚫어 놓은 것 같은 작은 구멍이 그것이다. 리본은 그 언저리에 희미하게 오렌지색 털이 나 있었다.

"글쎄?"

스미레짱이 말을 얼버무렸다.

지금 내 손바닥에 앉아 스미레짱이 스푼으로 떠 주는 알곡을 정신없이 먹고 있는 리본은 몸 둘레에 보들보들한 배냇머리가 나 있어서 마치 무대 의상을 입은 발레리나 같았다.

"언젠가 반드시 알 때가 올 거야."

스미레짱이 리본의 부리에 스푼을 내밀면서 온화하게 말했다.

"기왕이면 그때까지의 즐거움으로 남겨 두지 않겠니?"

리본은 부리뿐만이 아니라 코 주위에도 알곡 가루를 잔뜩 묻히고 무아지경으로 모이를 먹어댔다. 최근에 알았지만, 알곡은 껍질을 벗긴 밤에 노른자를 으깬 것이라고 한다. 그래서 따뜻하게 데우면 어딘지 모르게 달걀 특유의 냄새가 났다.

나는 매일 리본을 일분일초라도 빨리 만나고 싶어 뛰어서 집으로 돌아왔다. 운동을 못해서, 특히 달리기나 마라톤은 언제나 반에서 꼴찌인 내게 그건 몹시 힘든 일이었다. 지름길로 오기 위해 평소에는 다니지 않는 들판을 가로지르고, 길고양이처럼 철조망을 뚫고 내달렸다. 간신히 현관까지 도착하면, 나는 제대로 호흡을 가다듬은 뒤 조용히 문을 열고 안으로 들어갔다. 그러면 반드시 스미레쨩이 부르는 자장가가 맞이해 주었다.

12월에 들어섰다. 리본이 태어난 지 딱 한 달이 지났다.

리본은 스스로 서서 걸을 수 있을 만큼 성장했다. 갓 태어났을 무렵에는 일어서려고 해도 이내 엉덩방아를 찧었다. 그랬던 리본이 점점 뒤뚱뒤뚱 몸을 좌우로 흔들면서 아장아장 걸을 수 있게 되었다. 지금은 똑바로 잘 걷는다. 리본이 마음먹고 빠르게 걸으면 닌자처럼 재빠르다. 전체적으로 통통해서 아직 아기 같지만, 일부 벗겨진 머리를 제외하면 온몸이 털로 빼곡하게 덮여 있다. 상투 같은 털은 만화 '사자에 씨'에 나오는 할아버지 이소헤이 씨처럼 보일 때도 있지만, 곧게 세우면 옛날 사무라이처럼 근사해진다.

다만 아무리 헤어스타일을 멋지게 해 주어도 리본의 뺨에는 확실하게 짙은 오렌지색 곤지가 찍혀 있었다. 화장이 너무 진한 엄마 같기도 하고, 취했을 때의 아빠 같기도 했다. 조금 수줍어서 뺨이 붉어진 정도를 뛰어넘었다.

"다녀왔습니다."

언제나처럼 스미레짱의 방문을 열자, 스미레짱은 침대에 있었다. 자는 게 아니라 상반신은 일으킨 채, 다리를 이불 속에 넣고 있었다.

"스미레짱, 감기? 어디 아파요?"

혹시 열이 있다면 빨리 의사 선생님에게 가야 한다.

"걱정하지 않아도 돼."

스미레짱이 태연하게 대답했다.

"잠깐 졸았을 뿐이야."

나는 안심하고 리본과 놀려고 얼른 모자 쪽으로 가서, 천천히 캐시미어 숄을 들어 올렸다. 그런데 모자 바닥에 있어야 할 리본이 보이지 않았다.

"어? 리본은요?"

방을 둘러보았지만, 리본의 모습은 어디에도 없었다. 요전에 도서관에서 본 낙조落鳥라는 무서운 단어가 머리에 떠올랐다.

그러자 내 걱정과는 반대로 스미레짱이 금방이라도 녹을 것 같은 목소리로 중얼거렸다.

"아까부터 여기서 자고 있어."

스미레짱이 자신의 가슴에 살짝 두 팔을 포개는 시늉을 했다.

"히바리도 자, 이리로 오렴."

스미레짱이 엉덩이를 비껴서 내 자리를 만들어 주었다. 시키는 대로 스미레짱 침대에 올라가 발만 이불에 넣었다. 발밑에 전기각로가 있어서 따듯하고 기분 좋았다.

스미레짱은 신부가 피로연 때 입는 의상 같은 우아한 드레스를 입고 있었다. 자세히 보니 그 탓에 이불 일부가 붕 떠 있었다. 스미레짱은 가슴팍을 내게 보여 주려고 털실로 뜬 커다란 숄을 어깨에서 내렸다.

스미레짱의 가슴팍이 드러나 우유를 섞은 듯이 하얀 스미레짱의 피부가 눈부시게 보였다. 하지만 리본의 모습은 어디에도 없었다.

"어디?"

불안해져서 작은 소리로 묻자, 스미레짱이 얼굴을 아래로 향한 채 여기, 하고 입술만 움직였다.

"여기가 제일 편한가 봐."

나는 스미레짱의 시선 끝을 들여다보았다. 정말로 리본이 있었다. 스미레짱의 가슴팍에서 편안한 표정으로 자고 있었다. 스미레짱의 가슴으로 만든 특제 아기 침대다. 스미레짱이 숨을 들이마시고 내쉬고 할 때마다 리본도 희미하게 움직였다.

"어쩐지 이 드레스가 가장 어울리는 것 같아서."

스미레짱이 수줍은 듯이 덧붙였다.

스미레짱이 입고 있는 것은 가슴팍이 많이 팬 황금빛 드레스로, 표면에 스팽글과 비즈가 잔뜩 달려 있었다. 가슴에 컵이 있어서 그것이 받침대가 되어 리본이 쏙 들어가 있었다. 마치 리본을 위해 만든 특별한 방 같았다. 나도 해 보고 싶었지만, 내 가슴은 아직 리본이 기분 좋게 잘 수 있을 만큼 봉긋해지지 않았다.

"귀여워라."

즐거운 꿈을 꾸는 듯한 표정으로 리본이 새근새근 자고 있었다.

"정말로. 사랑스럽다는 게 이런 건가 봐."

맛있는 꿀을 잔뜩 머금은 것처럼 부드러운 목소리로 그렇게 말하고, 스미레짱은 다시 숄을 둘렀다. 스미레짱의 몸 어딘가에서 달콤한 향이 났다.

겨울 방학이 시작된 뒤로는 정말로 스물네 시간 내내 리본과 함께 시간을 보냈다. 나는 스미레짱의 방에 학용품을 챙겨 가서 숙제를 했다. 그림을 그리고 놀 때도 책을 읽을 때도 과자를 먹을 때도 언제나 시야 어딘가에 리본이 있었다.

때로는 리본에게 그림책을 읽어 주기도 했다. 그럴 때 리본은 그림 속 세계에 빠질 듯한 기세로 마치 돋보기를 대고 관찰이라도 하는 것처럼 그림에 바싹 다가가서 빤히 들여다보았다. 새의 눈에 비친 세계는 인간과 같거나 인간 이상으로 컬러풀하다고 하니, 리본에게는 그림책이 눈부시게 빛나 보일지도 모른다. 동그란 구슬 같은 눈을 또릿또릿하게 뜨고 내 목소리에 열심히 귀를 기울였다. 마치 내가 하는 말을 전부 이해하는 것 같았다.

봉제 인형을 갖고 소꿉놀이할 때도, 리본은 우리와 함께 놀았다. 리본이 좋아하는 것은 내가 유치원 때부터 귀여워했던 쿠키라는 이름의 봉제 인형이었다. 쿠키는 리본보다 몸이 두 배는 큰 연갈색 고양이로, 쿠키를 움직여 주면 리본은 몹시 기뻐하며 날개를 좌우로 활짝 펴고 끽끽끽 하고 들떠서 돌아다닌다. 내가 고양이 울음소리를 흉내 내면서 앞발을 움직여 건드릴라치면 리본은 신나서 쿠키에게 도전한다. 그리고 마지막에는 쿠키를 무참하게 해치운다. 그러고는 권투 세계 챔피언이 된 것처럼 늠름한 몸짓으로 자랑스럽게 쿠키 주위를 빙글빙글 돈다. 그럴 때, 리본의 상투머리는 반드시 하늘을 향해 곧게 솟아 있다.

그런 놀이에도 질리면 리본은 곧잘 내 옷 속에 들어가 탐험을 했다. 스웨터 자락 틈을 통해 안으로 들어가, 손목에서 팔꿈치, 팔을 지나 어깨로, 목에서 일단 나오면, 다시 들어가서 이번에는 반대쪽 어깨에서 팔을 통해 손목으로 삐죽 얼굴을 내민다. 내가 엎드린 자세로 있으면 행동 범위는 더 넓어져서, 리본은 내 등을 총총총 걸어 다니면서 여기도 아니네, 저기도 아니네, 하고 같은 장소를 왔다갔다한다. 옆구리에 날개가 닿으면 엄청나게 간지러워서 나는 웃음을 참느라 애를 먹었다.

리본과 함께 있으면 하루가 눈 깜짝할 사이에 지나가, 정신을 차리고 보면 언제나 주위가 어둑해져 있었다. 리본 옆에 있고 싶어서 스케이트를 타러 가자는 것도 크리스마스 파티도 전부 거절했다.

섣달그믐 밤에는 가족끼리 도시코시소바(한 해를 보내며 섣달그믐 밤에 먹는 메밀국수 – 옮긴이 주)를 먹은 뒤, 스미레짱 방에서 라디오로 홍백가합전을 들으며 시간을 보냈다. 나는 어느새 스미레짱 침대에서 잠이 들어 깨어보니 설날 아침이었다.

나는 세뱃돈을 모아 리본의 새장을 사기로 했다.

요즘 들어 리본은 날개를 활짝 펼치고 날갯짓 연습을 했다. 다리도 탄탄해져서, 이제 곧 혼자 힘으로 모이를 먹을 수 있게 된다. 아직 천진난만함은 남아 있지만, 아기 새라는 느낌은 없다. 이제 스미레짱의 가슴 침대에도 몸이 커서 들어가지 못한다. 리본은 지난 두 달 동안 눈 깜짝할 사이에 청소년 새로 성장했다.

진눈깨비 섞인 차가운 비가 내리는 휴일 오후, 아버지가 차로 마트까지 데려다 주었다. 아버지와 둘만 외출하는 것이 내키지 않았지만, 엄마가 고등학교 동창회에 가 버려서 어쩔 수 없었다.

어색해하지 않으려고 계속 새장만 생각했다. 스미레짱은 히바리의 세뱃돈으로 사는 거니까 새장 고르는 건 히바리한테 맡길 거야, 하고 말했다. 스미레짱은 리본과 집을 보기로 했다. 올해 받은 세뱃돈을 전부 모아서 지갑에 넣어 왔다.

사실은 나도 스미레짱도 가능하다면 새장에 넣고 싶지 않았다. 하지만 생후 이 개월이 지난 리본은 스미레짱 방에서 날개를 파닥이며 점프하는 일이 많아졌다. 점점 높은 곳에 올라가려고 해서 위험했다. 스미레짱 방을 잘 보면 물건이 겹겹이 쌓여 있어서 무엇이 어떻게 무너지고 떨어질지 예측할 수 없다. 앞으로 계속 리본을 풀어서 키우는 것은 불가능하다. 얼마 전에도 리본이 스미레짱 이불 속에 파고들어 간 것을 모르고, 침대에서 힘껏 점프해 간담이 서늘해진 적이 있다. 스미레짱도 리본이 곁에 있으면 밤에 잠을 푹 자지 못한다. 지금은 스미레짱 방 전체가 리본의 새장이지만, 언제까지고 이대로 둘 수 없었다.

같은 반에 집에서 앵무새를 여러 마리 키우는 남자아이가 있는데, 그 아이는 의기양양하게 앵무새가 날지 못하도록 날개를 잘랐다는 이야기를 했다. 날개를 자르다니 그렇게 가엾은 일은 나도 스미레짱도 절대 못 한다. 그러니 역시 새장은 필요할지도 모른다. 나는 리본을 위해 되도록 큰 새장을 골라 주고 싶었다.

새 사육에 관해 잘 아는 가게 언니에게 조언을 들으면서 찬찬히 시간을 들여 새장을 골랐다. 새장에도 종류가 어찌나 많은지. 나는 처음에 천장이 돔형으로 된 것을 사고 싶었다. 얼핏 보았을 때, 그게 마음에 들었다. 색도 핑크고 귀여웠다. 그런데 언니가 말하기를 리본 같은 유형의 새에게는 지극히 평범한 네모난 모양이 좋다고 했다. 그러지 않으면 리본이 지진 등으로 패닉 상태가 되었을 때 좁은 돔형 새장에 부딪쳐 날개가 꺾이기도 한단다. 그래서 언니가 추천한 대로 전형적인 네모난 새장으로 정했다. 이거라면 내가 양팔을 벌리면 들 수도 있고, 리본도 유유히 날갯짓을 할 수 있다.

새장을 사고도 아직 세뱃돈이 조금 남아서 리본의 놀이 기구도 샀다. 새장 안에 다는 그네와 시소, 사다리 등등. 이런 게 있으면 새장에 있어도 놀고 싶을 때 혼자 놀 수 있다.

집으로 돌아와 바로 리본의 성을 준비했다. 바닥에는 신문지를 적당한 크기로 접어서 깔고, 두 개의 용기에는 각각 물과 모이를 담았다.

"리본, 오늘부터 여기가 집이야."

준비가 다 돼서 얼른 리본을 손바닥에 올린 채, 안으로 넣으려고 했다. 그런데 리본은 얼른 내 팔을 타고 어깨 쪽으로 옮겨 와 버렸다. 한 번 더 시도했지만, 아까와 다르지 않았다.

이렇게 되자 리본은 고집을 부렸다. 싫은 건 싫은 거라고 하는 듯한 표정으로 흥, 하고 외면했다. 이런 점은 엄마인 스미레짱의 기질을 그대로 물려받았을지도 모른다. 이번에는 스미레짱이 시도해 보았지만, 결과는 역시 마찬가지. 그대로 해가 저물어 밤이 되었다.

간신히 새장에 들어가는 데 성공한 것은 저녁 식사가 끝난 뒤였다.

스미레짱 방에 돌아와 보니, 리본이 새장의 살을 잡고 궁금하다는 듯이 안을 들여다보았다.

"자, 들어가도 돼. 리본의 성이야."

나는 부드럽게 말하면서 새장 문을 열어 주었다. 문을 열면 바로 앞이 복도처럼 되어 있다. 리본은 그 복도를 총총 걸어서 직접 안으로 쏙 들어갔다.

"스미레짱, 봐요, 봐요. 리본이 안으로 들어갔어요!"

화장실에 다녀오느라 조금 늦게 방에 돌아온 스미레짱에게 새장을 보여 주었다. 아직 문이 열린 채였지만, 리본은 전혀 그곳에서 나오려고 하지 않았다. 높은 칸에 달아 놓은 나무에 앉아 그리 싫지 않은 표정으로 얼굴을 45도로 비스듬하게 기울이고 있었다. 나와 스미레짱을 번갈아 보며 얼굴을 비교하는 것 같았다.

"분명 리본은 직접 성에 들어가고 싶었던 게야."

눈을 게슴츠레하게 뜨고 스미레짱이 중얼거렸다. 눈가에 언제나처럼 미끄럼틀 커브가 생겼다.

"그래요?"

어째서 그렇게 리본을 잘 아는지 신기했다.

"그야 히바리도 그렇잖아? 숙제를 하려고 하는데 숙제하라고 하면 괜히 짜증나지?"

스미레짱이 그럴 듯한 말을 했다.

"그래서 분명 리본도 같은 마음이지 않을까 생각했어. 누구의 힘도 아닌, 자신의 의지로 들어가고 싶었던 게 아닐까. 내게도 그런 경험이 많거든."

스미레짱은 호호호 하고 카랑카랑한 소리로 웃었다.

새로운 성의 특등석에서 리본이 빙글빙글 웃고 있다. 리본은 내가 고른 나무 그네를 즐겁게 탔다.

"리본, 집, 편안해?"

내가 묻자, 리본은 그네를 탄 채, 쫑쫑쫑 하고 뭐라고 재잘거렸다. 하지만 새의 말이어서 알아들을 수 없었다. 모이를 조르던 시절의 옹알이 같은 소리와도 평소의 울음소리와도 다른, 독특하게 빠른 리듬의 말이었다. 리본 나름대로 열심히 대답을 하고 있는 건지도 모른다.

"리본, 잘 자. 내일 또 보자."

스미레짱은 그렇게 말하면서 언제나와 같은 캐시미어 숄을 새장 위에 부드럽게 덮어 주었다.

깜박 잊을 뻔했지만, 태어났을 때는 정말로 작았다. 가냘프고 무방비하고 사탕만한 크기와 무게밖에 나가지 않았다. 그것이 어느새 이렇게 훌륭한 새가 되었다. 알 시절을 생각하면 눈앞에서 굉장한 마법을 보는 것 같은 기분이 든다. 알은 그야말로 도깨비 상자 같다.

그 후로는 융통성 있게 리본을 새장에서 꺼내 주었다. 그렇게 하는 것을 방조라고 한다. 스미레짱은 어떤 생물이든 어린 시절의 교육이 중요하다고 주장했다. 그래서 한 번 방조 시간은 최대한 한 시간으로 정했다. 한 시간 새장에서 나오면 그 배는 안에서 쉬어야 한다. 방조는 낮 동안만. 새는 밤이 되면 극단적으로 시력이 떨어지는 것 같다. 야생 새와 마찬가지로 리본도 해가 뜨면 눈을 뜨고, 해가 지면 자는 것이 가장 좋다고 한다.

그렇다면 내가 학교에서 돌아온 뒤의 한 시간이 방조 시간에 가장 알맞다. 나는 리본과 빨리 놀고 싶은 마음으로 전보다 더 서둘러서 집에 돌아왔다. 리본이 온 뒤로 나는 전보다 훨씬 빨리 달릴 수 있게 되었다. 더욱이 장거리를 계속 달릴 수 있었다. 이제 학교에서 집까지의 거리라면 쉬지 않고 달릴 수도 있다. 물론 그것은 결승선에 리본이 기다리고 있어서 가능했지만. 체육 시간에 하는 마라톤에서는 그렇게까지 빨리 달리지 못한다.

성에서 나오면 리본은 제일 먼저 스미레짱의 머리로 향했다. 예전 알 시절에 자신이 그곳의 작은 세계에 웅크리고 있었던 것을 기억하는 걸까. 아무래도 그렇게밖에 생각할 수 없다. 스미레짱의 머리는 리본에게 고향이다.

리본은 스미레짱의 어깨와 팔을 정글짐처럼 올라가려고 했다. 그리고 귀에 발을 올리고 머리의 경단까지 올라가면, 반드시 스미레짱의 비녀를 장난감 삼아 놀았다.

리본은 무엇이든 입에 넣었다. 뭐라도 마음에 드는 게 있으면 위쪽 부리와 아래쪽 부리 사이에 그것을 끼우고, 음미하듯이 혀로 열심히 확인했다. 그렇게 해서 사물을 기억하는 것 같았다. 특히 리본은 비녀 같은 가늘고 긴 것을 가장 좋아했다. 머리칼 둥지에서 알을 데우지 않게 된 뒤로, 스미레짱은 다시 경단 머리에 비녀를 꽂았다.

리본은 비녀를 가지고 실컷 놀고 나면 마지막에는 꼭 그 비녀를 뽑았다. 나는 비녀를 볼 때마다 구식 체온계가 생각나 반가운 기분이 들었다. 비녀를 건네받는 것은 내 역할이다. 나는 간식을 주면서 비어 있는 쪽 손으로 스미레짱의 비녀를 받았다. 이때 반드시 이리 줘, 하고 말하는 것을 잊지 않는다. 그리고 리본이 제대로 내 손에 돌려주면 진심으로 고맙다고 인사한다.

그러면 리본이 이번에는 조금 흐트러진 경단 머리칼에 대가리를 틀어박고 자꾸자꾸 파고들어 간다. 이윽고 리본의 몸이 스미레짱 머리칼로 엉키고, 스미레짱 머리칼은 엉망진창이 된다. 리본은 콕콕 찍다가 물어 당기다가 하면서 스미레짱의 경단 머리를 해체하는 데 무한한 기쁨을 발견하는 것 같다. 아주 신나서 경단 모양을 망쳤다.

도중에 멈추게라도 할라치면 리본은 심하게 화를 냈다.

기껏 즐기고 있는데, 왜 이래!

이런 식으로 말하는 것 같다. 아니, 같은 게 아니라 리본은 확실히 새의 말로 그렇게 말했다. 나는 종종 리본의 말을 알아듣는다. 이것은 절대로 비밀. 제일 좋아하는 스미레짱에게도 아직 털어놓지 않았다.

어쩌면 나는 내가 조금씩 새가 되어가는 게 아닌지 설렌다. 무섭지만, 만약 새처럼 하늘을 날 수 있다면 즐겁겠구나, 하는 생각도 든다. 그래서 몰래 내 방에서 양손에 부채를 들고 날갯짓 연습을 하고 있다. 조금만 더 하면 몸이 뜰 것 같은 기분이 든다. 하지만 이 사실도 모두에게 비밀이다. 리본과 함께 하늘을 나는 것을 상상하면 금세 얼굴이 활짝 핀다.

스미레짱의 경단 머리가 완전히 원형을 잃어버리게 되었을 무렵에야, 리본은 만족스러운 모습으로 해체 작업을 멈추었다. 스미레짱의 머리칼은 엉망진창이 되어 어두운 데서 보면 마귀할멈으로 착각할 것 같았다.

그럴 때도 리본은 스미레짱의 머리에 똥을 싸거나 하진 않는다. 절대로. 리본은 깨끗한 걸 좋아해서 새장 밖으로 나와 있을 때도 언제나 정해진 곳에 배설을 한다.

스미레짱이 화장대 앞에서 머리를 다듬고 있으면, 그제야 내 차례가 되어 리본과 놀 수 있다. 놀이의 종류는 숨바꼭질이나 술래잡기나 그림책 읽어 주기 등 여러 가지다. 그러나 최근에는 공부 시간이 늘었다. 공부란 개인기를 익히는 것이다.

내가 검지를 내밀고, 이리 와, 하고 말을 걸면 리본이 손가락에 딱 앉는다. 앞뒤로 나뉘진 네 개의 가는 발을 코일처럼 감고 내 검지를 꽉 잡는다. 나는 리본이 그밖에 다른 개인기를 할 수 없을까 하고 이것저것 가르쳤다.

뽀뽀는 리본이 최근에 할 줄 알게 된 개인기 중 하나다.

리본을 어깨에 올려놓고,

"리본, 뽀뽀."

하면서 내가 얼굴을 옆으로 돌린다. 그때 나도 새처럼 입술을 내민다. 그러면 리본이 내 입술 끝에 자신의 부리를 뽀, 하고 갖다 대는 것이다. 리본은 내 어깨를 잡은 채, 약간 까치발을 하듯이 몸을 빼고 얼굴을 비스듬히 한다. 그 몸짓이 귀여워서 나는 하루에도 몇 번이나 리본과 뽀뽀를 한다. 리본이 암컷인지 수컷인지는 관계없다. 새의 성별은 자라지 않으면 모르고, 나는 그 사실에 별로 관심이 없다. 내 첫 키스 상대는 사람이 아니라 새인 리본이었다.

아주 잘했다는 뜻으로 몸을 어루만지면 리본은 더 만져 달라는 듯한 표정으로 손바닥에 몸을 비빈다. 리본은 특히 상투머리나 오렌지색 동그란 뺨을 긁어 주면 기뻐했다. 기분 좋은 상태가 고조되면, 꼭 모란병처럼 털을 부풀리고, 황홀한 얼굴로 눈을 게슴츠레하게 뜬다. 때로는 내 손바닥에서 벌러덩 드러누울 때도 있다.

리본은 조금씩 말도 익혔다.

"스미레짱."

"히바리."

"고마워."

"같이 놀자."

아직 발음은 또렷하지 않지만, 이따금 그런 비슷한 말을 한다. 다만 '리본'이라는 자신의 이름은 아직 제대로 발음하지 못한다. 어쩌면 새에게는 어려운 발음일지도 모른다. 아무리 연습해도 '본'만 한다.

겨울부터 봄에 걸쳐, 몇 달 동안은 내게도 스미레짱에게도 그야말로 리본과 보낸 꿀같이 달콤한 나날이었다.

그리고 다시 봄이 찾아왔다.

가로수 길의 벚꽃이 이제 곧 만개할 것이다. 나는 이 봄에 초등학교 5학년이 된다.

4월이 되어 다도회를 하기로 했다.

다도회란 빨래 건조대에 돗자리를 깔고 봄마다 하는 꽃놀이를 말한다. 다만 올해는 어떻게 할지 나도 잘 모른다. 머리칼 둥지에서 알을 부화시킨 이후, 스미레짱은 자신의 방에 틀어박혀 있기 일쑤여서 리본이 무사히 태어난 뒤에도 버드 워칭을 하지 않게 되었다. 조금 기온이 높아지면 다시 시작하려나 했지만, 어쩐지 그런 기미도 없었다.

올해는 다도회를 하지 않으려나 보다 생각할 무렵, 스미레 짱이 갑자기 말을 꺼냈다.

"히바리, 다도회 해야지."

그리고 또 이렇게 덧붙였다.

"올해는 리본과 함께 셋이서 하지 않을래?"

나는 바로 좋다고 했다.

다도회를 한다는 말을 전하니 아빠가 바로 빨래 건조대를 정리해 주었다. 주말이어서 부모님이 둘 다 집에 있었다. 아버지는 겨울 동안 쌓인 낙엽과 먼지를 치우고, 깨끗이 닦은 돗자리를 깔아 주었다. 그리고 스미레짱이 애용하는 흔들의자를 2층 빨래 건조대까지 옮겨 주었다.

리본의 성은 내가 계단을 신중하게 한 칸 한 칸 오르면서 직접 날랐다. 물론 안에는 리본이 들어 있었다. 리본에게는 첫 여행이다.

"건배."

파란 하늘 아래, 엄숙하게 다도회가 시작되었다. 눈앞의 할아버지에게도 보송보송 새잎이 나고 있다. 그러고 보니 리본에게도 이런 식으로 바늘 같은 털이 날 무렵이 있었다. 이제는 그 흔적도 없지만. 아이의 깃털에서 어른의 깃털로 바뀌는 것을 털갈이라고 한다.

사람의 귀에는 들리지 않지만, 세상에 즐거운 훌라 댄스 곡이 흐르고 있어서 사람 이외의 모든 것이 그 곡에 맞춰 춤을 추는 것 같았다. 가로수 길의 벚나무도, 할아버지도, 땅에 핀 튤립도, 하늘을 나는 나비도, 흙 속에 웅크리고 있는 유충조차도 모두 기분 좋은 듯이 흔들리고 있다. 리본의 상투머리도 때때로 살랑살랑 흔들렸다. 나는 내게도, 어떻게 좀 그 훌라 댄스 곡이 들리지 않을까 하고 열심히 귀를 기울였다.

스미레짱은 작년 말에 후원자 중 한 사람이 보내 주었다는 거품이 생기는 차가운 술을 마셨다. 나는 엄마가 만들어 준 우유 감주를 스미레짱과 똑같은 예쁜 유리컵에 담아 마셨다. 너무 빨리 마시면 취할 것 같아서, 홀짝홀짝 핥듯이 입에 머금었다. 은은하고 달콤해서 마시고 있으면 몸이 따뜻해졌다.

리본은 마침 나와 스미레짱 사이에 놓인 성에서 신기한 듯이 하늘을 올려다보고 있었다. 생각해 보면 리본은 줄곧 스미레짱 방에 있었고, 스미레짱 방의 창은 불투명 유리여서 진짜 하늘을 보는 건 처음이었다.

리본의 눈동자에 이 파란 하늘은 어떻게 비칠까. 상상해 봤지만, 알 수 없다. 나는 내가 처음으로 하늘을 본 날을 기억하지 못한다.

얼른 식빵에 팥소를 넣어 단팥 샌드위치를 만들었다. 식빵은 이미 가볍게 토스트해서 표면에 얇게 버터를 발랐다. 거기에 엄마가 만들어 준 알갱이가 있는 팥소를 듬뿍 올리고, 취향대로 바나나나 딸기, 통조림 귤 같은 과일을 끼워서 먹는다. 오래 전에 스미레짱이 가르쳐 준 방법으로, 스미레짱은 외국에 살 때 이걸 먹으며 일본을 그리워했다고 한다. 다도회에 단팥 샌드위치는 빠지지 않는다. 나도 이 단팥 샌드위치를 아주 좋아한다. 나는 먼저 스미레짱에게 단팥 샌드위치를 만들어서 건넸다.

"자, 여기."

스미레짱이 좋아하는 바나나를 특히 많이 넣었다.

"고맙다, 히바리."

스미레짱이 떨리는 손가락으로 단팥 샌드위치를 받아 들었다. 그렇게 생각해서일지도 모르겠지만, 리본이 태어난 뒤, 스미레짱의 손떨림은 전보다 훨씬 심해졌다. 자신의 의식과는 관계없이 손가락 끝이 떨리는 것 같았다. 언제였더라. 스미레짱이 추워서 그런 줄 알고 손을 꼭 잡아 준 적이 있었다. 그러나 추웠던 게 아니었다.

이어서 내 단팥 샌드위치를 만들었다. 욕심내서 단팥을 잔뜩 올렸더니 빵에서 삐져나와 떨어질 것 같았다. 황급히 단팥을 입에 넣었다. 입 속 가득 달콤한 맛이 번졌다. 다도회를 위해 엄마가 만들어 준 단팥은 언제나 최고다.

"참 즐겁구나."

단팥 샌드위치를 입 안 가득 베어 물면서 스미레짱이 황홀해하는 목소리로 말했다.

"정말로 즐겁습니다."

나도 단팥 샌드위치를 먹으면서 스미레짱의 말투를 흉내 내어 말해 보았다.

그런 우아한 시간에 하필 골목으로 폐품 수집하는 경트럭이 지나갔다. 큰 소리로 방송을 틀어서 한동안 대화를 할 수 없었다. 겨우 골목길 모퉁이를 돌아 나가 소리가 작아졌을 때, 느닷없이 스미레짱이 내게 물었다.

"히바리는 좋아하는 사람 있니?"

좋아하는 사람이라고 해도 내게는 스미레짱밖에 생각나지 않는다. 그런데 스미레짱이 지금 묻는 것은 좋아하는 남자아이라는 의미일 것이다.

"없어요~."

무뚝뚝하게 내뱉듯이 말했다. 스미레짱보다도 리본보다도

사이좋게 지내고 싶은 사람이 세상에 존재할 리 없다.

물론 학교에서는 좋아하는 아이에게 고백하는 것이 유행하고 있고, 그 중에는 마음이 맞아서 사귄다는 소문의 아이들도 있다. 어른스러운 아이들이 모인 그룹에서는 간접 키스를 했다느니 어쨌다느니 그런 얘기만 한다.

그러나 나와는 딴 세계다. 내게는 아직 좋아하는 남자아이도 없고, 나를 좋아한다고 하는 남자아이도 없다.

"스미레짱은? 스미레짱은 어때요?"

나는 반대로 스미레짱에게 질문했다. 스미레짱은 아까부터 줄곧 할아버지 가지에 달린 새장 쪽을 보고 있었다.

모든 것은 저 새장에서 시작되었다. 그 새장에서 리본의 인생이 고동을 시작했다. 겨우 몇 개월 전의 일인데, 아주 옛날부터 이렇게 리본과 함께 시간을 보낸 것 같은 기분이 들었다. 이제 와서 리본 없는 생활은 상상할 수 없었다.

"있었지."

시간이 한참 지난 뒤, 스미레짱은 조용히 대답했다. 순간, 무슨 대화를 하고 있었는지 잊어버렸다. 아, 그렇지, 그렇지, 좋아하는 사람 이야기를 하고 있었지.

"같이 좋아했어요?"

나는 설레여 하면서 물었다.

"아마, 그랬을 거야……."

스미레짱의 만두 같은 뺨이 더욱 볼록해졌다.

"그럼 스미레짱은 그 사람하고 사귀었어요? 결혼은 하지 않았어요?"

나는 잽싸게 질문했다. 스미레짱은 자기 얘기를 별로 하지 않는 편이어서, 지금이 기회라고 생각했다.

"글쎄."

스미레짱이 누가 이름이라도 부른 것처럼 하늘을 올려다보았다.

"그 사람은 눈 깜짝할 사이에 없어졌어. 날개가 있었다면 좋았을 텐데."

그 말만 하고 스미레짱은 입을 다물었다. 나는 남은 단팥 샌드위치를 계속 먹었다.

문득 보니 리본이 새장 창살을 잡고 나를 빤히 보고 있었다. 단팥 샌드위치에 흥미가 있는 것 같았다.

"리본도 먹고 싶니?"

시험 삼아 리본에게 물어보니, 조금만 먹어 보고 싶어, 하는 대답이 돌아왔다. 이런 걸 먹여도 괜찮을까 생각했지만 리본이 먹고 싶어 해서, 나는 먹고 있던 샌드위치를 천천히 리본 쪽으로 가까이 가져갔다. 리본은 신기한 듯이 얼굴을 갖다 대고 부리를 벌려 혀로 몇 번이나 확인한 뒤, 천천히 바나나만 골라서 먹기 시작했다.

"리본, 이건 바나나야. 바, 나, 나."

가르쳐 주니 리본은 역시 독특한 새의 말로 이 맛, 참 좋아, 하고 소리 냈다. 스미레짱은 리본이 신중하게 바나나 먹는 모습을 기쁜 듯이 바라보았다.

다시 스미레짱이 입을 연 것은 식빵도 단팥도 과일도 전부 우리 위에 들어간 뒤였다.

"노래 부를까."

스미레짱은 그렇게 말한 뒤 발성 연습도 하지 않고 갑자기 노래를 부르기 시작했다.

그 노래였다. 스미레짱이 머리칼 둥지에서 알을 덥혀 주며 곧잘 태교로 불러 주던 노래. 리본이 무사히 태어난 뒤에도 자장가로 곧잘 흥얼거리던 노래.

가까이에서 스미레짱 노래를 듣고 있다 보면, 온몸이 보글보글 기분 좋은 거품에 쌓인 듯한 기분이 든다. 점점 졸음이 왔다. 저절로 눈꺼풀이 무거워졌다.

문득 눈을 떠 보니 리본도 함께 노래를 하고 있었다.

가사를 또렷하게 부르는 게 아니라, 그저 찍찍짹짹 입 속으로 중얼거리는 느낌이긴 하다. 그래도 스미레짱의 목소리에 맞춰 몸을 옆으로 흔들기도 하고, 위아래로 흔들기도 한다. 후렴 부분에서는 양 날개를 펼쳐 마치 오페라 가수가 열창하는 것 같았다. 쭉 펼친 노란 날개와 점점이 잔물결처럼 이어지는 작은 무늬가 마치 특별히 만든 무대 의상처럼 보였다. 노래를 부를 때의 리본은 정말로 행복해 보여서 그 모습을 보고 있기만 해도 나까지 행복한 기분에 감싸였다.

나는 꾸벅꾸벅 졸면서도 스미레짱과 리본의 노래를 듣고 있었다. 해가 저물려고 할 때까지 스미레짱은 줄곧 노래를 불렀다. 스미레짱의 노래가 반짝거렸다.

5월에 들어서 드디어 기다리고 기다리던 그 날이 찾아왔다.

리본이 태어난 뒤, 꼭 반년이 지났다. 오늘은 스미레짱과 함께 축하를 해 주기로 했다.

나는 약간 멀리 돌긴 하지만, 학교에서 오는 길에 공원에 들렀다. 그곳에는 리본이 좋아하는 별꽃이 잔뜩 나 있다. 그걸 리본에게 선물하기로 했다. 이미 리본은 불린 알곡뿐만이 아니라 다른 모이도 먹을 수 있게 되었다. 전에는 따뜻한 모이밖에 먹지 않았지만, 지금은 따뜻하지 않은 것도 혼자서 잘 먹었다. 특히 리본은 신선한 푸른 잎을 좋아했다.

별꽃과 함께 제비꽃을 조금 넣었더니 아주 귀여워졌다. 제비꽃은 멀리서 보면 사람이 웃는 모습처럼 보인다. 꽤 많이 모았더니 부케처럼 되었다. 내가 리본에게 주는 선물이다.

한 손에 별꽃 부케를 들고, 들뜬 기분으로 아무도 없는 골목길을 폴짝폴짝 건너뛰면서 앞으로 나아갔다. 땅에 착지할 때마다 가방 속에 들어 있는 필통과 노트와 교과서가 시끄러운 소리를 냈다. 이제 모퉁이 하나만 돌면 벚나무 가로수 길이고, 집 현관이 보인다. 리본도 스미레짱도 빨리 만나고 싶었다.

요전에 스미레짱이 가르쳐 주었는데, 리본은 내 귀가 시간이 가까워지면 성 안에서 어쩔 줄 몰라 한다고 했다. 내가 현관을 여는 순간, 얼른 성문 앞으로 이동해서 일 초라도 빨리 밖으로 나가려고 대기하는 모양이었다. 그러니 지금쯤 아마 리본은 목을 길게 빼고 내가 돌아오길 기다리고 있을 것이다.

리본, 이제 다 왔어.

멀리 있는 리본에게 마음속으로 메시지를 보냈다.

하지만 모퉁이를 도는 순간 행복한 기대는 흔적도 없이 사라졌다. 스미레짱이 양말 바람으로 현관 앞에 쓰러져 있었다.

"어떻게 된 거예요!"

별꽃 부케를 든 채, 나는 전력으로 달려갔다.

"스미레짱!"

스미레짱의 얼굴이 새파랗게 질려 있었다. 불길한 예감이 소나기처럼 한꺼번에 가슴을 지배했다.

"리본이, 리본이……."

스미레짱은 절규하며 아이처럼 나를 꼭 껴안았다. 스미레짱이 내 가슴속에서 울먹였다.

"왜 그래요? 응, 스미레짱. 리본이 왜요?"

스미레짱의 동그란 등을 어루만지면서 간신히 울음을 멎게 했다. 스미레짱이 한숨 같은 목소리로 힘없이 속삭였다.

"나도 뭔가 도와줄 수 있는 게 없을까 하고……."

"그래서요?"

그다음이 빨리 듣고 싶었다.

"새장 청소를 하려고 리본을 밖으로 꺼냈단다. 그때 전화가 와서 내가 깜박 방문을 열어 놓은 채로……."

스미레짱은 우는 소리로 말을 계속했다. 그때 리본이 도망쳐 버린 걸까. 그러나 내심 리본이 크게 다쳤다거나, 그보다 더 최악의 일을 상상하고 있던 나는 조금 안도하기도 했다.

"미안해, 정말로 미안해. 우리의 소중한 보물을……."

스미레짱은 눈물을 뚝뚝 흘리면서 내게 사과했다.

"괜찮아요, 괜찮아, 스미레짱. 정말 괜찮아요."

나는 부드럽게 달래 주었다.

리본은 아직 잘 살아 있다. 살아 있다면 또 어딘가에서 만날 수 있을지도 모른다. 게다가 바로 돌아올지도 모른다. 머리로는 그렇게 생각하는데 스미레짱의 눈물에 전염되었는지, 내 눈에까지 눈물이 흘러넘쳤다. 슬픈 건 아닌데, 뭔가 표현할 수 없는 안타까운 마음이 한 걸음씩 다가와서 나를 움직이지 못하게 했다.

"미안해."

스미레짱이 그렇게 말했을 때였다. 벚나무에서 노란 새가 날아갔다.

"리본!"

나는 큰 소리로 불렀다.

"이리 와! 여기야, 돌아와."

리본이 있는 쪽을 향해 팔을 힘껏 뻗치고 검지를 내밀었다. 하지만 리본은 돌아보지 않았다. 눈 깜짝할 사이에 연한 분홍색 노을 너머로 가 버렸다.

"리본!"

한 번 더 크게 소리를 질렀다.

스미레짱이 울고 있었다. 내 눈에서도 다시 눈물이 쏟아졌다. 리본이 그렇게 날갯짓하며 하늘을 날 줄 알게 되었다는 것도 몰랐다니.

지금 막 하늘로 날아간 리본의 뒷모습은 마치 진짜 리본 같왔다. 나비 모양으로 묶은 것처럼 양쪽 날개와 꽁지깃이 예쁜 쥘부채 모양이 되어 있었다.

나는 밀랍 인형처럼 굳어진 채, 하늘을 올려다보았다. 어쩌면, 어쩌면 기적이 일어날지도 모른다. 그렇게 생각하자 바로는 움직일 수가 없었다. 스미레짱도 발밑에서 멍하니 하늘을 올려다보고 있었다.

그러나 역시 기적은 일어나지 않았다. 조금 쌀쌀한 바람이 불기 시작해서 나는 각오를 다지고, 목에서 소리를 쥐어짜 냈다.

"안으로 들어가요."

스미레짱의 겨드랑이를 두 손으로 부축하여 일으켜 세웠다. 그리고 스미레짱의 손을 꽉 잡고, 현관까지 몇 미터를 천천히 걸었다.

리본이 보물이었던 게 아니다.

스미레짱과 둘이서 알을 품었던 날들과 아직 눈을 뜨지 못한 리본에게 모이를 먹여 주었던 것, 리본과 스미레짱과 셋이서 함께 보낸 시간의 전부가 내게는 보물이었다. 그러니까 보물이 사라진 건 아니다. 보물은 내내 이 가슴에 남아 있다.

리본에게 자란 훌륭한 날개는 신이 넓은 하늘을 누비라고 준 선물이다. 리본은 하늘을 날기 위해 태어났다. 그러니까 그것이 진짜 모습이다.

집에 들어가기 전, 손에 들고 있던 별꽃 부케를 살그머니 흙 위에 던졌다. 어쩌면 리본이 다시 돌아와 줄지도 모른다. 아주 좋아하는 별꽃을 두고 가면, 이곳이 우리집이라는 표시가 될 것이다. 리본이 내 어깨에서 목 뒤를 지나 반대편 어깨로 움직일 때의 간지러운 감촉이 문득 되살아났다. 먹물 한 방울 뚝, 떨어뜨린 듯한 동그랗고 귀여운 눈동자가 떠올랐다.

나는 한 번 더 하늘을 올려다보았다.

이 하늘 어딘가에 리본은 확실히 있다.

리본은 살아 있다. 앞으로도 계속 살아 있다.

그러니까 오늘은 리본의 가출을 축하하는 날이다. 리본은 분명 하늘 어딘가에서 반드시 나와 스미레짱을 지켜보아 줄 것이다.

왜냐하면 영원히 나와 스미레짱의 영혼을 이어 줄 리본이 니까.

나는 애써 마음을 단단히 먹으며 그렇게 생각하려고 했지 만, 눈물은 좀처럼 그치지 않았다.

역시 한 번 더 리본을 만나고 싶었다.

벚꽃 피던 날

이제 곧 벚꽃이 핀다.

작년에는 그렇게 애타게 기다렸는데. 그러나 올해는 피지 않았으면 좋겠다. 벚꽃이 피면 그 후 일 년이 지나 버린 게 된다. 벌써 계절이 한 바퀴 돌았다.

만약 오늘 아무 일도 없었더라면.

아까 출근하는 남편을 배웅할 때 결심한 것을 마음속으로 반추했다. 이 집을 나가자. 그렇게 마음먹었다. 내가 여기 있어도 이제 아무런 도움도 되지 않는다.

혼자가 된 나는 그릇장에서 잔을 꺼냈다. 어제도 거의 잠을 이루지 못했다. 냉장고를 열고 마시다 만 화이트 와인 병을 꺼내 잔에 찰랑찰랑 따랐다.

일 년 반 전, 이 집으로 이사를 왔다. 주택 대출을 받아서 간신히 구입한 신축 분양 맨션이었다. 둘이서 살던 월세 방이 너무 좁아서 임신을 계기로 큰 마음먹고 맨션을 샀다. 그런 생각으로 맨션을 구입한 사람들이 많았던 것 같다. 또 어느 집에선가 아기 울음소리가 들려온다. 봄이 되어 창을 열어 놓은 것이리라. 여기서도 저기서도 아기 울음소리가 귀에 거슬린다.

이 집에서도 그 소리가 울릴 뻔했다. 생명력 넘치는 아기 소리가 전 세계에 들릴 정도로 크게 메아리칠 예정이었다.

잔 가득히 화이트 와인을 마신 것으로도 아직 흥분이 가라앉지 않아, 새 와인 병을 땄다. 드디어 오른쪽 아래 집에서 울던 아기가 조용해졌다. 그렇지만 아직도 어느 집 한 아기가 고래고래 울고 있다.

예정일은 벚꽃 개화 예상일과 겹쳤다. 지금과 마찬가지로 이곳에 앉아, 이따금 창 너머 경치로 시선을 보내면서 온종일 기저귀를 만들었다. 배 속의 아기가 찰 때마다 이제 곧 나올 거야, 말을 건네고, 커다란 배를 양손으로 문지르며 만날 날을 기대하고 지냈다.

두 잔째인 화이트 와인을 반 넘게 마시자, 그제야 마음이 차분해졌다. 늘 이 시간대가 가장 힘들다. 두려운 것은 밤이 아니라 아침이다. 모두가 일어나, 새로운 기분으로 일터와 학교에 향할 때, 나는 망연자실한 모습으로 우두커니 서 있다. 빛나는 해가 나무라듯이, 다그치듯이 죄책감을 떠다 안긴다. 밤만이 나의 무기력을 관대하게 포용하고, 허무 같은 슬픔을 살며시 어둠으로 감싸 준다.

안절부절못하다가 의자에서 일어섰다. 책상 위에 있는 작은 도자기를 손에 들자, 잠시 마음이 평온해졌다.

도자기를 감싼 털실 덮개는 내가 뜬 것이라고 했다. 그런 것이 전혀 기억나지 않는다. 선명한 실버 그레이의 가는 마사로 원래는 여름용 모자를 뜬 것이었다. 그걸 풀어서 유골함 덮개로 뜬 것 같다.

성미 급한 시어머니가 보내 준 장난감이며 아기 옷도, 남편 사촌이 물려 준 아기 침대도 어느새 없어지고, 대신 베란다에는 언제부턴가 그물이 쳐져 있다. 내가 그곳으로 뛰어내리지 않을까 걱정하여, 남편이 나름대로 신경을 쓴 것이다.

우리는 전망을 우선하여 제일 위층인 7층에 집을 얻었다. 거기서 뛰어내릴 기력조차 내게는 이제 남아 있지 않았다.

어느새, 끝끝내 울어대고 있던 다른 아기도 그쳤다. 지금쯤 엄마한테 안겨서 젖을 먹으며 만족한 표정을 짓고 있을까.

그날은 기다리고 기다리던 출산 예정일이었다. 그러나 무언가가 달랐다. 남편을 출근시킨 뒤, 나는 서둘러 병원으로 달려갔다. 불안은 일분일초마다 쑥쑥 부풀었다. 어제까지 움직였는데, 갑자기 움직이지 않았다. 몇 번이고 배를 문지르며, 일어나, 부탁이야, 눈을 뜨렴, 하고 잠시도 쉬지 않고 계속 불렀다.

눈을 떴을 때의 그, 기분 나쁜 예감은 무엇이었을까. 지금도 신기하다. 어째서 그날 아침, 살아 있는 것이 뚝 멈춰 버린 것일까. 나의 무엇이 잘못된 걸까.

병원에 도착했을 무렵, 예감은 확신이 되었다. 그래도 배에 있는 아기를 낳아야 했다. 나는 필사적으로 힘을 주고, 소리치고, 이를 악물었다. 절망적인 상황이라는 것은 의사나 조산부들의 공기로 어렴풋이 알았다. 그래도 머리 한구석으로는 어쩌면 기적이 일어날지도 모른다고 생각했다. 태어난 순간, 숨을 다시 쉴지도 모른다고. 그러나 기적은 일어나지 않았다.

정신을 차리고 보니 나는 병실로 옮겨져 있고, 침대 옆에 남편이 앉아 있었다. 아무 말도 나오지 않아 얼굴을 빤히 보고 있으니 남편은 묵묵히 내 손만 꼭 잡아 주었다. 그 순간, 나는 모든 것을 이해했다.

수고했어.

남편이 쉰 목소리로 그렇게 말했던 것 같다. 연애 시절부터 4년 동안이나 함께 있었지만, 남편이 눈물을 흘리는 것은 처음이었다.

만나게 해 줘.

나는 간신히 목소리를 쥐어짜 냈다. 남편이 울면서 고개를 가로저었다. 달래려고 가까이 온 남편의 팔 안에서 나는 소리질렀다.

부탁이니까, 만나게 해 줘!

내 아이의 모습을 이 눈으로 확인하고 싶었다. 확인하지 않으면 안 된다고 생각했다. 한 번도 엄마에게 안기지 못하고 묻히다니, 그런 잔혹한 짓을 어떻게 할 수 있는가.

아이는 깨끗한 얼굴의 남자아이였다. 몸무게는 약 3킬로그램이라고 했다. 강보에 싸여서 눈을 꼭 감고 있었다. 의지가 강해 보이는 아이였다. 품에 작은 신을 안고 있는 기분이었다.

살아서 태어나지 못했는데도 내 몸은 출산한 몸과 같았다. 가슴이 부풀고, 모유가 쏟아졌다. 엄마놀이란 걸 알고 있었지만, 나는 내 젖꼭지를 아기 입에 갖다 댔다. 그 순간만은 만족스러웠다. 그래도 시시각각으로 시간이 다가오고 있었다. 이 아이는 봉제 인형이 아니다. 세 식구가 보낼 수 있는 시간은 겨우 며칠밖에 주어지지 않았다.

맨션 근처에는 강이 흐르고, 강가의 산책길에는 일정한 간격으로 벚나무가 심어져 있다. 여기에서라면 아기를 안심하고 놀게 할 수 있겠지. 맨션 구경을 하고 돌아오는 길에 남편과 나란히 산책을 하며 그런 얘기를 나누었다. 그 무렵에는 임신만 하면 당연히 건강한 아기가 태어날 거라고, 아무런 의심도 없이 믿었다.

마지막 날, 어린 몸에 담긴 생명의 무게를 양팔에 느끼면서 우리는 갓 태어난 아들과 셋이서 벚꽃 터널 아래를 걸었다. 내가 병원에 있는 동안, 벚꽃은 단숨에 만개했다. 꿈이었다. 작고, 보잘것없는, 그러나 꼭 이룰 수 있다고 믿었던 가족에 대한 꿈이었다.

일 년, 또 일 년, 해를 거듭하며 안거나 유모차로밖에 움직이지 못했던 아이가 걸을 수 있게 되고, 뛸 수 있게 되고, 그러다 부모와 손잡는 것도 창피해하게 되고. 하지만 그런 나이가 되어도 우리 세 식구는 벚꽃 나무 아래에서 기념사진을 찍어야지. 사치는 부리지 않아도 돼. 그저 가족 세 사람이 평온하게 웃는 얼굴로 살 수 있다면, 나는 그걸로 행복하다고 생각했다.

지나가는 여성에게 카메라를 건네며, 셔터를 눌러 달라고 부탁했다. 자, 치즈. 당연한 듯이 말해서 그 순간만큼은 남편도 나도 웃는 얼굴이 되었다. 여성은 아마 아기가 평범하지 않다는 사실을 눈치 채지 못했을 것이다. 조깅하는 사람도, 차일드 시트에 어린 아이를 태우고 열심히 자전거를 타는 젊은 엄마도, 벤치에 앉은 고교생 커플도, 산책길을 뛰어다니는 아이들도, 모두 내 품에 안겨 있는 신생아는 자고 있을 뿐이라고, 그렇게 믿었을 것이다.

결국 이것이 처음이자 마지막 가족사진이 되었다.

화이트 와인을 마시는 동안 눈두덩이 무거워져 갔다. 이대로 눈을 뜨지 못하면 좋겠다. 그렇게 바라면서 꾸벅꾸벅 졸았다. 이런 상황에서밖에 잠을 이룰 수가 없다. 그러나 절대 자는 게 아니다. 머리 한구석 어딘가는 깨어서 아들 생각을 하고 있다. 잊고 싶은 건지, 잊고 싶지 않은 건지, 나도 잘 모른다. 꿈이어도 좋다. 아무런 의심도 없는 순수한 마음으로 한 번이어도 좋으니 다 자란 아들을 만나 보고 싶다.

얼마나 시간이 흘렀을까. 문득 어디선가 소리가 났다.

"같이 놀자."

분명 그렇게 들렸다. 그러나 당연하지만, 이 방에는 아무도 없다. 나는 화이트 와인이 남은 잔을 옆으로 치우고, 작은 유골함을 손바닥으로 껴안아 뺨을 비볐다. 그리고 책상 위에 장식한 세 식구의 가족사진을 보았다.

설마. 이 아이는 죽었는걸.

멍한 머리로 그렇게 생각하며 다시 눈을 감았다. 봄바람이 기분 좋게 방을 지나갔다. 다음에 눈을 뜨면 짐을 싸서 이 집을 나갈 것이다. 그런 생각을 하면서, 수마의 꼬리를 놓치지 않으려고 필사적으로 두 손으로 잡아당겼다. 일 년 전 오늘로 돌아가고 싶다.

다음에 눈을 떴을 때는, 바로 가까이까지 노을의 기운이 다가와 있었다. 역시 아무 일도 일어나지 않았다. 이런 생활을 계속했다가는 나도 남편도 엉망이 돼 버린다. 애정이 없어진 건 아니지만, 둘이 있으면 슬픔이 더해진 듯이 점점 더 괴로워지고 고통스러워진다.

짐을 싸려고 일어섰을 때였다. 문득 하얀 커튼이 눈에 들어왔다. 커튼 속에서 무언가가 움직였다. 환상인가. 드디어 나는 환각까지 보게 된 건가. 커튼 너머에 있는 것은 작은 천사 같았다. 커튼 너머로 천사가 즐거운 듯이 춤을 추고 있었다. 그 주변에는 빛이 팡팡 터지듯이 반짝거렸다.

"하루토?"

한 번 더, 아들의 이름을 부르자 천사는 다시 화단에서 얼굴을 들었다. 까맣게 잊고 있었다. 아이가 이유식을 시작하면 안전한 채소를 먹이기 위해, 이곳으로 이사 온 뒤 바로 베란다에서 채소 재배를 시작했다. 그게 그대로 방치되어 있었다.

내가 천사라고 생각한 것은 노란 새로, 고마쓰나 새싹을 먹고 있었던 것 같다. 화장을 한 것처럼 뺨이 진한 오렌지색이다.

내가 창가에 다가간 순간, 노란 새는 화단을 떠나 베란다 난간에서 날아갔다. 남편이 괴로워하면서 달았을 그물도 이 작은 새에게는 효과가 없었다. 나는 새가 떠난 뒤의 베란다에 나가 오랜만에 아래층을 내려다보았다. 풍경이 봄 색으로 부옇게 흐렸다.

화단 앞에 쭈그리고 앉아, 삐뚤삐뚤 벌레 먹은 고마쓰나 잎을 손가락 끝으로 더듬었다. 흙도 마르고, 비료도 주지 않았는데 그래도 고마쓰나가 싹을 틔우고 있었다. 시들었다가는 씨를 뿌리고, 또 시들었다가는 씨를 뿌리며, 그렇게 연연이 생명을 이어왔을 것이다. 이 좁은 세계에서.

그렇게 생각하니 눈물이 그치질 않았다.

아까 베란다에 있었던 것은 단순한 노란 새가 아니었다. 천사였다. 하루토가 천사가 되어 돌아와 주었다. 그렇게 슬퍼하지 말고 같이 놀아요, 하고 말하러 와 준 것이다. 이곳은 천사가 된 하루토가 돌아오는 곳. 그러니까 역시 나는 이곳에 없으면 안 될지도 모른다.

이제 곧 벚꽃이 피겠지.

봄에 태어난 사람을 성대히 축하하듯이 아름답게 만개하겠지.

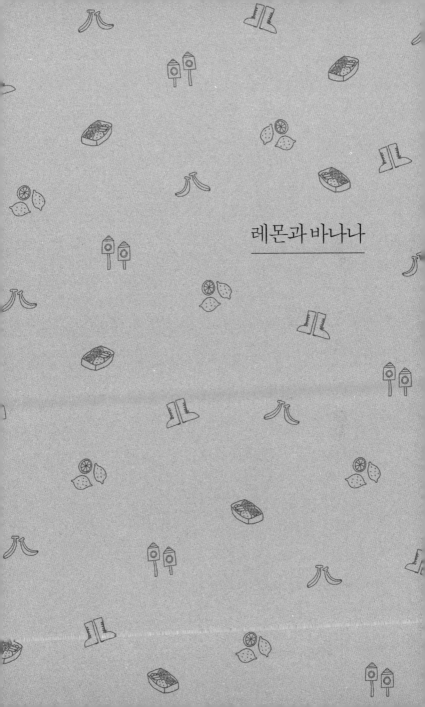

레몬과 바나나

새들의 집은 대표가 사재를 털어서 구입한 산 중턱에 있다. 황폐해질 대로 황폐해진 땅을 거의 우리 힘으로 일구어서 건물을 짓고 밭을 만들었다. 개간은 지금도 계속되고 있다. 이 땅을 장래 새들을 위한 이상적인 보호 구역으로 만드는 것이 꿈이다.

　부지에는 작은 과수원이나 밭도 있어서 새들이 먹을 모이로 공급된다. 올해부터 피나 좁쌀 등의 유기농 재배도 시작했다. 그 관리도 당연히 스태프가 하고 있다.

　그래서 해도 해도 일이 끝이 없다. 게다가 새가 주말 이틀만 살아 있는 것도 아니어서, 당연히 전 스태프가 일제히 쉬지도 못한다. 그런 의미에서 이곳에는 설도 추석도 없다. 그저 담담하게 새들과 하루하루를 보낸다.

대학에 진학한 동급생들은 졸업 후에도 한결같이 새들의 집에서 일하는 나를 불쌍하다는 눈으로 보았다. 그러나 내게는 누구나 똑같은 얼굴을 하고, 도시로 향하는 게 더 이상하다고 여겨졌다. 나는 유행하는 패션에도 디즈니랜드에도 전혀 흥미가 없었다.

잡초로 덮인 나지막한 산에 가서 예쁜 들꽃을 두세 송이 꺾었다. 그리고 그걸 들고 납골당으로 향했다. 거기에는 새들의 집에서 죽은 새의 유골이 있다.

유감스럽지만, 새들의 집에 왔다고 해서 모두가 새로운 가족을 만날 수 있는 것은 아니다. 여기서 수명이 다해 세상을 떠나는 새들도 많다. 딱히 규칙이 있는 건 아니지만, 스태프들은 하루에 한 번 납골당에 가서 합장을 한다.

기도를 마치고 사무실로 돌아오자, 이미 스태프들이 다 모여 있었다. 몇 시간 만에 장화를 벗으니 양말이 땀에 젖어 축축했다. 물일이나 밭일이 많아서 아무리 더워도 장화는 빼놓을 수 없다. 부리가 뾰족한 새들의 공격을 막는 데도 장화가 최고다. 점심시간은 약 한 시간이다. 오늘도 나는 직접 만든 도시락을 먹었다.

오후에는 새장의 새들을 테라스로 데리고 나와서 놀게 한다. 테라스는 지면의 흙은 그대로 두고 사방의 상공에만 그물을 둘렀다. 골프 연습장 같은 구조로, 지면에는 풀이 무성하고 안에는 진짜 나무도 있다. 새들이 자연에 더 가까운 형태에서 일광욕을 하고, 날갯짓을 하고, 물장난을 할 수 있도록 만든 공간이다.

즐겁게 놀면서 사람에게 익숙해지고 바른 습관을 들여서 새로운 가족을 쉽게 찾도록 하기 위한 것이다. 새들의 제2, 제3의 인생을 바라며 훈련을 시킨다. 사람과 친숙해지면 그만큼 새로운 가족을 만날 가능성이 높다.

가을 노을 같은 핑크빛이 아름다운 분홍관앵무 커플을 양쪽 어깨에 올리고, 테라스로 이동할 때였다.

"도리, 이따가 시간 좀 있어?"

그물 너머에서 얏상이 불러 세웠다. 우연인지 운명인지 내 이름은 '도리스鳥須'다. 그래서 스태프들은 나를 도리(일본어로 새라는 뜻 – 옮긴이 주)라고 부른다.

얏상은 새들의 집에서 가장 오래된 터줏대감이자 대표의 오른팔로 새들의 집 운영 전반에 관여하고 있다. 전에는 대형 애견 센터에서 일했단다. 그곳의 뒷사정에 혐오감을 느끼고, 버드 구조대에 들어와 지금에 이르렀다. 경험이 풍부하고 동물

간호 전문학교를 나와서 주로 검역과 치료를 맡고 있다.

"새 아이를 소개할까 하고."

두 마리를 나뭇가지에 옮긴 뒤 테라스 밖으로 나오자, 얏상이 말했다.

얏상을 따라 다른 건물에 있는 면역실 쪽으로 향했다. 얏상의 뒷모습은 아무리 봐도 진짜 야쿠자로밖에 보이지 않는다. 처음에는 너무 무서워서 말을 걸지도 못했다.

새들의 집에 온 새는 반드시 처음 한 달 반을 얏상이 관할하는 검역실에서 지내게 되어 있다. 그곳에서 병이 없는지 꼼꼼히 체크한다. 한 마리가 갖고 들어온 병과 균이 눈 깜짝할 사이에 다른 새에게 번지는 일이 적지 않다. 그래서 잠복 기간도 고려하여 처음 한 달 반은 다른 새들과 격리되어 지낸다.

"쓰레기장에서 발견한 아이 같군요."

나는 전체 미팅에서 보고받은 왕관앵무의 정보를 떠올리며 말했다. 슬프게도 그런 곳에서 새가 발견되는 일은 절대 드물지 않다. 세상에는 생명이 있는 생물을 태연하게 버리는 사람이 아직 있다.

"맞아, 맞아. 도리, 잠깐 여기서 기다려 봐."

얏상은 내게 그렇게 말하고, 면역실 입구에 있는 에탄올로 두 손을 꼼꼼히 소독했다. 또한 장화도 깨끗이 씻었다. 이쪽에서 균을 갖고 들어가면 끝장이다. 면역실에 들어가는 것이 허락된 사람은 스태프 중에서도 한정되어 있다.

"자, 이 아이."

잠시 후 얏상이 돌아왔다. 손에 작은 동물용 이동장을 들고 있었다.

안에 들어 있는 것은 왕관앵무인 루치노였다. 호주의 야생에서 사는 왕관앵무는 온몸이 잿빛이고 머리만 노랗지만, 멜라닌 색소가 결여되면 온몸이 크림색인 루치노가 된다. 흰색 앵무라는 애칭으로 친숙한 인기 높은 왕관앵무다.

"야생 아이들 속에 넣어야 할지 어떨지 애매하네. 도리, 잘 지켜봐 줘."

나는 올여름부터 야생 방 관리를 맡았다. 야생 방에서는 왕관앵무나 사랑새 등을 방목하고 있다.

"너무 말랐네요."

새는 온몸이 봉긋하게 털로 덮여서 좀처럼 실제 체격을 알기 어렵지만, 그래도 그 아이는 위에서 보기만 해도 상당히 선이 가늘었다. 껑충한데다 꽁지깃이 조금 왼쪽으로 휘어서 생김새가 마치 초승달 같았다.

"그러게, 모이를 잘 먹지 않네."

"치료는 이제 할 필요 없는 건가요?"

치료가 필요한 새는 면역실과 같은 동에 있는 치료실에 들어가게 되어 있다. 치료실은 일 년 내내 실내 온도를 30도로 유지한다.

나는 왕관앵무를 더 잘 보기 위해 그 자리에 쭈그리고 앉았다. 그리고 바로 옆에서 그 아이를 본 순간, 심장이 멎을 뻔했다.

바로 옆에 얏상이 있어서 울 수는 없었다. 하지만 눈물이 자꾸자꾸 번져 멈추지 않았다. 나는 목에 걸치고 있던 수건으로 땀을 닦는 척하며 눈물을 얼버무렸다.

"몸무게도 80그램 정도고 별로 적극적으로 모이를 먹으려고 하지 않아. 치료실에 넣을지 말지는 애매하고, 솔직히 나도 상당히 고민했는데, 왠지 이 녀석은 치료실에 있는 것보다 사람들과 접하는 편이 좋을 것 같은 느낌이 들더라고. 지금은 사람만 보면 겁먹지만. 보기에는 아직 어려. 그렇다면 그리 깊은 상처는 입지 않았을 거야. 나의 단순한 육감이지만."

내가 몰래 울고 있는 것도 모르고 얏상은 설명을 계속했다.

날마다 많은 새들을 접하다 보면 새한테도 각각 개성이 있다는 것을 알 수 있다.

일반적으로는 겁이 많은 성격으로 알려진 왕관앵무지만, 정말로 내성적이고 겁이 많은 아이가 있는가 하면, 대담무쌍해서 무서움을 모르는 아이까지 성격은 천차만별이다. 원래 태어날 때부터 그런 성격을 갖고 있는지, 아니면 주인의 영향을 받아서 형성되는 건지는 알 수 없지만, 백 마리가 있으면 백 가지 성격이 있다.

게다가 사람과 있는 편이 행복한 새도 있고, 같은 새들끼리 있는 편이 행복한 새도 있다. 사람이 애정을 쏟아서 기른 경우와 야생으로 자란 경우는 명확히 표정이 다르다.

눈앞의 왕관앵무는 얏상의 육감대로 설령 지금은 그렇지 않다 해도 원래는 사람과 있는 편이 행복한 새일지도 모른다. 사람에게 애정을 받으며 자란 왕관앵무는 표정이 부드러워서 보면 안다.

"열심히 하겠습니다."

눈물을 밀어 넣고, 나는 벌떡 일어섰다. 내 겉모습이 남자란 걸 잊고 그만 여자 같은 소리를 내고 말았다. 아무리 봐도 금방운 모습이어서 얏상에게는 울었던 게 들켰을지도 모른다. 하지만 얏상은 아무 말도 하지 않았다.

왕관앵무가 들어 있는 이동장을 받아들고, 소형 마을로 향했다. 큰 방에 풀어 놓고 키우는 야생 왕관앵무를 포함해서 새들의 집에는 현재 열 마리 가까운 왕관앵무가 살고 있다. 참고로 이름은 왕관앵무여도 앵무새과이다. 머리에 있는 훌륭한 관모로 감정을 표현한다.

그래도 그렇지, 정말로 레몬하고 똑같이 생겼다.

저녁 무렵, 하루 일을 마치고 논밭 옆을 지나는 가파른 언덕 길을 단숨에 자전거로 내려가서 아파트로 돌아온 나는 레몬의 사진을 자세히 보았다. 직접 만든 액자에 넣어서 좁은 현관 신발장 위에 올려놓았던 사진이었다.

동물을 싫어하는 엄마를 간신히 설득하여 힘들게 산 왕관앵무였다. 사진 속에는 초등학교 6학년인 내 어깨에 레몬이 오도카니 점잖은 얼굴로 앉아 있다. 나는 레몬을 무척 좋아했다.

개를 산책시키듯이 나도 뚜껑 달린 작은 바구니에 레몬을 넣어서 소풍을 데리고 다녔다. 공원, 육교, 연못, 여러 곳에 가서 같이 경치를 보았다. 생각해 보면 레몬은 새의 매력을 온몸으로 내게 가르쳐 주었다.

그런데 레몬은 이 사진을 찍고 몇 개월 뒤에 죽었다. 병이 아니었다. 결과적으로 내가 죽인 셈이었다. 물론 의도적인 건 아니었다. 그러나 무의식중에 레몬을 상처 입혔다.

나는 사람이 먹는 스낵 과자나 간식, 때로는 고기 요리 같은 것을 레몬에게 주었다. 레몬이 기뻐한다고 착각했다. 어느 날 레몬 몸이 안 좋은 것 같아서 바로 동물 병원에 데려갔더니, 그때는 이미 늦었다. 레몬은 머잖아 숨을 거두었다. 무난하게 살면 이십 년을 산다고 하는 왕관앵무인데, 레몬은 그 5분의 1밖에 안 되는 삶을 살 수밖에 없었다. 새끼 때부터 편식을 계속해서 사람의 위에 해당하는 모이주머니라는 부분이 완전히 찢어졌기 때문이다.

그날 밤, 나는 소리 내어 엉엉 울었다. 경련을 일으켜서 호흡이 곤란해질 정도로. 그래도 눈물이 멎지 않았다. 당연하다. 나 때문에 죽었으니. 내가 레몬의 미래를 빼앗은 것이다.

그때 나는 내 목숨을 주어도 좋으니 레몬을 다시 살릴 수 있기를 진심으로 바랐다. 그렇게 미친 듯이 울었던 것은 그 전에도 후에도 없었다. 아마 나는 부모님이 세상을 떠나도 그렇게 울지는 않을 것이다. 누구 탓도 할 수 없으니 더 서러웠다. 어쩌면 다시 살아날지도 모른다고, 그날 밤은 레몬을 파자마 안에 넣고 가슴에 품은 채 잤다. 하지만 아침이 되어도 레몬은 살아나지 않았다.

새들의 집 납골당에 가서 향을 올릴 때는, 언제나 레몬의 명복도 함께 빌었다. 새들아 놀 때 부디 레몬도 끼워 주렴, 하고. 정말로 나는 하루도 레몬을 잊은 적이 없다. 그 이후, 레몬 말고 다른 새를 키울 마음도 들지 않았다.

그래서 오늘 그 왕관앵무를 보았을 때, 나는 내 눈을 의심했다. 어째서? 어째서 레몬이 여기 있지?

나는 완전히 혼란스러웠다. 그리고 좀 신기한 느낌에 휩싸였다.

그런가. 그때 레몬은 죽지 않았나 봐.

순간이었지만, 나는 진심으로 그렇게 생각했다.

그것은 내 꿈속에서 일어난 사건이고, 진짜 레몬은 새장에서 멋대로 어딘가로 날아가 버렸을 뿐이야. 죽었다고 생각한 것은 나의 착각일 뿐, 사실은 어딘가에서 계속 살아 있었던 거야.

레몬이 내 곁에서 떠난 지 아직 십 년도 지나지 않았다. 내가 아는 왕관앵무 중 가장 장수한 아이는 서른일곱 살이다. 지금 레몬이 살아 있다 해도 신기하지 않다. 아니, 있을 수 있는 이야기다. 나는 멋대로 그렇게 생각하고, 평온한 기분에 감싸였다.

그러나 역시 이동장에 있는 것은 레몬이 아니었다. 레몬과는 뺨의 연지 색깔이 미묘하게 다르다. 레몬의 연지는 조금 더 연하고 희미했다.

그리고 나는 또 이렇게 생각했다. 여기 있는 것은 레몬의 환생이라고. 그렇게 생각하니 왠지 레몬을 다시 만난 것 같아서 기뻤다.

그런 생각을 하면서 나는 황급히 옷을 갈아입었다.

오늘은 지금부터 아르바이트가 있다. 새들의 집 월급만으로는 생활하기 어려워서, 나는 일주일에 하루 이틀 아파트 1층에 있는 오카마(여장 남자) 바에서 일하고 있다. 혼자 생활을 한 지

얼마 되지 않았을 무렵, 집으로 돌아오다 우연히 바의 마담과 마주쳤는데, 그 자리에서 스카우트되었다. 그렇다, 나는 세상 사람들이 흔히 말하는 '여장 남자'다.

여자 옷을 하나도 갖고 있지 않다고 했더니, 선배 호스티스가 몇 벌 물려주었다. 내게는 허리가 컸지만 접어서 입으면 딱 맞았다. 사용하던 화장품과 구두도 물려주었다.

물론 새들의 집에 갈 때는 화장 같은 것은 하지 않는다. 사실은 지금도 하고 싶지 않지만, 이것은 모두 새를 위해서다. 처음 화장을 해 봤던 날, 나는 루주를 잘못 발라서 만화에 나오는 캐릭터 같았다. 거울에 비친 자신을 보니 웃음이 끓어올랐다. 이거야 호스티스라기보다 가장 대회다. 그러나 이런 깡촌에서 시급 천 엔 이상을 주는 것은 감사한 일이고, 자전거를 타지 않고 계단만 내려가면 되며, 개점 전에 마담이 정성껏 만든 요리를 차려 주고, 손님이라고 해도 기본적으로는 얼굴을 아는 단골들이고, 개중에는 아내와 아이를 데려오는 사람도 있을 정도로 가정적인 분위기여서 위험한 일도 없다. 게다가 새들의 집 사람들 정도는 아니어도, 기본적으로 모두 일찍 자고 일찍 일어나서 아무리 밤일이라고는 하지만, 늦어도 열한 시가 좀 지나면 집으로 돌아올 수 있다. 물론 때로는 인간이 싫어질 만한 일도 있지만, 돈을 벌기 위해서라고 생각하면 참을 수 있다.

참고로 그곳에서도 나는 도리라고 불린다. 하지만 새들의 집에서 일하는 것은 비밀. 이름은 같은 도리여도 새들의 집에서 일하는 나와는 다른 사람이다.

나는 현관 앞의 레몬 사진에게 다녀올게, 하고 손 키스를 날린 뒤, 부랴부랴 집을 나섰다. 하이힐보다 장화 쪽이 훨씬 걷기 편하지만 어쩔 수 없다.

노랑목아마존앵무인 햄타로가 내 어깨에 앉아서 기분이 좋은지 노래를 흥얼거렸다. 아마존앵무는 아무래도 흥을 잘 타는 라틴계가 많은 것 같다. 튀고 싶어 하는 아이들이 많다. 햄타로도 내 주의를 끌려고 아까부터 사극 드라마 '미토코몬' 주제가를 열창하고 있다. 분명 주인과 함께 보았던 프로그램일 것이다.

다만 음정이 전혀 없이 불러서 유령의 헛소리 같기도 하고, 세상에서 가장 어두운 불경 같기도 하다. 자세히 귀 기울여 듣지 않으면 '미토코몬' 주제가인지 아무도 모른다.

햄타로는 반년 전, 주인이 병에 걸려서 새들의 집에 들어오게 되었다. 처음에는 말을 걸어도 이름을 불러도 전혀 반응이 없고, 새장 밖으로 나오려고도 하지 않았다. 햄타로에게는 안전한 장소가 새장밖에 없었을 것이다. 이렇게 새장에서 나오게 된 것은 아주 최근의 일이다.

마지막까지 대형 마을에 남아 있던 햄타로를 테라스로 보낸 뒤, 얼른 그 아이를 만나러 갔다.

나는 어제 잠시 망설이다 그 아이의 새장을 야루 씨 옆에 두었다. 개별 새장에 들어 있다고는 하지만, 각각의 새장을 놓는 위치도 신중하게 생각할 필요가 있다. 인간과 마찬가지로 이웃끼리의 궁합이 있기 때문이다. 그 아이와 야루 씨는 조용한 성격이니 서로 잘 맞을 것 같은 예감이 들었다.

그 아이의 새장 가까이 가서 살짝 안을 들여다보았다.

오전에 기껏 새 펠릿 모이를 넣어 두었는데 거의 줄지 않았다. 이대로 음식을 먹지 않으면 스포이트 같은 전문 도구를 사용하여 억지로 먹일 수밖에 없다. 몸이 작은 새의 경우, 단 하루만 모이를 먹지 않아도 생명에 지장이 있기 때문이다.

"왜 그래? 무섭지 않아. 먹지 않으면 힘이 안 나잖아."

내가 천천히 손을 넣으려고 했더니 관모를 곤두세웠다. 그대로 몇 걸음 뒤로 물러났다. 놀라거나 공포를 느꼈다는 증거다. 얏상이 말한 대로 사람의 손을 겁내고 있다.

이 왕관앵무는 양과자점의 작은 상자에 넣어져 짐 싸는 테이프로 봉인된 상태로 쓰레기장에 버려졌다고 한다. 근처에 사는 전문학교 학생이 희미한 소리를 알아차렸기에 망정이지,

발견되지 않았더라면 그대로 쓰레기 처리될 뻔했다. 아마 사람의 손에 어지간히 무서운 경험을 한 것이리라. 그때의 공포가 완전히 뇌리에 새겨져 버렸다. 이렇게 되면 그저 끈기 있게 사람 손에 익숙해지도록 길들일 수밖에 없다.

펠릿을 먹지 않아서 몇 종류의 간식을 갖고 왔다. 일단은 왕관앵무가 가장 좋아하는 메밀을 줘 보았다. 손에 올려 주면 아무리 먹고 싶어도 무서워서 가까이 오지 않을 테니, 병뚜껑 위에 몇 알 올려놓았다. 같은 왕관앵무인 자이언이 바로 메밀을 발견했다. 평소에는 천장 근처에 앉아 있는 주제에 이럴 때만은 제일 먼저 아래로 내려온다. 새는 시력이 좋은 만큼 정말로 재빠르다. 자이언이 모르는 척하고 다가와서 간식을 낚아채간다. 나는 소리를 지르며 주의를 줬다.

"자이언은 이제 절대로 먹으면 안 돼! 더 먹어서 뚱뚱이가 되면 다이어트 방으로 강제로 보낼 거야!"

그야말로 자이언이라는 이름에 걸맞게 포동포동한 왕관앵무지만, 이래봬도 자이언은 아직 어린 여자아이다. 같은 루치노인데 겉으로 보기에도 체격 차이가 뚜렷했다.

자이언의 경우, 가슴 언저리에 있는 용골이 완전히 지방에 묻혔다. 왕관앵무 주제에 100그램을 넘다니 뚱땡이 새라고 불려도 어쩔 수 없다. 거기에 비하면 눈앞의 왕관앵무는 바싹 말랐다. 아직 만지지도 못하게 하지만, 아마 이 아이의 경우는 반대로 용골이 볼록 앞으로 튀어나와 있을 게 분명하다.

자이언에게 다 빼앗기기 전에 메밀을 철수하고, 다음에는 해바라기 씨를 줘 보았다. 작년에 새들의 집에서 첫 수확을 한 것이었다. 아직은 공급이 수요를 쫓아가지 못하지만, 장래에는 되도록 새들의 음식을 자급할 수 있었으면, 하고 생각한다.

"이거 맛있어."

시범을 보이려고 내가 실제로 한 알 씹어 먹어 보였다. 자이언이 아까부터 뜨거운 시선을 보내고 있었다. 그러나 자이언에게는 주지 않을 것이다. 잠시 후, 자이언은 절대로 얻어먹을 수 없다는 걸 깨달았는지, 파닥파닥 하고 호쾌한 날갯소리를 울리며 어디론가 날아갔다.

다만 눈앞의 왕관앵무는 아무리 내가 해바라기 씨를 맛있게 먹어도, 전혀 관심을 보이지 않았다. 이 사람 뭔데 아까부터 지저분하게 우물거리고 있지? 하는 차가운 눈으로 나를 흘끗흘끗 곁눈질할 뿐이다.

취향을 바꾸어서 이번에는 키위를 꺼냈다. 이것은 새들의 집 후원자가 집에서 수확하여 추석 선물로 대량 보내준 것이다. 주사위 크기로 자른 것을 뚜껑 위에 올렸다. 하지만 이것에도 관심을 보이지 않았다.

이어서 호두. 대형 마을 새들은 호두를 아주 좋아해서 다들 직접 껍데기를 박박 갉아 먹는다. 그러나 아무래도 왕관앵무는 그러기가 어렵다. 미리 껍데기를 깨 알맹이만 파내서 갖고 왔다. 깨끗하게 껍데기를 벗긴 호두를 뚜껑 위에 살짝 올렸다. 잠시 빤히 보더니 역시 관심을 보이지 않았다.

"무서운 거 아니야. 아주 맛있는 거라니까."

그렇게 말한 뒤, 뚜껑 위에 톡 올려놓은 호두를 내 입에 넣었다. 나도 호두를 아주 좋아한다. 그렇지만 눈앞의 왕관앵무는 조금도 표정을 바꾸지 않고, 쌀쌀맞게 고개를 돌렸다.

남은 간식은 이제 한 종류밖에 없다. 하지만 이 과일을 좋아하는 왕관앵무는 별로 없어서, 거의 포기하고 있었다. 그런데 전혀 예상 밖의 반응이 일어났다.

내가 바나나를 보여 준 순간, 그 아이의 눈동자가 분명히 반짝 하고 빛났다.

"먹어 볼래?"

눈을 빤히 바라보며 묻자, 명확히 지금까지와는 반응이 달랐다. 관모가 섰다가 앉았다가를 되풀이한다는 것은 갈등한다는 증거다. 바나나에 흥미는 있지만, 무섭다는 갈등을 나타내고 있다.

나는 얼른 바나나 껍질을 깠다. 이것은 점심 때, 얏상이 모두에게 나눠 준 것이다. 오키나와에 사는 버드 워칭 동료가 일부러 보내 준 특별한 바나나로, 흔히 보는 바나나보다 훨씬 작다. 나중에 간식으로 먹으려고 그대로 주머니에 넣어 두었던 것이다.

손으로 가운데 부분을 조금 뜯어서 하얀 덩어리를 뚜껑 위에 올려놓았다. 그러고 보니 껍질을 벗긴 바나나는 우울증 기미가 있는 흰유황앵무 나미의 깃털과 같은 색이다.

"자."

부탁이니 제발 먹어 줘.

나는 어딘가에 있을지도 모를 새의 신에게 간절히 기도했다. 천국에 있는 레몬에게 도움을 요청했다.

그러자 정말로 아장아장 다가와서 바나나를 먹었다. 농담처럼 어이없었다. 아구아구 정신없이 먹었다. 위에서 보고 있으니 이 아이 자체가 왠지 바나나 같았다. 노란색의 홀쭉한 몸도.

"바나나."

그렇게 말하자 그 아이가 얼굴을 들고 나를 말똥말똥 보았다. 겨우 눈이 마주쳤다. 부리 옆에 바나나가 묻었다. 얼굴을 다시 아래로 돌렸을 때, 한 번 더,

"바나나."

하고 불렀더니 또 얼굴을 들고 나를 보았다.

나는 마음속으로 브이를 그리며 벌떡 일어났다. 드디어 이름 없는 근위병 왕관앵무에게 귀여운 이름이 정해졌다. 이 아이의 이름은 바나나. 부르기 쉽게 버네너라고 해도 좋을지 모르겠다. 그러나 역시 바나나 쪽이 이 아이답다. 아마 바나나는 남자아이일 것이다. 버네너는 좀 여자아이 이름 같아서 나 같은 인간이 될지도 모른다.

뚜껑 위의 바나나가 완전히 없어졌을 즈음, 마지막 한 조각을 검지에 올려서 내밀어 보았다. 바나나는 한 걸음씩 신중하게 다가왔다. 그리고 내 검지에서 직접 그것을 받아 먹어 주었다.

설마 단 하루 만에 이렇게 거리를 좁히게 될 줄은 솔직히 나 자신도 생각하지 못했다.

"바나나, 또 보자."

새장 문을 닫고, 제자리로 이동시켰다. 문득 돌아보니 나와 바나나의 교류를 야루 씨가 온화한 눈길로 지켜보고 있었다.

바나나가 내 손바닥에서 직접 모이를 먹게 된 것은 그로부터 열흘 뒤의 일이다.

모이가 없어도 스텝 업 할 수 있게 된 것은, 그로부터 또 이주 뒤의 일이다.

내가 슬라이드식 문을 열고 손을 내밀자, 바나나는 능숙하게 한 발씩 움직여 영차 하고 소리를 내는 것처럼 손바닥에 깡충 올라왔다. 이것이 스텝 업이다. 스텝 업을 잘하게 되면 주인이 생길 확률이 훨씬 높아진다. 손에 올라타는 것은 아주 큰 첫걸음이다.

최근 바나나의 진보는 눈부셨다.

물론 아직 혼자 생활하지만, 이따금 주위를 자유롭게 날아다니는 야생 아이들이 새장 옆에 가까이 와도 겁먹지 않게 되었다. 모이도 스스로 잘 먹었다.

무엇보다 기쁜 것은 내 얼굴을 기억해 주는 것이다. 다른 스태프가 가까이 가서 말을 걸어도 모르는 척하는 주제에 내가 가면 명확히 다른 반응을 보인다. 또박또박 새장 가까이까지 걸어와서, 얼굴을 45도로 비스듬히 기울이고, 무언가를 전하고 싶은 듯한 동그란 눈동자로 나를 빤히 바라본다. 이렇게 나를 바라보면 나는 온몸으로 기쁨을 표현하지 않을 수 없다.

지금 눈앞의 바나나는 펠릿을 먹고 있다. 펠릿에는 새의 건강에 필요한 영양분이 균형 있게 포함되어, 시드 모이로는 아무래도 부족하기 쉬운 아미노산과 비타민, 미네랄이 보충된다. 그래서 새들의 집에서는 되도록 펠릿을 주식으로 주고 있다.

왕관앵무는 먹는 취향이 보수적이기 때문에 익숙한 모이 이외에는 좀처럼 먹지 않아서 걱정이었다. 하지만 바나나는 아직 편식은 하지만, 처음에 비하면 놀라울 만큼 건강하게 먹게 되었다.

"바나."

어느새 바나나는 스태프에게 이렇게 불리게 되었다.

하지만 스텝 업은 간단히 할 수 있게 되었으면서 그다음은 좀처럼 진척이 없다. 기왕이면 어깨를 정위치로 삼아 주면 좋겠는데, 바나나는 손바닥 다음은 한 걸음도 앞으로 나아가려고 하지 않았다.

그래서 나는 어떤 것을 시험해 보기로 했다.

오른손에 올려놓은 바나나 위로 가만히 왼손바닥을 가까이 가져갔다. 양쪽 손바닥에는 이미 정유를 섞은 오일을 발라 놓았다. 새의 후각에 관해서는 아직 잘 모르는 부분이 많지만, 긴장감을 완화하는 효과가 있다는 아로마 오일을 한 방울 발라 보았다. 양손으로 닿을 듯 말 듯한 위치에서 바나나를 부드럽게 감쌌다. 특별하고 따뜻한 공기로 꼭 껴안는 듯한 이미지다.

내가 그렇게 해도 바나나는 도망치지 않았다. 눈을 감은 채, 집중해서 바나나에게 에너지를 보냈다. 부드럽고, 따듯하고, 아름다운 아침 해 같은 색의 에너지다. 그러면 조금씩 손바닥이 따듯해진다. 바나나와 내가 말이 아닌 공통의 무언가로 확실하게 교류하고 있음을 실감한다.

　아직 누구에게도 털어 놓은 적이 없지만, 나는 장래에 새 전문 아로마 테라피스트가 되려고 생각하고 있다. 어쩌면 전 세계를 뒤지면 이미 그런 사람이 있을지도 모른다. 그러나 내가 아는 한, 일본에서는 아직 새 아로마 테라피를 본격적으로 하는 사람은 없다.

　가늘고 긴 숨을 토하면서 천천히 눈을 뜨자, 바나나는 눈을 감고 황홀한 표정을 띠고 있었다. 관모가 납작 엎드려 잠을 잔다는 것은 안정되어 있다는 표시다. 바나나는 지금 진심으로 기뻐하고 있다. 그 사실을 확인한 뒤, 이번에는 천천히 손가락을 움직여 몸 전체를 어루만지듯이 쓰다듬어 주었다.

　"무섭지 않아, 하나도 무섭지 않아."

　나도 모르게 소리 내어 속삭이고 있었다.

　머리에서 목, 등, 마지막에는 꽁지깃으로. 같은 속도로 호흡을 맞추면서. 꽁지깃에서 손을 뗄 때는 바나나의 몸에 들어 있는 공포심을 스윽 제거하는 시늉을 했다. 그리고 손바닥에 남아 있는 보이지 않는 독을 탁탁 털어 내고, 다시 깨끗해진 손으로 머리부터 천천히 쓰다듬었다.

　이렇게 해 주면 레몬은 몹시 기뻐했다. 물론 그때는 아직 내가 초등학생이어서 아로마 테라피란 말 자체를 들은 적이 없었고, 그런 용도의 오일이 존재하는 것도 몰랐다. 그러나 그것에 가까운 것을 무의식적으로 했던 것이다.

기분이 무척 좋아지면 레몬은 내 손바닥에 발라당 드러누웠다. 부리를 반쯤 벌리고 정말로 무방비하게. 그런 것은 이제 까맣게 잊고 있었는데, 어느 순간 문득 레몬이 그것을 생각나게 해 주었다.

그래, 지금 내 손바닥에 있는 것은 레몬이 아니다. 바나나다.

이렇게 바나나의 몸에 손을 대고 있으면 나까지 왠지 졸음이 온다. 매끈매끈하고 기분이 좋다. 바나나도 내 손바닥에서 자고 있다. 새의 수면은 분 단위라고 하니까, 바나나는 이 짧은 순간에도 깊은 잠을 자고 있을지 모른다. 잠꼬대처럼 흠냐흠냐 하고 우물거리더니 눈을 번쩍 떴다.

"바나, 기분 좋았어요?"

내가 묻자, 고마워요, 하고 중얼거리는 바나나의 목소리가 내 마음에 또렷이 울렸다. 나는 바나나가 처음으로 내 손에서 바나나를 받아 먹었을 때처럼 또 한 번 기뻐했다.

바나나의 목소리가 들렸다. 분명히 바나나의 목소리가 들렸다.

물론 이런 기쁜 일만 있는 건 아니다. 오히려 기쁜 일은 아주 조금이고, 슬픔과 괴로움, 분노로 분류되는 사건이 압도적으로 많다. 그래서 큰 소리로 기뻐하거나 웃지 않으면 견뎌 낼 수 없다. 마음이 버티지 못한다. 왜냐하면 이곳은 상처 입은 새들의 보호 시설이기 때문이다. 새들이 스스로 원해서 새들의 집에 올 리가 없다. 이곳은 버려지고 방치되고 혹은 어쩔 수 없이 헤어지게 되어, 절망한 새들이 모이는 장소다.

바나나의 목소리가 들린 것과 때를 같이 하여 새들의 집에서 가장 나이가 많은 대형 앵무새 야루 씨가 조용히 숨을 거두었다. 내게는 새들의 집으로 이끌어준 인생의 은인이었다.

야루 씨와 처음 만난 것은 중학교 때 야외 수업의 일환으로 새들의 집 전신인 버드 구조대에 딱 하루 체험 입대했을 때였다. 만약 야루 씨가 그때 "어서 와." 하고 내게 말을 걸어 주지 않았더라면, 지금 나는 이곳에 없을 것이다.

전쟁 전에 태어나 동물원에서 인기 아이돌이었던 야루 씨에게는 언제나 사람을 웃게 하는 유머가 있었다. 말을 잘해서 이곳 스태프와도 간단한 대화를 나눌 수 있었다. 새장 속에 모이를 넣어 주면 반드시 "고맙다." 하고 대답해 주었고, 항상 다정하고 총명했다. 그런 야루 씨가 떠나 스태프 전원이 크고 깊은 슬픔에 잠겼다. 사건은 마침 그럴 때 발생했다.

내가 야생 방에서 바나나에게 손에 올라타는 훈련을 하고 있을 때였다.

한 마리의 검은머리흰배앵무가 내 등 뒤로 접근했던 것 같다. 물론 나는 바나나한테 넋이 빠져 있어서 그때는 전혀 알아차리지 못했다.

"꺄악!"

엉겁결에 여자아이 같은 금속성 소리를 질러 버린 순간, 놀란 바나나가 반사적으로 내 팔에서 날아가 버렸다. 대체 내 몸에 무슨 일이 일어난 건지 전혀 이해할 수 없었다. 그도 그럴게 느닷없이 누가 뒤에서 바지를 내린 것이다. 쭈그리고 있었던 탓에 바지 고무줄이 좀 내려가 있었던 것 같다. 놀란 바람에 앞으로 고꾸라졌다. 최악으로 엉덩이까지 반쯤 드러났다.

소리 지르고 싶은 것을 애써 참고 일어섰다. 그쪽도 그쪽대로 무슨 일이 일어났는지 이해하지 못한 듯, 내 엉덩이 틈에서 파닥파닥 난리였다. 다리를 벌려서 간신히 검은머리흰배앵무를 구출했다. 그리고 내려간 바지를 원래대로 올렸다.

정말로 재수가 없었다. 검은머리흰배앵무는 평소처럼 어딘가를 잡는 버릇대로 내 바지를 잡았을 것이다.

아무리 그래도 이런 모습을 보이다니……. 여기서 일을 하는 사람은 나 혼자뿐이니 누군가 봤을 가능성은 없지만, 혹시라도, 하고 천천히 뒤를 돌아보았다. 그때,

"호호호호호"

우아한 웃음소리가 울렸다.

응? 뭐지? 어째서 아무도 없는데 웃음소리가 나지? 혹시 유령…….

머릿속이 혼란스러워졌을 때, 다시 낭랑한 웃음소리가 났다.

나는 주위를 둘러보았다. 그리고 한 마리의 노란 왕관앵무와 눈이 마주쳤다. 웬걸, 웃고 있는 것은 바로 바나나였다.

놀람과 흥분으로 나는 완전히 이성을 잃었다.

"호호호호호."라니 그건 할머니 소리잖아. 바나나, 저기, 바나나, 그렇게 웃는 소리, 대체 어디서 배운 거야? 누가 가르쳐 준 거야? 잇따라 질문을 퍼부어도 바나나는 모르는 척했다.

"호호호호호."

바나나가 웃어서 나까지 웃고 싶어졌다.

왠지 모르겠지만, 소리 내서 웃다 보니 눈물이 나서 나는 울면서 웃었다. 웃으면서 계속 울었다. 죽은 야루 씨에 대한 슬픔이 갑자기 파도처럼 밀려왔다. 마치 바나나가 나를 위로해 주는 것 같았다.

"고맙다."

뺨에 묻은 눈물을 두 손으로 닦으면서 바나나에게 인사를 하자, 바나나는 톡 하고 내 어깨에 날아와 앉았다. 손바닥에서 서서히 어깨로 이동하는 일은 있었어도, 갑자기 어깨에 앉는 것은 처음이었다. 뭔가 내가 바나나에게 선택받은 것 같아서 뿌듯해졌다.

"호호호호호."

바나나가 웃자, 나까지 즐거운 기분이 들었다.

바나나가 행복하다면 나도 행복하다. 바나나뿐만 아니라 새들이 행복하다면 나도 행복하다. 마음 저 깊은 곳에서 그렇게 느꼈다. 바나나가 소중한 사실을 가르쳐 주었다.

이날을 계기로 해서 바나나는 무언가를 떠올린 것처럼 급격히 사람들을 따르기 시작했다. 기분이 좋을 때는 즐거운 듯이 재잘재잘 중얼거리고, 머리를 콩콩콩 움직이기도 하고, 만세도 가끔 불렀다. 스텝 업도 잘하게 되었다. 어깨에 앉는 것도 처음에는 내게만 했지만, 조금씩 다른 스태프에게도 하게 되었고, 또 사람뿐만이 아니라 새에게도 마음을 열었다.

바나나는 거의 회복했다. 몸무게도 80그램 가까이까지 늘고, 변 상태도 양호했다. 처음에는 야생 방에 풀어 놓아도 지면을 총총 걷기만 할 뿐 전혀 날지 않았지만, 조금씩 비행 연습을 거듭하더니 이제 제대로 날 수 있게 되었다. 지금은 야생 방에서 가장 높은 천장까지 혼자 힘으로 날 수 있다.

이대로 순조롭게 진행하면 새들의 집을 졸업하고 새로운 가족을 만나, 제2의 인생을 살 수 있을지도 모른다. 그것이 바나나에게 가장 좋은 일이다.

그렇다, 머리로는 알고 있었다.

그런데 실제로 바나나가 이번 미팅에 후보로 결정되었을 때는 솔직히 쓸쓸했다. 이대로 줄곧 바나나와 함께 있고 싶었다.

새들의 집에서는 정기적으로 미팅을 열고 있다. 새와 바르게 사귀는 법을 계발하기 위한 애조 강좌 같이 평소 새를 돌보는 것 이외에도 새들의 집 활동은 많이 있지만, 그 중에서도 미팅은 특히 주력하는 이벤트다. 사람과 새가 즐겁게 살고, 세상이 보다 행복해지도록 돕는 것이 새들의 집 활동 방침이다. 그 때문에 사정이 있어서 거둔 새나 보호한 새, 애완동물 가게에서 팔다 남은 새들에게 다시 주인을 찾아 준다.

이곳이 새에게 마지막 서식지가 되지 않도록, 두 번 다시 새들의 집에 돌아오지 않도록, 우리는 애정을 갖고 정성껏 새 한 마리 한 마리가 가장 행복하게 살 수 있는 주인을 찾아 준다. 그러기 위한 모임이다.

되도록 많은 애조가들이 올 수 있도록 당일은 메인 미팅 이외에도 많은 행사를 기획한다. 특히 바나나가 첫 후보가 된 이번 모임은 올해의 마지막 행사가 될 것이다. 크리스마스가 가깝기도 해서 꽝이 없는 복권 뽑기를 기획해 분위기를 띄우기로 했다.

나는 모두 당첨될 상품으로 새 관련 소품을 만들기로 했다. 원래 수예를 좋아해서 깃털로 액세서리를 만들곤 했는데, 한번은 그것을 달고 있다가 대표의 눈에 띄어 매점에도 몇 개 갖다 놓게 되었다.

미팅이 열리기 전 몇 주일 동안, 나는 수면 시간을 줄여 가며 공예로 밤을 새웠다. 털실로 새를 위한 퐁퐁 장식을 만들기도 하고 구슬로 새 모양 열쇠고리를 만들기도 했다. 둘 다 간단한 작업이었지만, 양이 많은 만큼 해도 해도 끝이 없었다. 거의 밤샘 상태였다. 도중에 몇 번이나 그만두고 싶었고, 이런 것 안한다고 할 걸 그랬다고 후회했다.

그래도 나는 포기하지 않았다. 바나나의 운명이 걸려 있다. 바나나뿐만이 아니다. 다른 새들의 미래가 걸려 있다. 퐁퐁 장식과 열쇠고리를 갖고 싶어서 사람들이 모인다면 내 고생 따위 아무것도 아니다. 이것 때문에 멋진 주인이 나타날지도 모르니까.

당일 아침까지 나는 간신히 백 개의 선물을 완성했다. 아슬아슬했지만, 겨우 시간에 맞췄다.

제비뽑기 아이디어가 좋았는지, 새들의 집 활동에 관심을 보내는 사람이 늘었는지, 불경기여서 개나 고양이보다 새를 키우고 싶다고 생각하는 사람이 많아졌는지는 모르겠지만, 미팅은 평소와 달리 대성황이어서 지금까지 가운데 가장 많은 사람들이 찾아왔다.

처음에 대표가 이 모임의 취지와 일정을 설명하고, 그 후 실제로 후보 새들을 보러 갔다. 그 중에는 바나나도 있었다. 바나나가 있는 새장에는 '왕관앵무/루치노/수컷/연령 미상'이라는 표가 달려 있었다. 그밖에도 노랑배유리앵무인 다이스케와 하나코 부부 사이에서 태어난 차남과 선천적으로 한쪽 발가락이 없어서 나무를 잡고 있지 못하지만 밝은 성격인 흰유황앵무, 절세미인이란 평판이 높은 청머리사탕앵무, 수다를 잘 떠는 노랑목아마존앵무인 햄타로 등, 십여 마리가 후보에 올랐다.

모두 정말로 좋은 새들이다. 그래서 행복해지길 바란다. 앞으로 새로서의 인생을 즐겁게 보내길.

나는 일을 하는 틈틈이 회장에 들러서 상황을 엿보았다. 바나나를 마음에 들어 하는 사람이 나타날까. 나타나길 바라는 마음이 있는 반면, 나타나지 않았으면 좋겠다고 바라는 내가 있었다. 만약 새 주인이 나서지 않는다면 내가 지원하자. 반쯤 진심으로 생각했다.

그런데 종일 집을 비우는 내가 새를 기르는 것은 새에게는 행복이 아닐 수 있다. 그래서 역시 좋은 만남이 성사되기를 바랐다.

방문자 중에는 새장을 하나하나 진지하게 들여다보고, 안에 있는 새와 가만히 눈을 마주치는 사람도 있었다. 그러나 여기서는 사람이 새를 고르는 게 아니다. 새가 사람을 고르는 것이다. 양쪽 다 마음에 들지 않으면 절대 일은 진행되지 않는다. 아무리 주인 후보가 열렬히 원해도 당사자인 새에게 그런 마음이 보이지 않을 때는 절대로 보내지 않는다.

미팅을 하는 동안, 나는 안절부절못하고 허둥거렸다. 얼핏 보아 사람이 많이 모여 주목받는 것은 대형 앵무이지만, 실제로 집에서 함께 살게 되면 좀처럼 그다음 단계로 나아가지 못한다. 대형 앵무는 정말로 소리가 크다. 사람이 긴급 상황에 "살려 줘요!" 하고 진심으로 절규하는 것과 비슷한 정도의 박력이 있다. 아무리 좋아해도 몇 시간 노는 것과 이십사 시간 내내 같이 사는 것은 사정이 다르다. 게다가 대형 앵무는 장수한다. 사육 기술도 향상되어서 오륙십 년 사는 새도 적지 않다.

그래서 주인이 되고 싶어 하는 사람이 나타나고, 단기 입양이 진행되어도 결국 되돌아오는 것이 현실이다. 아무리 성격이 좋고 수다를 잘 떠는 새여도 정말로 새들의 집을 졸업할 수 있는 아이들은 극히 일부밖에 없다.

거기에 비하면 사랑새 같은 작은 새는 잘 드러나지 않는 존재지만, 결과적으로 입양되는 사례가 적지 않다. 처음이어도 키우기 쉽고, 집에서 이미 같은 종류의 새를 키우는 사람이 그 짝짓기 상대로 데려가는 일도 꽤 있다.

바나나는 어떤가. 편애가 아니라 바나나는 왕관앵무 가운데서도 이목구비가 또렷하고 귀여운 외모다. 연지가 너무 크거나 작지 않고, 색이 너무 진하거나 연하지 않고, 머리 모양이 동그스름하고, 눈도 부리부리하다. 관모도 훌륭하고 전체적인 자태도 더할 나위 없다. 그야말로 왕관앵무계의 수퍼 아이돌이라고 해도 될 것이다.

몸 전체가 연한 달걀색이어서 멀리서도 그곳만 햇빛 덩어리처럼 보인다. 처음에는 대인공포증 경향이 있었지만, 지금은 꽤 사람을 잘 따른다. 발정기를 맞이하고 있는지 조금 반항적일 때는 있지만, 세게 무는 일도 적고 소리를 지르는 일도 거의 없다. 다른 새에게 공격적일 때도 없고, 아주 성격이 온화하다.

바나나는 분명 좋은 주인 밑에서 자라지 않았을까. 그러지 않고는 새장에서 탈출한 새가 이렇게 성격이 부드러울 리 없다. 어쨌든 바나나와 있으면 행복한 기분에 감싸인다. 바나나가 어깨에 앉아 있는 것만으로, 내 속에 있던 분노며 슬픔이 스르륵 거즈 손수건에 빨려 들듯이 소멸한다. 그렇게 느끼는 것은 나뿐만이 아닌 것 같다. 바나나는 다른 스태프에게도 평온을 가져다주었다. 그 자리에 바나나가 있는 것만으로 분위기가 누그러지고 기쁨이 가득해졌다.

결과적으로 바나나에게는 두 사람의 신청이 들어왔다. 한 사람이라도 나타나면 대성공인데, 두 사람이나 나타나다니 대단한 쾌거다. 그 사실은 기뻤다. 끈질기게 훈련을 시킨 보람이 있었다. 바나나가 자신의 힘으로 길을 개척한 것이다.

바나나에게 프러포즈한 사람 중 한 명은 40대 주부였다. 신청서 이유 난에 이미 집에서 왕관앵무 암컷을 키우고 있어, 그 파트너로 바나나를 데려가고 싶다고 쓰여 있었다. 아이들의 짝짓기를 기대하고 있는 것 같았다. 그러나 그녀에게서는 그날 중에 취소 전화가 왔다. 나는 바깥 일을 정리하느라 사무실에 있지 않아서 전화는 다른 스태프가 받았다. 갑자기 이사를 하게 되었다고 한다. 정말인지 거짓말인지 모르겠지만, 어쨌든 데려가기 전이어서 다행이었다.

그리고 또 한 사람은 중년 남자였다. 나이를 보니, 우리 아버지와 비슷한 세대였다. 하지만 외모는 아버지보다 훨씬 젊어 보였다. 그 사람은 뒷모습만 보았지만 인상에 강하게 남아 있다. 줄곧 바나나가 있는 새장 앞에서 엉거주춤한 자세로 움직이지 않았기 때문이다.

이유로는 아내와의 별거라고 쓰여 있었다. 독신의 외로움을 달래기 위해서라면 글쎄, 하고 생각했지만, 어쩐지 집에 딸이 있는 것 같았다. 더는 자세히 쓰지 않았지만, 그 딸을 위해 바나나를 키우고 싶다고 했다. 물론 진심이라면 직접 만나서 면담하고, 더 자세히 이야기를 들어 봐야 한다. 면담에는 대표와 얏상 외에 바나나를 담당하는 나도 참석하게 되어 있다.

바나나는 며칠 뒤 주인 후보를 면담하고, 그날 바로 임시 입양을 떠났다. 임시 입양은 요컨대 시험 기간 같은 것이다. 아무리 귀여워서 한눈에 반했어도 실제로 같이 생활해 보지 않으면 모르는 일이 많다.

결혼 전에 일단 동거를 해 보고 정말로 이 사람이면 좋을지 판단하는 것처럼. 새도 사람의 경우와 마찬가지다. 시끄러운 새도 있고 물어뜯는 버릇이 있는 새도 있다. 단점도 포함하여 받아들여 줄 상대가 아니면 안심하고 맡길 수 없다.

임시 입양을 가는 시기가 마침 설 연휴와 겹쳐서 연말연시 새들의 집은 평소와 달리 조용했다. 야루 씨도 없다. 야루 씨가 살던 새장은 어느새 정리되는가 싶었더니, 최근에 온 솔로몬의 새장으로 바뀌었다. 성별도 나이도 모른다. 이름도 없다. 어떤 의미에서 야루 씨처럼 생일을 아는 새는 행복한지도 모른다.

이 새는 학대를 당해 왼쪽 날개가 완전히 변형되었다. 빈사 상태에서 동물 병원으로 갔다가, 그 후 새들의 집으로 보내졌다. 보통 같으면 상처로 세균이 들어가서 바로 목숨을 잃었을 텐데, 이 아이는 기적처럼 회복했다. 어떻게 가짜 날개를 달아서 날게 할 수 없을까, 하고 얏상이 날마다 열심히 재활 훈련을 시키고 있다. 만약 가짜 날개로 비행에 성공한다면 세계 최초의 쾌거가 될 것이다.

그래서 슬퍼할 틈이 없다. 나를 필요로 하는 새들이 아직 많이 있다. 나는 이곳에서 할 일이 산더미 같다. 감상에 젖어 있을 때가 아니다. 그래도 아직 바나나의 모습을 무의식중에 찾게 된다. 이제 없다는 걸 알면서도 나도 모르게 바나나의 흔적을 좇게 된다.

바나나는 임시 입양 기간이 지나고도 새들의 집에 돌아오지 않았다. 그대로 중년 남자의 집에 입양되어, 그 집 새가 되었다. 소형, 중형 앵무새의 경우, 임시 입양을 가서 그대로 사는 경우가 종종 있다. 장거리 이동은 새에게 부담이 되므로 임시 입양 가정이 멀리 있는 경우는 굳이 새들의 집으로 돌아오는 절차를 생략한다. 그 대신, 전화로 충분히 상황을 물어본다.

설 연휴가 끝나고, 연하장이 왔다. 아버지와 딸이 같이 찍은 사진으로 만든 연하장이었다. 초등학생이 되었을까 말까 한 영리해 보이는 여자아이였다. 그런 아이의 어깨에 바나나가 앉아 있었다. 딸의 손글씨로, 언제라도 좋으니 바나나를 만나러 와 주세요, 하고 쓰여 있었다. 주소를 보니 내가 태어나서 자란 현이었다.

바나나, 행복해야 해. 이제 새들의 집에 돌아오면 안 돼.

새로운 주인들하고 평생 즐겁게 살아. 사이좋게 지내는 거야. 사랑받으면서.

나 잊어버리지 마. 그렇지만 행복하면 잊어도 돼.

나는 연하장을 가슴에 꼭 안았다. 그리고 바나나에게 해 준 것처럼 두 손으로 포옥 감쌌다.

무섭지 않아, 무섭지 않아.

바나나에게 몇 번이나 말했는지 모르는 말을 마음속으로 되뇌었다.

바나나가 행복하면 나도 행복하다. 내가 행복하면 바나나도 행복하다.

주머니 속 작은 깃털

"어라, 뭡니까? 이거?"

가게 입구 오래된 새장에 낯선 새가 들어 있었다. 벌써 몇 십 년이나 비를 맞고 걸려 있던 새장이어서 창살은 곳곳에 녹이 슬고, 문도 제대로 닫히지 않았다. 일단 짧은 와이어로 문을 묶 어 두긴 했지만, 손가락 하나 정도의 틈이 있다.

안에 있는 것은 한 마리의 노란 왕관앵무였다. 어두컴컴한 불빛에 비춰진 탓인지 우울해 보이는 눈길로 거리의 네온을 보고 있었다.

"아는 사람한테 무기한으로 맡아 달라고 부탁받았어."

카운터 자리에 앉자, 마마가 조금 귀찮은 듯이 말하면서 물수건을 건넸다. 여전히 뜨겁다. 안경을 벗고 주저 없이 얼굴을 닦았다. 기분 좋은 김에 목 뒤까지 꼼꼼히 닦았다. 그제야 마음이 편안해져서 몸 저 밑에서부터 깊은 한숨이 새어 나왔다.

마마는 이미 레버를 내려 맥주를 따르기 시작했다. 이 가게에는 맥주 이외의 메뉴는 전혀 없다. 한 잔 400엔인 이 맥주가 기가 막히게 맛있다. 안주는 마음대로 가지고 올 수 있지만, 혼자 먹는 게 아니라 반드시 다른 손님과 마마에게도 나눠 주어야 한다. 이것이 암묵의 규칙이다. 그러나 오늘 밤은 딱히 별것 갖고 오지 않았다.

평소에는 농담만 하는 마마가 맥주를 따를 때만은 입을 다물고 조용해진다. 진지한 시선으로 거품의 정도를 확인하면서, 미묘하게 컵의 각도를 조절한다. 도중에 한 번 레버를 멈추고 거품을 스푼으로 떠서 싱크대에 버린 뒤, 다시 레버를 꺾어서 촘촘하고 고급스러운 거품을 부드럽게 올린다.

"자, 여기. 새로 딴 거여서 맛있을 거야."

코스터 위에 컵을 올리면서 걸걸한 목소리로 말했다. 눈앞의 맥주는 황금색으로 빛나고, 하얀 거품이 봉긋하게 부풀어 올랐다.

"잘 먹겠습니다."

자세를 바로 하고 흘리지 않도록 신중하게 잔을 들었다.

마마는 바로 담배와 라이터를 들고 밖으로 나갔다. 들고 있는 담배는 하이라이트였다. 이내 라이터에 불을 붙이는 소리가 나고, 밖에서 보랏빛 연기가 흘러들어 왔다. 세상을 떠난 아버지도, 마마와 같은 담배를 피웠다. 그래서 이렇게 마마가 피우는 담배 연기를 맡으면 필연적으로 아버지의 모습이 떠오른다. 아버지가 애연가였던 탓에 나는 극도의 혐연가이지만 여기서는 마마가 최우선이니, 나는 묵묵히 맥주를 즐긴다.

"사이토 군, 오늘 밤은 멋진 달이 떴네."

마마가 가늘고 쉰 목소리로 중얼거렸다. 벌써 마흔 가까운 장년인데 마마는 편하게 '군'이라고 부른다.

마마는 큰길에서 하늘을 올려다보고 있을 것이다. 그 목소리를 들은 뒤, 두 모금째의 맥주를 목으로 넘겼다. 아무리 목이 말라도 단숨에 꿀꺽꿀꺽 마시는 짓은 하지 않는다. 평소에는 온화한 성격의 아버지가 술을 마시면 광폭해지고, 어머니나 내게 손을 들었다. 그걸 반면교사 삼아 술을 마실 때는 항상 자제하도록 신경을 쓴다.

결국 아버지는 술을 마시고 야쿠자와 싸우다, 한 대 맞고 쓰러지며 뒤통수를 부딪쳐 어이없이 목숨을 잃었다. 내가 고등학교 3학년인 겨울이었다.

"아마 오늘 밤쯤이 추석 보름달 아닌가요?"

어젯밤 집에서 아내가 딸에게 경단 만드는 법을 설명하던 게 문득 생각났다. 마마는 이미 두 개비째의 담배에 불을 붙였다.

언제였던가, 마마가 따라 주는 맥주 거품을 단골 중 한 사람이 첫 키스에 비유한 적이 있다. 이 근처에 산다는 지주 노인의 발언이었다. 처음으로 여자와 키스를 했을 때 말이야, 그 보드라운 입술이 생각나. 노인은 아마 취기 탓에 그런 말을 했을 것이다. 그 말이 문득 뇌리를 스쳤다. 나도 그때 장면이 떠오를 것 같았다.

"잠깐, 뭘 그렇게 히죽거리는 거야?"

담배를 다 피운 마마가 꽁초를 빈 깡통에 비벼 넣으면서 카운터로 돌아왔다.

"아뇨, 첫사랑이 문득 떠올라서."

그런 식으로 가볍게 화제를 만들 줄 알게 된 자신이 의외라고 느껴졌다.

"어떤 여자였어?"

마마가 냉장고에서 프로세스 치즈를 꺼내 종이 접시에 담아 주었다. 내가 어릴 때는 치즈라고 하면 이것밖에 없었다. 반갑기도 해서 얼른 은색 포장을 벗겼다.

"동아리 후배였어요."

치즈를 한 조각 입에 물고 씹었다.

"사이토 군, 어디 출신이더라?"

"후쿠오카 시골입니다."

좀처럼 목으로 넘어가지 않는 치즈를 맥주로 억지로 흘려넘겼다.

"그렇구나. 그래서 설에 귀성하면 언제나 명란을 갖고 왔구나. 그거, 우리 딸이 제일 좋아하는 거야."

마마는 혼자 딸을 하나 키우고 있다. 남편과는 일찍 사별한 것 같다.

"마마는 기억하세요? 첫사랑?"

마마와 얼굴을 마주보고 이런 얘기를 하는 것은 드문 일이다. 빨리 다른 손님이 와 주었으면 좋겠다는 생각 반, 좀 더 마마와 달콤한 연애 이야기를 계속하고 싶은 마음 반이었다.

"기억하지, 전부. 그 사람하고 결혼했으니."

마마는 천장을 올려다보며 말했다. 지금도 가게 한구석에 죽은 남편의 사진을 장식해 놓았다. 남자의 눈으로 봐도 잘생긴 사람이었다. 이 일대에서는 유명한 선남선녀 커플이었다고 한다.

"아이만 남기고 일찍도 가 버렸지만 말이야."

마마가 웃으면서 작은 소리로 속삭였다.

마마의 정확한 나이는 모르지만, 아마 많은 일을 겪었을 것이다. 원래 이곳은 포줏집이었다고 한다. 매춘 지역을 폐쇄하면서 영업을 할 수 없게 되어, 맥줏집으로 재개업했다고 들었다. 벽에는 지금도 포줏집 시절의 흔적인 간판이 걸려 있다.

첫사랑 가나코를 그리워하면서 얇은 맥주잔에 묻은 물방울을 손가락으로 만지작거리는데, 마마가 이름을 불렀다. 얼굴을 든 순간, 눈이 마주쳤다.

"두 번째 좋아한 사람과 함께 사는 게 가장 좋아. 그 편이 가늘고 길게 끝까지 가니까."

마마는 태연하게 의미심장한 말을 남기고 다시 담배를 피우러 나갔다. 두 번째 좋아한 사람이라. 그렇다면 결혼한 아내는 반려자로서 더할 나위 없을지도 모른다. 아내와는 이른바 혼전 임신을 하여 한 결혼이다.

이런 내게도 미치도록 누군가를 사랑한 적이 딱 한 번 있었다. 고등학교 2학년 때였다. 가나코는 같은 테니스부 후배였다. 가나코의 얼굴을 보면 몸의 일부가 굳어지며, 무아지경으로 가나코를 원했다. 가나코 이외에 여자는 존재하지 않는 것 같았다. 나는 제대로 피임을 한다고 했다.

가나코의 임신을 안 것은 마침 지금과 같은 초가을이었다. 가나코는 이미 임신 삼 개월을 지나고 있었다. 고등학교를 중

퇴하고 취직해서 아내와 아이를 키우겠다는 생각을 진심으로 했다. 나는 나와 가나코의 아이를 만나고 싶었다. 하지만 어른들도, 그리고 당사자인 가나코도 그것을 바라지 않았다.

가나코는 엄마를 따라가 산부인과에서 낙태 수술을 받은 것 같았다. 그 후, 어딘가 먼 도시로 이사가 버렸다. 그리고 소식이 끊겼다. 정말로 이기적인 소망이라고 생각하지만, 가나코가 매일 웃으며 살았으면 좋겠다. 바라건대, 나처럼 누군가와 결혼하여 아이를 낳았으면 좋겠다고. 만약 그때 다른 선택을 했더라면……, 나와 가나코의 아이는 이제 곧 스무 살이 된다.

결국 한 잔 더 주문을 해서, 맥주를 두 잔 연거푸 마셨다. 아내는 내가 이 가게를 좋아하는 이유가 도통 이해되지 않는 것 같았다. 아무리 가게 이름을 바르게 가르쳐 주어도 '그 낡아빠진 맥줏집'이라고 한다. 나도 처음에는 이게 가게인가 싶을 정도로 수상했다. 노후하여 천장은 눈에 보이게 기울어졌고, 화장실 문도 잠기지 않았다. 그래도 내게 이곳은 별천지다.

계산을 부탁하고 1,000엔짜리를 냈더니, 200엔의 거스름돈과 프로세스 치즈를 선물로 주었다. 이 가게에 아내를 데리고 온 적은 없지만, 아마 휴일에 세 식구가 지나가는 것을 마마가 어딘가에서 본 것 같았다. 입이 고급스러운 아내와 딸이 이걸 좋아하며 먹진 않겠지만, 일단 고맙다는 인사를 하고 가게에서 나왔다. 그렇게 덥던 밤도 제법 시원해졌다.

한 번 더, 새장 속을 들여다보았다. 뭔가 이상하다 했더니, 왕관앵무의 우울한 시선이 어딘가 가나코의 눈동자를 닮았다. 하지만 부분적으로 가나코의 얼굴은 생각나도 이제 전체 모습을 선명하게 떠올리는 건 무리였다.

"어?"

순간, 여우에라도 홀렸나 했다. 맥주 두 잔에 완전히 취한 건가. 눈을 비비며 한 번 더 새장 속을 들여다보았다. 하지만 역시 비어 있었다.

"마마!"

허겁지겁 마마를 불렀다. 마마는 카운터에 설치한 작은 싱크대에서 기세 좋게 물을 틀어 놓고 맥주잔을 씻고 있었다.

"무슨 일이야, 사이토 군, 큰 소리로 부르고?"

수도꼭지를 잠그면서 마마가 놀란 모습으로 돌아보았다.

"아까까지 새가 있었는데……."

꿈이라도 꾼 걸까. 아니면 이 설정 자체가 꿈속의 사건일까. 나는 내 뺨을 가볍게 꼬집었다.

앞치마에 두 손을 닦으며 마마도 이쪽으로 왔다. 까치발을 하고 새장 속을 들여다본 순간,

"어?"

마마도 입을 딱 벌린 채 굳어졌다.

"분명 있었죠, 왕관앵무가."

"응, 틀림없이 여기 있었어. 내가 모이를 주었는데."

그리고 마마는 녹슨 새장 문을 손가락 끝으로 움직였다. 닿
자마자 와이어가 풀리고, 문 부분만 뚝 떨어졌다. 새장은 무방
비한 모습을 드러냈다.

"제멋대로 나가 버렸나 보네."

"그렇게밖에 생각할 수가 없군요."

그리고 둘이서 하늘을 올려다보았다. 근사한 보름달이 유유
히 팔다리를 늘어뜨린 것처럼 넓은 밤하늘을 독점하고 떠 있
다. 도로 건너편은 예전에 사창가가 있던 곳이다. 달빛은 그곳
을 한층 아름답게 비추었다.

"남의 새인데 괜찮아요?"

걱정이 되어 마마를 쳐다보자,

"그러게."

한숨 섞인 소리로 모호하게 대답을 하고, 또 담배 한 개비를
꺼냈다. 새장 속에는 흩어진 모이에 섞여 예쁜 깃털이 떨어져
있었다.

"이거, 가져가도 돼요?"

나는 새장 속에 손가락을 쭉 넣어, 손가락 끝으로 간신히 집

어 들었다. 한참 되었지만, 딸에게 부탁받은 적이 있었다. 그러나 도시에서 까마귀나 비둘기 이외의 예쁜 빛깔의 새 깃털을 발견하기가 어려웠다.

"당연하지."

마마가 눈을 게슴츠레 하게 뜨고 담배를 맛있게 피우면서 대답했다. 유치원에 다니는 딸은 요즘 만들기에 빠져 있다. 사탕 봉지나 고무줄을 사용하여 날마다 예술 작품을 만들어 내고 있다. 딸 바보라고 놀릴 테니 다른 말은 하지 않겠지만, 장래에 피카소가 될지도 모른다.

"사이토 군, 새가 여행을 떠난 기념으로 한 잔 더 하고 가지 않겠어? 내가 쏠 테니까."

마마의 달콤한 유혹에 뒤통수가 근질거렸지만,

"오늘 밤은 그만 돌아갈게요."

선언하듯이 말했다.

"베란다에서 달구경이라도 하려고요."

지금 바로 돌아가면 아직 딸이 깨어 있을 것이다.

"좋네, 그거. 그럼 나도 오늘은 가게 일찍 닫을까나. 손님도 안 올 것 같고. 몇 주년이 되는지도 잊었지만, 결혼기념일이거든. 아까 사이토 군하고 첫사랑 이야기하다 생각났어."

"축하합니다."

"상대도 없지만."

"그렇지만 기념일은 기념일이잖아요."

무엇을 떠올렸을까, 마마가 얼른 눈초리를 닦았다. 최근 마마는 눈물이 많아졌다.

"또 올게요."

"고마워. 또 얼굴 보여 주러 와. 굿나잇."

등 뒤에서 씩씩한 마마의 목소리가 울렸다.

온몸에 기분 좋게 맥주의 취기가 돌았다. 신호등 빨간불에 멈춰 서서 달을 올려다보았다. 양복 주머니에 손을 넣어 아까 마마에게 얻은 프로세스 치즈 모퉁이를 손가락으로 더듬었다. 그 틈으로 계속 찾아 헤맸던 깃털이 조신하게 누워 있었다.

잠깐, 그리고 오래

공원 벤치에 앉으려는 찰나, 뒤쪽에서 바람이 세게 휘익 불어오더니 내 어깨에 누군가가 손바닥을 살며시 올렸다. 순간적으로 어깨가 따뜻해졌다. 그리고 "괜찮아?" 하고 말을 걸어왔다.

나는 이미 죽은 것처럼 느껴졌다. 이곳은 천국일지도 모른다. 그렇게 생각했다. 천국이라는 곳은 지구와 풍경이 꽤 비슷하게 생겼구나, 그런 생각을 하면서 하늘을 올려다보았다. 눈앞에 커다란 나무가 솟아 있었다. 느티나무일까? 녹나무일까? 하늘에는 한 가닥, 가는 붓으로 그린 것처럼 금방이라도 사라질 듯한 비행기구름이 길게 뻗어 있었다.

"괜찮아?"

누군가 한 번 더 그렇게 말했을 때, 나는 내 어깨를 돌아보았다.

이것이 스에히로와의 만남. 스에히로와 나의 모든 시작. 그러나 설마 진짜 새였다니.

나는 병원에서 돌아오는 길로, 여명 선고를 받은 직후였다. 뭔지 모르게 가슴이 답답해져서 작은 어린이 공원 벤치에 앉아 잠시 쉬려고 하던 참이었다.

나는 스에히로를 왼쪽 어깨에 앉힌 채 일어섰다. 스에히로가 어깨에 있는 것만으로 신기하게 힘이 났다. 만약 도중에 날아가 버린다면, 그래도 괜찮다. 모든 것은 스에히로가 결정한다. 나는 마음속으로 그렇게 생각했다.

그래서 스에히로를 코트 안쪽에 숨기지도, 손으로 날개를 잡지도, 목도리로 감싸지도 않았다. 그래도 스에히로는 도망가지 않았다. 나는 그대로 도로가를 향해 걸었다. 익숙하지 않은 외출로 체력이 완전히 소모되었다. 전철로 돌아가는 것은 포기하고 택시를 타고 집에 돌아가기로 했다.

어깨에 앵무새를 앉힌 내가 손을 들어서 택시 운전사가 좀 놀랐다. 그러나 아무 말도 하지 않고 출발해 주었다. 차에 타고 가는 동안 내 어깨의 새에 관해서는 한 마디도 하지 않았다. 분명히 이상하다고 생각했을 텐데.

스에히로는 차에서 미동도 하지 않고 가만히 내 어깨에 앉아 있었다. 마치 훌륭한 훈장을 단 기분이었다.

나는 아주 묘한 기분이 들었다. 실제로는 이제 갓 만났을 뿐인데, 마치 몇 십 년이나 함께 인생을 살아온 듯한, 찾고 있던 반려자를 만난 듯한 그런 기분이었다. 스에히로라는 이름도 머리로 생각한 것보다 먼저 그렇게 부르게 되어 있었다. '스에히로'라고 쓴 이름표를 목에 걸고 눈앞에 나타난 것 같은 느낌이었다. 조금도 망설이지 않았다.

게다가 나는 이때까지 한 번도 새를 키워 본 적이 없다. 그런데 어깨에 새가 앉아 있는 이 느낌을 전부터 알고 있었던 것 같다. 어째서일까? 자신도 알 수 없지만, 뭔가 모든 것이 필연처럼 느껴졌다. 그래서 전혀 움직이지 않았다. 줄거리가 있는 드라마를 연기하고 있는 듯한 기분이었다. 오랜만에 배우 시절의 느낌이 떠올랐다.

모든 일은 운명이다. 나의 여명도, 새와의 만남도.

나는 어딘지 모르게 붕붕 뜬 공기에 감싸여 있었다. 그동안 줄곧 몸이 무거워서 타이어를 끌고 다니는 것 같았는데. 뭐랄까, 세포와 세포 틈에 작은 거품이 잔뜩 들어와서 몸 전체가 스프레이라도 된 것 같았다. 이렇게 내 인생 마지막 장이 열렸다.

집 앞에서 택시를 내리자, 바로 후짱이 달려 나왔다.

나는 무엇보다 후짱과 스에히로의 궁합이 걱정이었다. 어쩌면 후짱을 본 순간, 스에히로는 날아가 버릴지도 모른다. 그것도 각오하고 있었다. 나는 이미 택시에서 스에히로와 함께 있는 행복을 충분히 누렸으니까.

"어머나."

아니나 다를까, 후짱은 내 어깨에 앉은 스에히로를 보고 놀라서 눈이 휘둥그레졌다. 앞치마를 잡은 채, 입을 헤벌리고 멍하니 서 있었다.

"다녀왔습니다."

나는 되도록 평소처럼 태연하게 말했다.

후짱이 현관으로 가는 내 뒤를 종종거리며 쫓아왔다. 이곳은 벌써 삼십 년도 전에 직접 땅을 사서 전문가의 의견을 들어가며 내가 직접 설계해서 지은 자택 겸 아틀리에다. 도로에서 현관까지는 완만한 경사가 져서 조금 거리가 있다.

부원장 선생님이 중요하게 할 이야기가 있다고 하더란 것은 후짱에게도 알려 두었다. 처음에는 후짱이 자신도 따라가겠다며 우겼지만, 내가 간신히 달래서 집에 있도록 했다. 아무리 나와 후짱 사이라고 하지만, 그렇게 심각한 일에 후짱을 끌어들이고 싶지는 않았다. 나는 최소한으로밖에 상대의 영역에 들어가지 않으며, 상대도 들어오길 바라지 않는다.

"미호코 선생님."

집 안으로 들어갈 때, 그제야 후짱이 두 마디째를 했다. 이곳은 현관이지만 신발을 벗지 않는다. 나는 그 편이 살기 편했다. 후짱은 그게 도저히 납득이 가지 않는 것 같지만, 이곳은 내 집이니 규칙은 내가 정한다. 후짱은 그 사실에 항의라도 하는 듯 언제나 입구의 야자나무 매트에 구두 바닥을 쓱쓱 집요하게 문질러 댄다.

"미호코 선생님도 참."

무시할 생각은 아니었지만, 대답이 늦자 후짱이 또 불렀다.

후짱은 나를 부를 때 항상 노래하듯이 리듬을 붙인다. 선생님이라고 하지 말라고 몇 번을 말해도 듣질 않는다. 이제 말하기도 귀찮아서 지금은 후짱에게만 허락하고 있다. 그러나 후짱의 '선생님' 발음에는 '센베'나 '기리탄포(꼬치구이한 밥과 닭고기, 채소 등을 넣고 끓인 향토 음식 – 옮긴이 주)' 같은 가벼운 단어를 말할 때의 경쾌함이 있어서, 다른 사람이 나를 '선생님'이라고 부를 때의 묵직한 느낌과는 다르다.

"뭐야."

거실까지 가서야 나는 천천히 돌아보았다.

"저기."

후짱이 조심스럽게 나를 보았다.

이 표정은 옛날과 조금도 달라지지 않았다. 이제 서로 할머니가 돼 버렸지만, 나는 후짱을 아주 어렸을 때부터 알고 지냈다. 지금보다 더 마르고 울보였던 시절부터 줄곧.

후짱은 병원의 검사 결과와 내 어깨에 앉아 있는 새, 어느 쪽을 먼저 물을지 망설이는 것 같았다. 내가 선수를 쳤다. 귀찮은 일은 뒤로 미루기. 가능하다면 내가 죽은 뒤에 하고 싶다.

"차 마실까? 지금 맛있는 밀크 티 끓여 올게. 후짱이 좋아하는 슈크림도 사 왔어. 후짱, 슈크림은 접시에 담아 줄래?"

나는 진한 청색의 세련된 종이 가방을 후짱에게 건넸다. 요리뿐 아니라 집안일을 전반적으로 잘하는 후짱이지만, 밀크 티만은 나의 승. 이십 대 시절에 알고 지내던 인도 무용 선생님에게 배운 방법인데, 인도에서는 이것을 차이라고 부르며 하루에 몇 잔씩이고 마신다고 했다.

나는 선반에서 향신료가 든 깡통을 꺼냈다. 어깨에 스에히로가 있는 것을 깜빡 잊을 뻔했다.

나와 후짱은 태어날 때부터 아는 사이이다. 후짱의 말로는 우리 아버지의 큰엄마와 후짱의 외할머니가 사촌 사이라고 하지만, 골치 아픈 것이 질색인 나는 언제나 사람들이 질문할 때마다 먼 친척이라고 대답한다. 나이도 비슷하고, 후짱과는 어릴 때부터 죽이 잘 맞았다. 나란히 걸어가면 사람들이 곧잘 자매로 착각했다.

"후짱, 차 다 끓였어."

큰 소리로 부르자 멀리서 네에 하는 대답이 들려왔다. 빨래라도 널고 있는 걸까? 잠시 기다렸더니, 후짱이 정원에서 꽃을 꺾어 돌아왔다.

"테이블에 꽃이 한 송이도 없어서."

부랴부랴 돌아왔는지 숨을 헉헉거리고 어깨를 들썩거렸다. 오늘 아침에는 병원에 가야 해서 꽃 장식을 깜박했다. 나는 꽃집에서 파는 화려한 꽃을 좋아하지 않는다. 그 꽃에서는 자연스러운 향이 나지 않고, 그냥 돈 냄새만 난다.

후짱은 손에 들고 있던 작은 꽃들을 꽃병에 꽂고, 바로 상자에서 슈크림을 꺼냈다. 꽃병이래야 유럽 작은 나라에서 옛날에 실제로 사용했던 우유병이다. 이 집에는 고가는 아니지만, 절대 돈으로 바꿀 수 없는 물건이 잔뜩 있다.

"어머나, 맛있겠다."

후짱이 비싼 보석을 보는 듯한 눈으로 슈크림을 바라보았다.

"티타임하기 딱 좋은 시간이네."

정원에 만든 해시계를 보니, 막 세 시가 되어 가고 있었다. 집에는 이 해시계 말고 다른 시계는 없다. 그래서 흐리거나 비 오는 날은 낮에는 당연히 시간을 모르고, 해가 지면 다시 해가 얼굴을 내밀 때까지 '밤'이라는 한 가지 시간밖에 존재하지 않는다.

후짱이 찻잔과 슈크림을 쟁반에 올려 테이블까지 날라다 주었다. 후짱은 젊을 때 아키타의 양조장 아들에게 시집을 갔다. 그때까지 도쿄에서 단 한 발자국 떠난 적이 없었는데도. 전쟁 때도 피난을 가지 않고 도쿄에 남아 있었던 후짱이 말이다.

"아, 맛있어라. 역시 이 집 슈크림은 1등상이네요."

우물거리는 입가를 손바닥으로 가리면서 후짱이 눈을 가늘게 떴다. 후짱은 단 음식을 먹을 때가 가장 행복한 것 같다. '1등상'은 후짱의 말버릇이다. 본인은 전혀 자각하지 못하는 것 같지만.

"겉껍질은 바삭하고, 크림도 속까지 듬뿍 들어 있어요. 이렇게 아낌없는 슈크림은 좀처럼 없어요. 잔뜩 기대하고 먹어도 흐물거리는 것뿐이고."

후짱은 이 가게의 슈크림을 아주 좋아한다.

"밀크 티는?"

나는 기다리다 지쳐서 재촉했다. 자기가 먼저 상대에게 칭찬을 재촉하다니 촌스럽기 짝이 없지만, 밀크 티만은 다르다. 그럼 칭찬을 들어도 그다지 기뻐하지 않는 내가 밀크 티를 칭찬해 주면 좋아서 어쩔 줄 모른다.

"미호코 선생님의 밀크 티는 언제나 1등상이죠."

그렇게 말하며 후짱은 꾸벅하고 졸듯이 몸을 앞으로 크게 구부렸다. 역시 자기 말버릇을 전혀 알지 못한다.

"단맛이 부족하면 이 꿀을 넣어."

꿀은 작년 여름 이 정원에서 채취한 것이다. 그러나 꿀벌들은 이제 없다. 몸 상태가 안 좋아서, 아무래도 내가 챙길 수 없게 되었다. 연줄을 통해 아마추어로 양봉하는 사람에게 물려주었다. 그래서 지금 병에 있는 꿀이 떨어지면, 홈메이드 꿀은 완전 끝이다.

"미호코 선생님."

또 후짱이 불렀다. 후짱에게 어디까지 얘기를 해야 할지 솔직히 잘 모르겠다. 하지만 내가 이 집에서 없어지면 뒤처리를 부탁할 사람은 후짱뿐이다. 아무것도 알리지 않을 수는 없다. 그렇다고 해서 모든 것을 털어 놓아 버리면 후짱이 버티지 못할 것이다.

그때, 스에히로가 갑자기 노래를 부르기 시작했다. 무슨 노래인지는 모른다. 하지만 확실히 노래를 불렀다.

"잘한다, 잘한다."

후짱이 손뼉을 치며 기뻐했다.

"이름은?"

후짱이 스에히로에게 다가가 물어 봐서,

"스에히로입니다."

대신 내가 대답했다.

"스에히로."

순간, 후짱의 표정이 바뀌는 것 같았다. 어쩌면 후짱은 알아차렸을지도 모른다. 그러나 이름에 관해서는 더 이상 아무 말도 하지 않았다.

"그러고 보니 어릴 때, 병아리를 얻어 와 집에서 길렀었죠."

찻잔에 밀크 티를 더 따르자, 후짱이 생각난 듯이 말을 꺼냈다.

"후짱이?"

"무슨 말 하는 거예요. 미호짱이잖아요."

"응? 나?"

어린 시절의 나를 부를 때는, 선생님이 아니라 미호짱이 된다.

"정말? 그거 후짱 얘기가 아니고?"

나는 도통 기억이 없다.

"다 같이 축제 구경하러 갔었잖아요. 거기서 미호짱이 병아리를 발견하고, 어떡하든 데려가겠다고 고집을 부려서."

"어머."

"나는요, 축제 때 파는 병아리는 몸이 약해서 바로 죽는다는 걸 알고 있어서, 왠지 모르게 안 끌렸어요."

"그랬어?"

"네."

"그래서 그 병아리, 결국 바로 죽었구나."

내가 말하자,

"미호코 선생님은 정말로 아무것도 기억하지 못하시는구나."

후쨩이 놀란 듯이 말하고, 몸을 '구〈'자로 꺾으면서, 깔깔 웃었다.

"그럼, 어떻게 됐어?"

몇 살 때의 이야기인지, 나는 통 짐작이 가지 않았다.

"그게요, 크게 자랐어요. 미호쨩이 열심히 키워서. 미호쨩이 고른 병아리는 특히 더 약해 보여서 속으로 분명 바로 죽을 거라고 생각했는데. 병아리에서 훌륭한 닭이 되었죠."

"저런. 그럼 그 좁은 집에서 닭을 키운 거야?"

"그랬어요. 그런데 어느 날."

거기서 후쨩은 말을 끊었다.

"그런데 어느 날?"

나는 빨리 다음을 알고 싶었다.

"없어졌어요."

체념한 듯이, 후쨩은 말했다.

"그 말은, 도망쳤다는? 아니면 도둑이 훔쳐 갔다거나?"

당시는 정말로 그런 시대였다.

"아니에요."

후쨩이 크게 고개를 저으며 부정했다.

"그럼 어떻게 된 거야? 어디로 사라졌어?"

내가 캐묻자,

"어느 날, 미호쨩이 맨발로 우리집에 달려와서 엉엉 울었어
요. 왜 그래? 하고 우리 엄마가 물어도 마냥 울기만 해서 이유
를 몰랐죠. 나중에 알고 보니, 미호쨩 할아버지가 미호쨩이 학
교 간 사이 닭을 잡아서 저녁에 요리를 했나 봐요."

"정말? 전혀 기억 안 나. 그거 누군가 다른 사람 얘기 아니지?"

더욱 납득할 수 없어서 나는 후쨩을 빤히 보았다. 정말로 믿
을 수 없었다.

"미호쨩이 틀림없다니까요. 그때 미호쨩, 계주 때 배턴을 잡
은 것처럼 닭발만 잡고 뛰어왔는걸요."

그런 인상적인 사건이 기억에서 쏙 빠져 있다니.

"아마 너무나 슬픈 일이라 기억에서 지워졌는지도 모르겠

네요."

후쨩은 차분한 목소리로 말했다. 그리고 찻잔에 남은 마지막 밀크 티를 마셨다.

후쨩은 내가 죽으면 울까? 슬퍼할까?

후쨩은 이런 사람이라서 분명 어깨를 떨며 엉엉 울 게 틀림없다. 그러나 실컷 슬퍼 울고 나면 그때의 나처럼 해맑게 잊을 수 있을지 모른다.

"해지기 전에 잠깐 새 모이 좀 사러 갔다 올게요."

후쨩이 다 먹은 식기를 쟁반에 올려놓으며 일어섰다. 후쨩에게는, 나와 스에히로의 필연이 아무 말 하지 않아도 전해진 것 같았다. 어쩐지 맞선은 성공한 듯싶다.

되도록 후쨩에게 폐를 끼치지 않고 여행을 떠나고 싶다. 아름답게, 긍지를 갖고 떠나고 싶다.

후쨩은 매주 월요일, 이바라키 현에서 일부러 와 주었다.

우리는 젊었을 때 신나게 같이 놀러 다녔다. 지금 생각하면 정말로 부끄러울 따름이지만, 십 대 때, 나는 잠시 모델 일을 한 적이 있다. 그것을 인연으로 물론 조연이지만 영화에도 출연하게 되어서 후쨩이 매니저로 현장에 따라다녀 주었다. 그러다 우연한 기회로 친구가 쓴 동화에 삽화를 그리게 된 것이다.

나 자신은 잘 모르겠지만, 그 삽화의 평판이 좋았던 것 같다. 그렇게 나는 삽화 작가로 데뷔하게 되었다. 연줄로 그림을 의뢰받게 되면서 그쪽 일이 재미있어져 배우 일은 자연스럽게 안 하게 되었다. 이윽고 내 이름으로 그림책까지 내게 되었다.

나는 원래 사람 앞에 나서는 일이 적성에 맞지 않았다. 거기에 따라 후짱도 매니저에서 그림 어시스턴트가 되었다.

십 대 때부터 우리 주위에는 소설가, 극작가, 화가, 배우 등, 모두 병아리들이었지만, 에너지가 넘치고 재미있으며 자유로운 사람들이 많이 있었다. 그곳에서부터 점점 세계가 펼쳐졌다.

그 중 가장 인기 있었던 사람이 후짱이다. 모델과 배우를 했던 나보다 훨씬 인기가 있었다. 반하고 어쩌고 하는 일도 자주 있어서 이 사람은 평생 연애에 정신을 잃고 살아가겠구나 했더니, 웬걸 어느 날 갑자기 우리 세계에서 손을 씻고, 결혼을 하겠다고 선언했다.

도쿄에서 태어난 도쿄 토박이가 도쿄를 떠나 도호쿠 지방의 시골로 간다니, 정말로 믿을 수 없었다. 주위 여자 친구들이 분명히 울면서 돌아올 거야, 하고 뒷말을 했을 정도다. 하지만 모두의 예상을 보기 좋게 뒤엎고, 후짱은 전통 있는 아키타의 양조장 맏며느리에 충실했다. 3남1녀를 낳아서 기르는 한편, 가업도 도와서 완전히 '양조장 사모님'이 되었다. 우리도 그 동안은 거의 연하장만 주고받고 지냈다.

순풍에 돛단 듯한 생활로 보였지만, 어느 날 후짱의 남편이 불의의 사고로 세상을 떠나 버렸다. 장례식에 달려갔을 때, 후짱은 형편없이 야위어 있었다. 나는 후짱의 어깨를 안아 주는 것밖에 할 수 있는 게 없었다.

후짱은 지금 아키타의 양조장을 장남과 차남에게 맡기고, 샐러리맨이 된 삼남 가족과 이바라키 현에 살고 있다. 십 년쯤 전, 내가 엎어져서 다리뼈가 부러졌을 때, 후짱은 내 집에 입주해서 일하게 해 달라고 애원했다. 하지만 나는 남녀를 불문하고 남과 함께는 오래 살지 못하는 성격이다. 서로 익숙해져도 안 되고, 의지해도 안 된다. 아무리 친해도, 아무리 힘든 상황이더라도 내 다리로 서서 혼자 살아야 한다.

그 후 후짱은 일주일에 한 번씩만 도와주러 다니고 있다. 한때는 감당 못 할 정도로 일을 받았던 시절도 있지만, 지금은 그리고 싶어서 그리는 것 말고는 일을 하지 않아서, 어시스턴트라고 해도 그림 세계에 관여하는 일은 거의 없다. 그래도 후짱은 내 주변 일을 도와주러, 매주 기쁘게 와 주었다.

다음 날, 나는 정원에 나가서 양옥란 가지를 잘랐다. 나를 가냘프고 연약하다고 말하는 사람이 있지만, 그건 큰 오산이다.

나는 필요하면 목수 일도 할 줄 알고, 톱질도 잘한다. 여자가 혼자 살아간다는 것은 이런 것이다. 설령 병뚜껑이 열리지 않아도 스스로의 힘으로 어떻게든 열 수밖에 방법이 없다.

결국 나는 한 번도 결혼하지 않았다. 그래서 후짱처럼 인생의 반려자는 없다.

가지를 자르고 있는 나를 스에히로가 창틀에 앉아서 빤히 보고 있었다. 왜 이렇게 마음이 잘 맞는 걸까? 어째서 이렇게도 잘 통하는 걸까? 물론 망설임은 있다. 나는 이제 오래 살 수 없다. 훌륭한 의사 선생님의 말이니 틀림없을 것이다.

그래도 스에히로와 함께 있고 싶다. 일 초라도 더 함께 지내고 싶다.

그때, 그렇게 생각했다. 스에히로를 어깨에 태우고 공원 벤치에서 일어섰을 때. 그러니까 이것은 내 마지막 이기주의다. 스에히로에게도 내가 먼저 가는 것을 허락받아야 한다.

잘라 낸 가지 끝을 가볍게 손질한 뒤, 한 가닥은 내 침실 천장에, 한 가닥은 거실 모퉁이에 달았다. 이렇게 조금씩, 이 집을 내 손으로 다듬어 왔다.

후짱이 가르쳐 준 닭 사건은 내버려 두고라도, 돌이켜 생각해 보면 나는 동물을 키우는 자체가 이 나이에 처음이다. 개도 고양이도 키운 경험이 없다. 이 집을 지은 지 얼마 안 되었을 무렵, 정원 한구석에 길고양이가 새끼를 낳은 적이 있었다. 그때는 일시적으로 고양이 가족에게 장소를 빌려 주었지만, 어느샌가 없어져 버렸다. 물론 벌도 키우긴 키웠다. 그러나 함께 산다는 것과는 조금 의미가 다르다. 남자와 산 적은 한 번도 없다. 몇 번인가 프러포즈를 한 넉살 좋은 사람도 있었지만, 나는 도저히 받아들이지 못했다.

일주일이 지나, 후쨩이 이바라키에서 와 주었다. 그렇게 무거운 짐을 굳이 들고 오지 않아도 된다고 해도, 후쨩은 매번 이웃의 무인 판매소에서 채소를 대량으로 사서 손수레에 싣고 온다.

"도쿄의 채소보다 훨씬 싸고 맛있어요."

후쨩은 이바라키의 신선한 공기까지 함께 날라 오는 것 같다. 후쨩이 집에 들어오면 공기까지 투명해진다. 후쨩은 그야말로 성격이 온화하다. 봄바람이 한가로이 부는 것처럼 언제나 여유롭게 산다. 성미가 급한 나와는 정반대다.

"미호코 선생님, 어때요?"

마지막으로 손수레 바닥에서 거대한 호박을 꺼내며 후쨩이 나를 올려다보았다.

"어떻다니?"

"그러니까 스에히로와 둘이서 보내는 생활이요."

"아아, 그거."

스에히로와의 생활이 아직 일주일밖에 지나지 않았다니, 믿어지지 않는다.

"행복해."

내가 말해 놓고도 뭔가 묘하게 쑥스러웠다.

문득 보니 주방의 하얀 타일 위에 놓인 채소와 과일이 반짝거렸다. 오랜만에 붓을 들고 싶어졌다.

"귀찮은 남자와 동거하는 것보다 훨씬 편해."

내가 그렇게 말하자 거실의 나뭇가지에서 날개를 쉬고 있던 스에히로가 새된 소리로 삐, 하고 울었다. 마치 사람이 하는 얘기를 전부 이해하는 것 같았다.

후짱은 후다닥 집안 청소를 마친 뒤, 장을 봐 와서 내가 먹을 일주일 치의 반찬을 만들어 주었다. 내가 할 수 있다고 몇 번 거절해도, 그렇지만 선생님 혼자서는 제대로 챙겨 먹지 않으니까요, 어쩌고 하면서 데우기만 하면 먹을 수 있도록 요리를 항상 몇 가지 만들어 놓고 갔다. 나는 전혀 집안일을 하지 않는다.

점심으로는 후짱이 겐친소바(토란, 우엉, 당근, 표고, 무, 두부 등을 넣고 끓인 맑은 장국에 메밀국수를 넣은 것 – 옮긴이 주)를 만들어 주었다. 후짱이 시집간 아키타의 양조장에 대대로 전해 오는

173

비법으로 만든 시골 소바다. 그러고 보니 후짱은 언제나 얼굴을 붉히며 그렇게 과장스럽게, 하고 손사래를 치지만, 정말로 맛있는 겐친소바다. 듬뿍 넣은 우엉과 버섯이 닭고기 육수와 훌륭하게 어울리는 데다, 오늘은 자연산 송이버섯을 넣어서 어찌나 맛있는지 그 맛을 이루 표현할 수 없을 정도였다.

나는 도쿄 토박이여서 소바를 아주 좋아한다. 도쿄의 소바가 일본 제일, 세계 제일의 맛이라고 자부하지만, 후짱이 만드는 시골 소바를 먹게 된 뒤로, 이건 이것대로 깊이가 있구나 생각하게 되었다.

후짱이 팩스를 발견한 것은 겐친소바를 다 먹은 뒤의 일이었다.

"미호코 선생님, 미호코 선생님."

후짱이 놀란 얼굴을 하고 거실로 뛰어들어 왔다. 집 안에는 아직 국물 냄새가 그윽하게 떠돌았다. 창을 열면 그 향이 달아나 버릴 것 같아서 나는 창을 열지 않고 있었다.

주방 식탁에서 볕이 좋은 거실 소파로 움직여 신문을 읽으려던 참이었다. 최근 눈이 나빠져서 아무래도 글씨를 읽기 힘들다. 아침에는 빛이 너무 밝아 신문은 이 시간에 읽곤 한다.

"무슨 일이야? 그렇게 다급하게?"

돋보기를 코에 걸친 채, 후짱을 올려다보았다. 스에히로는 내가 식사를 마치기 기다렸다는 듯이 소파에 앉자마자, 어깨에 폴짝 날아와 앉았다. 스에히로와는 그야말로 이심전심이다.

"저기 작업 의뢰가."

그렇게 말하고 후짱이 꿀꺽 침을 한 번 삼켰다.

"작업? 언제 일이지?"

나는 기계 조작이 서툴러서 팩스에는 전혀 가까이 가지 않는다. 사실은 그런 도깨비 같은 팩스 자체를 집에 두고 싶지 않다. 그래서 평소에는 언제나 천을 덮어씌워서, 내 눈에 띄지 않도록 한다. 그 인공적인 삐 소리며 기묘하게 빛나는 버튼이며 나로서는 견디기 어렵다. 그렇지만 어느 날, 후짱이 일하는 데 팩스만은 꼭 설치하라고 간청했다. 양조장 안주인 시절, 후짱도 팩스 도움을 많이 받았다는 것이 가장 큰 이유였다. 그래서 나는 전혀 손대지 않는 것을 조건으로 마지못해 팩스를 받아들였다. 역시 나는 거의 사용하지 않았다.

"벌써 삼 년이나 사 년 전 것 아니고?"

후짱이 끓여 준 최고의 녹차를 마시면서 내가 대꾸하자,

"무슨 말씀이세요, 미호코 선생님. 이거 지난주 날짜인걸요."

놀란 표정으로 내게 미끈미끈한 종이를 내밀었다. 후짱이 놀란 것도 무리는 아니었다. 일 따위, 이제 거의 들어오지 않고

있었다.

"어머, 정말이네."

끝에 적힌 날짜는 분명히 지난 주였다.

"어떻게 하시겠어요?"

후짱이 진지한 눈으로 물어서, 나는 잠시 망설인 뒤 조용히
대답했다.

"잠시 생각할 시간을 줘."

어느 잡지의 표지 그림을 그려 달라는 의뢰였다. 잡지는 계
간지로, 한 해에 넉 장을 그리게 된다. 가슴이 쿵쾅거렸다. 어
째서? 어째서 내게? 게다가 왜 이런 타이밍에? 생각해도 답은
나오지 않는데, 자꾸 생각한다. 이럴 때는 대답을 보류할 수밖
에. 급하게 내린 결론일수록 나중에 자기 목을 조르는 결과가
되기 때문이다.

"그럼 잃어버리면 안 되니 냉장고 문에 붙여 놓을게요."

후짱은 소중한 것은 무엇이든 냉장고에 붙인다. 오랜 세월
주부로서 일가를 꾸려 온 후짱에게 냉장고는 분명 신사神社처
럼 신성한 곳이리라. 내게 아틀리에처럼.

다음 날 아침, 이른 시간에 눈을 떴다.

시계가 없어서 정확한 시간은 알 수 없지만, 날이 새기 전이란 것은 확실했다. 스에히로는 아직 자는 것 같았다. 스에히로의 좋은 점은 날마다 달라붙어 있지 않는다는 것이다. 함께 있는 시간과 각자 다른 풍경을 보는 시간을 정확하게 나눈다. 아무리 친해져도 어느 선을 넘지 않는다. 스에히로에게 그런 미학을 느꼈다.

그림을 그리자.

어제부터, 아니, 그보다 더 전부터 내 속에서 부글부글 그런 충동이 자라고 있었다. 이제 그 욕구를 무시할 수 없다.

그림을 그리고 싶다. 그런 마음이 든 것은 정말로 오랜만이었다. 물을 마시고 싶다, 깨끗한 공기를 마시고 싶다, 그것과 같은 수준으로 몸이 원했다. 남은 목숨이 얼마 안 되는 내가 그림은 그려서 어쩔 건가, 단 한 장도 완성하지 못하고 죽을지도 모른다, 신기하게 그런 생각은 전혀 들지 않았다.

내가 죽는 것은 조금도 두렵지 않다. 정말로.

그렇지만 그 전에 한 장이라도 좋으니 그림을 남기고 싶다.

미술 학교에 다시 들어간 것은 서른 살이 되기 직전이었다. 도쿄 올림픽 개최를 앞두고 온 일본은 열기로 들떠 있었다. 그때까지 독학으로 간신히 일을 계속했지만, 한계를 느끼고 있었다. 다시 한 번 기초부터 그림을 배우고 싶어서 나보다 열두

살도 더 아래인 학생들과 함께 책상을 나란히 하고 공부했다.

그때까지의 나는 감각이 전부였다. 그림에 관해 정말로 아무것도 몰랐다. 그래서 양갓집 규수의 낙서놀이라고 비판을 받아도, 분해도 그게 사실이니까 할 말이 없었다. 만 이 년 동안 미술 학교에 다니며, 처음부터 그림을 배웠다.

나는 조용히 침실을 나왔다.

먼저 밀크 티를 끓였다. 커튼을 걷어도 바깥은 어두컴컴했다. 생명이 있는 여러 가지 것들이 아직 깊게 잠들어 있다. 그 평온한 숨소리가 정원에서, 거리에서, 하늘에서 들려왔다. 나는 하루 중에도 이 시간대를 특히 좋아한다. 서쪽 하늘에서 달이 아직 환하게 빛나고 있다.

어두운 주방에 서서 손으로 더듬어 냄비를 준비했다. 물을 부어서 불에 올리고, 카다멈과 시나몬, 펜넬, 거기에 생강을 함께 넣고 끓으면 찻잎도 넣는다. 찻잎은 아삼이 좋다. 일 분 정도 졸인 뒤, 물 양의 반만큼 우유를 넣는다. 우유는 언제나 후짱이 떨어지지 않도록 사다 놓는다. 넘치려고 할 때까지 끓이다가 냄비를 불에서 살짝 내려놓는다. 이것을 주문처럼 세 번 되풀이한다.

그림을 그릴 때, 나는 언제나 이 밀크 티를 마신다. 그러지 않으면 일을 시작하지 못한다.

나는 아틀리에에 틀어박혔다. 이 방만큼은 후쨩도 절대 들어오지 못한다. 내가 가장 기분 좋게 그림과 마주할 수 있도록 시행착오를 거듭한 끝에 지금의 형태로 자리 잡았다.

나는 지금까지 한 번도 누군가를 스승으로 존경한 적이 없다. 주변 일이며 작업 스케줄을 조정해 주는 후쨩이라는 존재는 있었지만, 제자를 둔 적도 없다. 나는 지배하거나 지배받는 것을 진심으로 싫어한다. 언제나 내가 살고 싶은 대로 살고 그리고 싶은 대로 그려왔다.

그림에 몰두하면 배가 고픈 것도 잊어버린다. 화장실도 가지 않는다. 이 세계에 나와 그림, 두 가지밖에 존재하지 않게 되고, 그 두 존재조차 결국은 포개져 하나가 된다. 관능이라고 해도 좋을지 모른다.

나는 그림을 그리면서 욕정이란 것을 느낀다. 흥분을 느낀다. 때로는 호흡하는 것조차 잊어버릴 것 같다. 그림과 마주하면서 무아지경에 이르는 기술을 깨달은 것이다.

문득 창 너머를 보니 안뜰에 빛이 쏟아지고 있었다.

얼마나 아름다운지.

나는 아이의 마음으로 돌아가 감탄했다. 이 정원의 상징인 태산목이 빛을 받아 가지도 잎도 모든 것이 반짝반짝 빛났다. 오랜만에 이런 느낌을 받았다.

내가 지금 그리기 시작한 것은 자화상이다. 몇 십 년 만에 그리는 내 모습이다.

그려도 그려도, 새로운 모티프는 자꾸자꾸 솟아올랐다.

나는 매일 뭐에 홀린 듯이 그림을 그렸다. 작은 생물이, 꽃이, 물건이, 풍경이, 나도 그려줘, 나도, 나도, 하고 방글방글 웃으면서 쫓아오는 느낌이었다. 나는 그 하나하나와 마주 서서 색과 형태로 표현한다. 자나 깨나 그림 생각뿐이었다.

그림 세계에 몸을 담그기만 하면 현실에서 벗어날 수 있다. 내게 그림은 최고의 현실 도피 수단일지도 모른다. 행복해서 그림을 그리는 것이 아니다. 고통스러워서 그림을 그리는 것이다. 모든 것을 잊기 위해. 옛날부터 그 자세는 변함없다.

그림을 그리다 보니 눈 깜짝할 사이에 일주일이 지났다.

다음 월요일 아침, 후짱은 나를 보자마자 첫 마디가 이랬다.

"미호코 선생님, 일하셨어요?"

손과 얼굴에까지 물감이 묻어 있었던 모양이다.

"어, 뭐."

나는 애매하게 대답했다. 갑자기 꿈에서 깨어난 듯한 기분이었다. 무아지경으로 흙놀이를 한 아이처럼 그림을 그린 자신이 조금 부끄러워진다. 하지만 몸의 심지에는 그림을 그린 뒤의 쾌감이 번져서 잔향처럼 울렸다. 싱크대에는 밀크 티를 끓이다 놔둔 냄비가 아무렇게나 뒹굴고 있다.

나는 연일 그림을 그려서 완전히 머리가 열린 상태가 되었다. 마치 꽃잎이 너무 벌어진 튤립 같았다. 생각해 보니 그 동안 아무하고도 말을 하지 않았다. 스에히로도 뭔가를 느꼈는지 별로 다가오지 않았다.

줄곧 실내에 틀어박혀 있으면 아무래도 좋지 않아서, 며칠 만에 정원에 나가 보았다. 요전에 후쨩이 꺾어 준 들꽃이 시들어서 다시 새로운 꽃을 골랐다.

차가운 하늘 아래, 장미가 씩씩하게 피었다. 있는 그대로 싹을 틔우고 꽃을 피우고, 그리고 시들어 간다. 그 망설임 없는 곧은 모습에 경탄하지 않을 수 없다. 나도 꽃이 시드는 것처럼 죽음을 맞이하고 싶다.

점심은 후쨩이 스라탕면을 끓여 주었다. 내가 면을 좋아하는 걸 알아서 후쨩은 언제나 수고로움을 마다 않고 만들어 준다. 나는 나를 위한 요리는 하지 않는다. 혼자 먹는 식탁은 언제나 간단하다. 그걸 알기 때문에 후쨩이 이렇게 냉장고 속에 반찬거리를 쌓아 놓고 간다. 혼자서도 잘 한다고 허세를 부리지만, 실제로 후쨩이 없으면 내 화가 생활은 무리일지도 모른다.

"역시 후짱이 만든 매운 스라탕면은 최고야."

국물을 한 입 먹자마자 나는 말했다. 스에히로도 거실에 펴 놓은 신문지 위에서 후짱이 꺼내 준 모이를 먹고 있다.

"이렇게 간단한걸요. 식초를 많이많이 넣고, 참기름을 듬뿍 뿌리면 끝이에요."

내가 요리에 관해서 칭찬하면, 후짱은 언제나 이런 식으로 겸손하게 넘긴다. 그러나 나는 그렇게 생각하지 않는다. 나는 절대로 이런 최고의 스라탕면은 만들지 못한다. 신맛과 단맛의 균형이 절묘하다.

"이건요, 우리 며느리한테 배웠어요. 식초를 세 종류 섞으면 이렇게 되더라고요."

"그런데 그 배합이 어렵잖아. 아마추어인 나로서는 도저히 무리야."

"괜찮아요, 미호코 선생님. 그림을 그리시면 그걸로 충분해요. 집안일은 전부 내가 하니까요."

이런 대화를 한참 전부터 해 온 듯한 기분이 들었다.

내게 산다는 것은 그림을 그리는 것이었다. 병에 걸린 뒤, 아틀리에에서 멀어졌지만, 지금 내게는 젊은 시절에 뒤지지 않을 정도의 에너지가 들끓고 있다.

"오후에 일을 좀 더 할까 봐."

"그럼 이따가 커피 가지고 갈게요."

나는 일을 할 때만 진하게 끓인 에스프레소를 마신다. 머리가 맑아지고, 집중이 잘 된다.

"저기, 선생님."

후짱이 조심스럽게 말을 꺼낸 것은 저녁 무렵이었다.

"요전에 팩스 건, 어떻게 하시겠어요?"

이미 후짱은 외투를 입고 돌아갈 준비를 하고 있었다. 냉장고에는 새로 만든 반찬들이 보관 용기에 빼곡하게 들어 있다. 빨리 먹어야 할 순서대로 챙겨 놓았다.

"그러게."

나는 중얼거렸다. 지난 주 후짱이 발견한 팩스는 아직 냉장고에 자석으로 단단히 붙어 있다.

"아직 답을 못 내리실 것 같으면, 제가 전화를 해 둘까요?"

목에 스카프를 감으면서 후짱이 제안했다. 물론 팩스를 잊고 있었던 건 아니다. 오히려 계속 그 생각을 하고 있었다. 하지만 확실하게 대답을 할 수 없었다. 왜냐하면 내가 지금 살고 있는 것은, 여생이다.

"그러게. 벌써 열흘이나 지났으니. 부탁할게."

내가 그렇게 말하자마자 후짱은 가방에서 메모장과 연필을 꺼내 팩스 끝에 있는 상대방 연락처를 적었다.

사실은 이미 결론이 나 있는데. 나는 후짱에게조차 좀처럼 말을 꺼내질 못했다.

다음 날도, 그다음 날도 나는 일에 몰두했다. 내 몸 어디에 이런 에너지가 숨어 있었을까 하고, 자신도 놀랐다. 어쩌면 병이 나은 게 아닐까 하는 생각조차 들었다. 그림이라는 괴물이 빙의하여 내 몸을 조종하고 있다. 정말로 어떻게 된 걸까.

때때로 정신을 차리고 보면 내 어깨에 스에히로가 동그마니 앉아 있었다. 지금까지 아무리 친한 사람이라 해도 아틀리에에 발을 들이는 것만큼은 허락하지 않았다. 그런데 그 규칙을 스에히로는 가볍게 깼다. 실현되니 의외로 간단한 일이었다.

스에히로는 내게 용기를 주는 일은 있어도 창작하는 데 방해하는 일은 전혀 없었다. 그리고 알지 못하는 사이에 사라진다. 그래서 사실 스에히로가 어깨에 있다는 것은 내 착각이고 환상일지도 모른다. 그만큼 스에히로는 내게 공기 같다. 공기는 보이지도 않고 만질 수도 없지만, 없으면 죽는다.

처음에 그린 자화상 외에 나는 몇 장의 그림을 더 완성했다.

이게 있으니 어떻게든 될지도 모르겠다. 설령 내가 앞으로 어떻게 되더라도 그리 폐를 끼치지는 않게 될 것이다.

어깨에 앉은 스에히로에게 나는 마음속으로 물었다.

스에히로는 어떻게 생각해? 그러자 스에히로가 또렷한 목소리로 대답했다.

"괜찮아."

의문형이 아니라 딱 부러지게 단정했다.

괜찮다고? 해도 좋다는 말?

그래도 내가 모호해하고 있자,

"괜찮아."

한 번 더 또렷하게 말했다.

나는 기뻤다. 스에히로가 등을 밀어주는 것 같아서. 스에히로가 줄곧 내 곁에 있어 주었다. 그것만으로 나는 강해질 수 있을 것 같은 기분이 들었다.

스에히로의 말을 믿어 보기로 했다. 나는 분명 괜찮을 거라고.

새해에 만나도 되지만, 나는 올해 안에 그쪽과 직접 만나고 싶은 충동이 일었다. 마치 회전목마처럼 그림 아이디어가 멈추지 않고 떠올랐다. 빨리 그것을 그림으로 완성하지 않으면, 이미지가 자꾸자꾸 사라진다. 나는 날마다 그런 자신과 격투 중이었다.

물론 납득이 가는 작품을 그릴 때도 있고, 그렇지 않을 때도 있다. 종일 일을 마치고 아틀리에를 나올 무렵에는 해가 완전히 지고 하늘에는 달이 떠 있다. 나는 우라시마 타로(거북을 살려 준 덕으로 용궁에 가서 호화롭게 지내다 돌아와 보니, 많은 세월이 지나 친척이나 아는 사람은 모두 죽고, 모르는 사람뿐이었다는 전설의 주인공 – 옮긴이 주)라도 된 기분으로 멍하니 하늘을 올려다보았다. 오늘이 몇 월 며칠인지조차 모르겠다. 몸은 초췌했지만, 마음은 싱싱한 과일처럼 만족스러웠다.

후짱에게 부탁해서 잡지사에 수락 연락을 한 뒤에도 마음속으로는 몇 번이나 갈등했다.

일단 일을 하기로 했지만, 아틀리에를 나오는 순간 겁쟁이가 얼굴을 들이대며 너한테는 무리야, 하고 귓가에 속삭인다. 붓을 들고 몰두할 때는 마치 내가 세계 최강의 용사이기라도 한 듯하다. 하지만 일단 이 손에서 붓을 놓고 아틀리에를 나오면 마치 벌거숭이 임금님이 자신의 모습을 깨달아 버린 것 같은 허무한 기분이 들고, 모든 것은 늙은이의 옹고집, 자아도취가 아닌가 하는 생각이 냉정하게 든다.

나는 언제나 흔들렸다. 그 망설임을 잊기 위해 그림 세계에 빠져들었다.

세밑이 다가오는 수요일 오후, 그쪽에서 와 주었다.

원래라면 내가 혼자 대응해야 했지만, 후짱은 이날을 위해 일부러 이바라키에서 와 주었다. 이 집에 일 때문에 손님이 온 다는 것 자체가 오랜만이었다.

딸랑딸랑 하는 신선한 방울 소리에 후짱이 부리나케 현관으로 향했다. 나는 거실 소파에 앉아 조용히 기다렸다. 어깨에는 스에히로가 앉아 있었다.

"처음 뵙겠습니다. 바쁘실 텐데 실례하겠습니다."

후짱 뒤를 이어 거실로 들어온 것은 키가 늘씬한 젊은 여성이었다. 다만 얼굴을 바로 볼 수는 없었다. 이 나이에 부끄러울 따름이지만, 나는 낯가림이 극도로 심하다. 일부러 나를 만나러 와 주어서 기쁜 반면, 그것을 능숙하게 말이나 표정으로 전하기가 어렵다. 초면의 사람을 만날 때는 언제나 입에서 심장이 튀어나올 정도로 긴장한다.

그녀가 큰 키를 구부리듯이 하고 명함을 내밀었다. 새하얀 명함에는 '쓰노다 아카리'라고 쓰여 있었다. 이 명함을 교환하는 행위도 샐러리맨 같아서 좋아하지 않지만, 어쩔 수 없다. 내가 멍하니 있으니 후짱이 얼른 내 명함을 쥐어 주었다. 명함이라고 할 정도의 것도 아니다. 마른 월계수 잎에 '고구레 미호코'라고 이름을 적어 넣은 것뿐이다. 필요 없어지면 땅바닥에 버리면 된다.

"귀여워라~."

월계수 잎을 건네자, 쓰노다 씨가 카랑카랑한 목소리로 말했다. 스에히로가 놀랐는지 내가 입고 있는 카디건을 순간적으로 꽉 움켜쥐었다.

후짱이 거실에서 쓰노다 씨와 사무적인 이야기를 하는 동안, 나는 주방에 가서 밀크 티를 끓였다. 평소에는 눈을 감고도 끓이는데, 이럴 때 나는 긴장한 나머지 말도 안 되는 실수를 저지르기 일쑤다. 평상심이라는 것이 얼마나 어려운 것인지 밀크 티를 끓이면서 실감한다.

가스 불 끄는 소리를 듣고, 후짱이 주방으로 날듯이 걸어왔다.

"미호코 선생님, 그다음은 제가 할게요."

거실에 있는 쓰노다 씨한테 들리지 않도록 소리를 낮추어 귓가에 속삭였다.

"선생님은 저 분과 말씀 나누셔요."

후짱의 기쁨이 고스란히 전해졌다. 모처럼 들어온 큰 작업이어서 몹시 들떠 있다. 내가 상처 입을지도 모르니까, 앞에서 대놓고 기뻐하지는 않는다. 그러나 그 기쁨이 후짱의 모공에서, 손톱 틈에서, 눈초리에서 배어났다. 이렇게 작업 의뢰가 들어온 것은 몇 년 만이다. 내 작품은 점점 세상에서 멀어졌다. 그건 그것대로 자연스러운 결과였는지도 모른다.

"오모타세(상대방이 갖고 온 선물이란 뜻 – 옮긴이 주)를 내놓아
서 죄송합니다만."

후짱이 쓰노다 씨가 갖고 온 쿠키를 접시에 담아서 밀크 티
와 함께 들고 왔을 때였다. 쓰노다 씨의 눈이 동그래졌다.

"오모타세?"

"네, 그러니까 아까 쓰노다 씨가 선물로 갖고 오신 것을 내놓
아서요."

후짱이 조심스럽게 설명했다.

"죄송해요, 저 오마타세(기다리게 했다는 뜻 – 옮긴이 주)라고
하시는 줄 알고. 제가 가져온 선물을 오모타세라고 하는군요."

쓰노다 씨가 당황한 모습으로 웃었다. 그걸 보고 이번에는
나와 후짱이 당황했다.

"그래요, 오모타세예요. 요즘 젊은 분들은 별로 사용하지 않
는 말인가 봐요."

후짱이 쓰노다 씨와 말을 주고받으며, 테이블에 찻잔과 꿀
이 든 유리 용기를 늘어 놓았다. 나는 내심 오랜만에 세상과 접
한 듯한 기분이 들어서 놀라고 있었다.

쓰노다 씨는 시코쿠의 마쓰야마 출신이라고 했다. 그래서
여유롭다. 시코쿠 사람들은 연중 기후가 따뜻한 탓인지 성격
이 온화하고 경쟁심이 별로 없는 것 같다.

"시코쿠는 우동이 맛있죠?"

내가 잠자코 있으니 후짱이 옆에서 거들었다. 이럴 때, 후짱은 내게 없어서는 안 될 어시스턴트이다.

"맞습니다. 우동이 정말로 맛있어요. 저희 집에서는 간식으로도 우동을 먹었어요. 고등학생들은 동아리 활동이 끝나고 늦게 하교하다 배가 고프면 맥도날드가 아니라 우동을 먹어요. 햄버거보다 싸기도 하고요."

거기까지 말하고 쓰노다 씨는 밝은 목소리로 잘 먹겠습니다, 하고 말한 뒤, 제일 먼저 쿠키에 손을 뻗었다. 나는 두 사람의 대화가 재미있어서 느긋하게 귀를 기울였다.

"미호코 선생님은 면류를 아주 좋아하세요."

"어머, 그럼 우동도 좋아하시겠네요?"

"물론이죠."

"그럼 다음에 고향 다녀올 때 맛있는 우동을 사 올게요!"

후짱과 쓰노다 씨는 처음 만난 사람들이라고 생각할 수 없을 만큼 대화가 잘 통했다. 마치 공깃돌 같았다. 그러나 나는 그 즐거운 원 속에 잘 끼지 못했다.

"우와, 이 밀크 티도 정말 맛있네요."

밀크 티를 한 모금 마신 쓰노다 씨가 눈을 반짝거렸다. 설령 빈말이어도 밀크 티를 칭찬받으면 춤을 출 것 같아진다.

"이건요, 미호코 선생님밖에 만들지 못해요."

후쨩이 거들었다.

"대단하세요, 이런 맛있는 차 처음이에요. 선생님 오리지널 레시피예요?"

쓰노다 씨가 커다란 눈동자로 똑바로 바라보니 가슴이 두근 거렸다. 나는 식물이나 동물을 이렇게 바라볼 수는 있어도, 사람을 이렇게까지 똑바로 보지는 못한다.

"그렇게 대단한 거 아니에요. 그저 젊었을 때, 인도 무용 선생님한테 배워서."

"그렇지만 이 차, 정말로 인도에서 마신 것보다 맛있어요!"

쓰노다 씨가 점점 더 눈을 반짝거렸다. 이 아가씨는 눈이 예뻤다. 별이 뜬 하늘처럼 여러 가지 빛이 담겨 있었다.

"대단하네요, 쓰노다 씨, 인도에 가 본 적 있어요?"

후쨩이 쿠키를 먹으면서 자연스럽게 물어보자, 쓰노다 씨는 씩씩하게 대답했다.

"저, 대학 졸업 여행 대신 혼자 인도 여행을 다녀왔어요."

"어머나, 혼자서요? 인도를?"

후쨩이 눈을 동그랗게 떴다. 나도 인도에는 흥미가 있었다. 언젠가 가 보고 싶다, 생각하면서 결국 갈 기회를 얻지 못했다. 남은 인생에서 갈 수 있을까. 나도 작은 쿠키를 하나 집어, 입에 넣었다.

"쓰노다 씨는 용기가 있군요."

후짱이 말했다. 정말로 이 아가씨는 보기와 달리 근성이 있을지도 모른다.

"선생님."

새삼스럽게 불러 고개를 들자, 쓰노다 씨가 커다란 눈을 더 크게 뜨고 나를 바라보고 있었다. 나는 쓰노다 씨 같은 젊은 사람이 말똥말똥 바라보면 정말로 쑥스럽다. 후짱이 스윽 일어나서 주방으로 갔다. 나는 쓰노다 씨와 둘만 남았다. 이제 도망칠 수도 감출 수도 없다.

"표지, 잘 부탁합니다!"

쓰노다 씨의 너무 큰 목소리에 놀랐는지 어깨에 앉아 있던 스에히로가 날아갔다.

"아, 네."

나는 모호하게 대답했다. 그런데 그 전에 쓰노다 씨한테 말해 두어야만 한다. 내 입으로. 나는 용기를 내서 쓰노다 씨를 보았다. 쓰노다 씨의 눈동자에 눈물이 고여 있는 것처럼 느낀 건 착각이었을까.

"나는요."

일단 말을 꺼내자, 그다음은 벽을 넘은 듯이 술술 나왔다.

"이제 나이도 예순을 넘었어요. 게다가 작년에 큰 병을 앓았어요. 솔직히 말하면, 앞으로 몇 년 더 이 세상에 머물 수 있을지 모르는 상황이에요. 되도록 폐를 끼치지 않도록 하고 싶습니다만, 정말로 이런 내가 중요한 표지 그림을 그려도 될까요? 지금이라도 늦지 않았으니 없던 일로 해도……."

나도 모르게 고개를 숙이고 있었다. 그러자,

"괜찮습니다."

하는 소리가 들렸다. 순간, 스에히로의 목소리인 줄 알았다. 그러나 그 목소리는 쓰노다 씨였다.

"선생님 그림으로 저희가 발행하는 미술 잡지의 표지를 장식하고 싶습니다. 물론 이것은 저만의 생각이 아니라, 회사 모두가 바라는 것이랍니다."

고개를 들고 보니, 쓰노다 씨가 머리를 숙인 탓에 긴 머리칼이 찻잔 속으로 들어갈 것 같았다.

"부족하지만, 잘 부탁합니다."

쓰노다 씨는 마치 시집오는 것처럼 인사를 했다. 나도 머리를 깊이 숙였다.

여명 선고, 스에히로와의 만남, 그리고 작업 의뢰. 모든 것이 보이지 않는 끈으로 연결되어 있는지도 모른다.

쓰노다 씨를 현관까지 배웅했다. 쓰노다 씨가 힐이 있는 검은 부츠를 신어서인지, 앞뒤로 나란히 걸으니 정말로 올려다 볼 정도로 키가 컸다. 나도 우리 세대치고는 키가 큰 편이지만, 쓰노다 씨와는 상대가 되지 않았다.

현관에서 나는 덧붙였다.

"마감이라든가 세세한 사항은 후짱하고 얘기해 주세요. 그리고 나는 당신의 선생님이 아니니 선생님이라고 부르는 건 좀……."

용기를 내서 한 말인데 정작 쓰노다 씨는 태연했다.

"그럼 뭐라고 부르면 좋을까요?"

쓰노다 씨와 눈이 마주쳤다.

"선생님만 아니라면 뭐든 좋은데……."

"알겠습니다. 그럼 다음부터 그렇게 하겠습니다."

쓰노다 씨가 밝게 대답했다. 순수하고 참한 아가씨였다.

"바쁜 연말에 일부러 이렇게 와 주어서 고맙습니다."

후짱도 나와서 정중하게 인사를 했다.

"저야말로 바쁘신데 폐를 끼쳤습니다."

쓰노다 씨는 아름다운 인사를 하는 사람이었다.

"그럼 새해 복 많이 받으세요."

그렇게 말하고 쓰노다 씨는 힐 소리를 울리며 상큼하게 돌아갔다. 그녀의 등을 지켜보면서 후짱이 어깨를 으쓱이며 쿡

쿡 웃음을 참았다.

"아주 멋진 아가씨네요."

"그러게. 처음에는 그냥 평범한 아가씨라고 생각했는데, 의외로 심지가 똑바른 사람 같네."

고향에 돌아가는 사람들이 많아, 텅 비기 시작한 도쿄의 공기는 이맘때부터 단숨에 상쾌해진다. 자동차 배기가스도 사람들의 원망도 고통도 없어지고, 옛날 에도의 분위기를 되찾는다.

나는 한 번 더 하늘을 올려다보았다.

앞으로 몇 번 더 이곳에서 설을 맞이할 수 있을까.

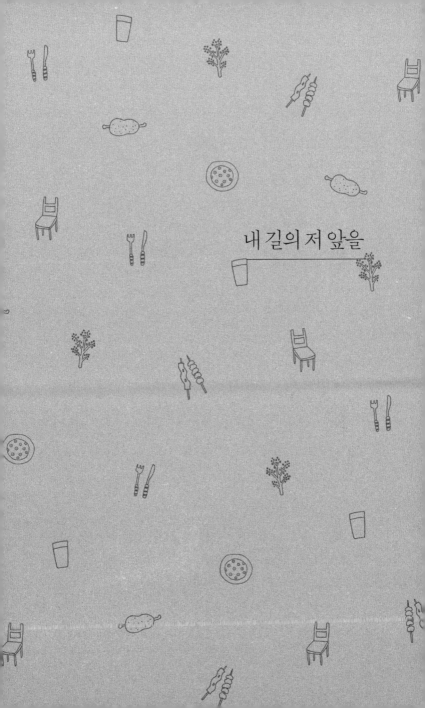

내 길의 저 앞을

아, 무서웠다.

정말로 다리가 풀렸다.

고구레 선생님 때문이 아니다. 물론 선생님은 선생님대로 무서웠지만. 내가 무서웠던 것은 새. 선생님이 새를 키우고 있는 줄 몰랐다. 선배도 그런 말 한마디 해 주지 않았고. 아직도 심장이 쿵쿵거린다.

만났을 때부터 식은땀이 줄줄 흘렀다. 기껏 클리닝을 맡겼다가 찾아온 스웨터인데 땀으로 흠뻑 젖었다. 빨리 땀을 말리지 않으면 감기에 걸릴 것이다. 이래 봬도 나는 허약 체질이다.

그런데 설마 선생님이 그렇게 건강할 줄이야.

전혀 병을 앓고 있는 걸로는 보이지 않았다. 피부도 매끄럽고, 얘기하는 목소리도 또렷했다. 언론에 가끔 내비쳤던 것은 벌써 이십 년도 전으로, 내가 본 사진도 아마 쉰 살 무렵이었을 것이다. 그러나 조금도 달라지지 않았다. 여전히 아름다웠다.

선생님에게는 쉽게 다가갈 수 없는 서늘한 아우라가 풍겼다. 그래서 나는 앞에 있기만 해도 긴장되었다. 새 때문에, 그리고 선생님 아우라 때문에 긴장해서 나는 쓸데없는 얘기까지 주절주절 지껄였다. 선생님이 수다스러운 아이라고 생각했을 게 분명하다.

그런데 그 도우미 아주머니, 그 사람은 아주 싹싹하고 느낌이 좋았다.

처음에 현관으로 나왔을 때는 그 사람이 선생님인 줄 알았다. 나란히 있을 때 두 사람은 확실히 달랐지만, 따로 보면 뭔지 모르게 분위기가 비슷해서 어느 쪽이 선생님인지 알 수 없다.

선생님은 그 사람을 후짱이라고 가볍게 불렀는데, 본명은 무엇일까. 통화할 때 사투리가 심해서 솔직히 처음에는 잘 알아듣지 못했다. 굉장히 촌스러운 시골 아주머니가 집안일을 돕고 있는 줄 알았더니, 선생님에게 지지 않을 정도로 고상하고 고운 사람이었다.

그러나 집이 역에서 너무 멀다. 강가를 하염없이 걸어야 했다. 굽이 높은 부츠를 신고 가는 게 아니었다. 게다가 선생님의 저택은 신발을 신은 채 들어가야 했다. 일본에도 그런 주택이 있었다. 구두를 신은 채 집에 들어가는 것은 태어나서 처음일지도 모른다. 바닥이 긁히지 않도록 조심해서 걸었더니, 허리가 아프다. 오늘 퇴근하면 침술원에 들러 침이라도 맞아야지. 내일부터 겨우 휴일이다.

참고로 나의 출신지는 마쓰야마다. 에히메 현 마쓰야마 시. 우동으로 유명한 것은 이웃 가가와 현 다카마쓰 시다. 자랑은 아니지만, 마쓰야마 우동은 그리 맛있지 않다. 마쓰야마에서 자랑할 수 있는 거라면 온천과 귤 정도다. 그리고 마쓰야마 성城. 팥도 맛있지만, 그 매력은 지역구 사람들밖에 모른다.

대부분의 사람이 마쓰야마와 다카마쓰를 혼동한다. 다카마쓰가 더 유명하다. 어쨌거나 우동이 맛있으니까. 그래서 후짱이란 분도 착각한 것이다. 출신지를 물어서 나는 분명히 마쓰야마라고 대답했지만, 이내 우동으로 연결시켜서 부정할 타이밍을 놓치는 바람에 적당히 이야기를 둘러댔다.

물론 다카마쓰 사람들의 생활에 우동이 녹아들어 있는 것은 거짓말이 아니다. 고등학교 때 사귀었던 다카마쓰 출신의 남자친구가 학교에서 돌아오는 길에 곧잘 튀김 우동을 먹었다고 얘기하곤 했으니.

그때를 생각하기만 해도 얼굴이 빨개진다. 그렇지만 오모타세라는 말은 평소에 사용하지 않는 말인걸. 어떤 뜻인지 회사에 돌아가면 한 번 더 사전을 찾아 봐야지. 마쓰야마에 계신 부모님께 출판사에 취직했다고 말씀드렸더니 최신 전자 사전을 선물해 주셨다.

그렇지만 그 새. 다음에 볼 때까지 대책을 생각해야 한다.

새 공포증의 시작은 내가 다섯 살 때로 거슬러 올라간다. 당시 나는 어린이집에 다녔다.

부모님은 맞벌이 부부였다. 그래서 밥을 밖에서 사 먹는 일이 보통이었다. 게다가 부모님은 어른들이 술을 마시는 선술집이나 요릿집에도 어린 나를 거침없이 데리고 갔다. 두 분은 직업상, 맛집을 다 꿰고 있어서 나는 다섯 살치고 묘하게 미식가인 아이였다.

그 날은 부모님이 꼬치구이 집에 데리고 가 주었다. 그 무렵이미 나는 카운터 너머에 있는 주인에게 직접 주문할 줄 알았다. 이를테면 닭고기는 소금구이로, 염통도 소금구이로, 어묵튀김은 소스로, 간은 소금구이와 소스 한 개씩 주세요, 이런식. 어린아이 주제에 내장도 거침없이 잘 먹었다.

그렇게 꼬치구이를 즐길 때였다. 주인이 우리 자리로 오더니 아빠에게 귓속말을 했다.

"그거, 들어왔어요."

그 순간, 아빠가 웃었던 것을 기억한다. 아빠는 주량은 약하면서 술을 좋아해 금세 얼굴이 원숭이처럼 빨개진다.

"오늘은 나도 먹을래."

엄마가 배를 어루만지면서 말했다. 지금 생각하면 그때 엄마의 배에는 이미 여동생 고즈에가 들어 있었다. 나는 얼른 손을 들었다.

"아카리도 먹을래!"

그게 무엇인지 모르지만, 이 분들이 먹는 것이니 맛있을 게 틀림없다. 그런 확실한 예감이 있었다.

이윽고 우리 세 사람에게만 그것이 나왔다. 메뉴에 없는 음식이었다. 단골에게만 알려 주는 비공식 안주로 나는 어린 나이에도 그 우월감에 콧구멍을 벌렁거렸다.

보기에는 아주 평범한 삶은 달걀이었다. 그 무렵, 나는 온천 달걀에 빠져 있어서 아침에는 하얀 밥 위에 올려서 먹었다. 그래서 부모님이 말하는 그것도 온천 달걀 같은 것인 줄 알았다.

아빠가 달걀 끝을 수저로 톡톡 깨서 주었다.

나는 그것을 시작, 하고 단숨에 입에 넣었다. 처음에는 약간 젤리 같은 수프가 흘러나왔다. 그리고 큰 덩어리가 입에 들어

왔을 때 이상함을 느꼈다. 언제나의 온천 달걀과는 명백히 다른 식감이었다. 입 안 가득 딱딱한 듯하기도 하고 부드러운 듯하기도 한 뭐라고 표현할 수 없는 기분 나쁜 고형물이 들어왔다.

나는 큰 소리로 울어댔다. 어린 마음에도 그것이 기묘하고 특이한 음식이란 걸 알았다.

씹지도 못하고 그렇다고 삼키지도 못하고, 나는 그걸 입에 문 채 울어댔다. 사람들 눈도 신경 쓰지 않고, 세상의 종말을 맞은 듯 큰 소리로.

당시에도 지금도, 쓰노다 가에서는 일단 입에 넣은 것을 뱉는 것은 절대 금기 사항이다. 잘 알고 있었지만, 나는 불쾌감을 호소하기 위해 불이 붙은 듯이 소리를 지르며 계속 울었다. 그래도 엄마에게는 통하지 않았다. 아빠는 아빠대로 마치 남의 아이인 척 술만 마셨다.

아무리 격렬하게 주장해도 부모님은 한 걸음도 양보하지 않았다. 그러다 입에 침이 가득 고여, 그 침과 이상한 엑기스가 목을 타고 가슴까지 흘러 내렸다. 점점 역겨움이 커져갔다.

나는 미칠 것 같은 기분으로 찡찡거리면서 조금씩 턱을 움직였다. 물컹물컹, 미끌미끌, 곳곳에 오독오독한 것도 섞여서 정말로 기분 나빴다. 그런데 씹어서 형태를 작게 하지 않으면 절대로 삼킬 수 없었다. 틀림없이 그때까지의 인생에서 가장 절망적인 순간이었다. 그래도 되도록 씹는 횟수를 적게 하고 싶었다. 그래서 나머지를 단번에 꿀꺽 삼켰다.

그러나 마지막까지 무언가가 어금니 사이에 끼여서 입 속에 남았다. 덜덜 떨며 손가락 끝으로 집어내고 보니, 그것은 깃털 같은 것이었다. 아직 뭔가가 남아 있는 것 같아서 오렌지 주스로 아무리 입을 헹궈도 개운해지지 않았다.

"이건 말이야, 아카리."

내가 울음이 그치기를 기다렸다가, 아빠는 천천히 설명했다.

"병아리가 되기 직전의 오리알을 찐 거야."

아빠의 설명을 들으면서 나는 지금 막 삼킨 것을 전부 토하고 싶어졌다.

이 일이 있은 뒤로 나는 모든 새를 두려워하게 되었다.

지금은 통닭구이 말고는 먹을 수 있게 되었지만, 살아서 움직이는 새를 보면 아무래도 그 오리알을 입에 넣을 때의 느낌이 떠오른다. 길가에 있는 비둘기나 까마귀를 보면 왠지 위가 울렁거리며 가벼운 구토감이 생긴다.

그렇게 좋아했던 온천 달걀도, 삶은 달걀도, 하다못해 메추리알조차도 거리를 두게 되었다. 맛은 놔두고라도, 껍질을 깐다는 행위를 할 수 없게 되었다. 혹시 안에서 병아리라도 나오는 건 아닌지, 묘한 물체가 나올 걸 상상하면 무서워진다. 이건 분명 그날 내가 먹은 오리의 저주이지 않을까.

그때 일을 떠올리면서 걷다 보니, 이윽고 역에 도착했다.

과연 고급 주택가인 만큼, 역 주변에는 깜짝 놀랄 만한 호화 주택이 즐비했다. 우리 동네에서는 아무리 부잣집이라도 이렇 지는 않았다. 집이라는 것은 그 사람의 감각이 나타나는 것이 란 걸 새삼 절감했다. 아무리 돈이 많아도 감각이 없는 사람이 지으면 멋없는 집이 된다.

거기에 비하면 선생님의 저택은 훌륭했다. 나는 집에 관해 서는 하나도 몰라서 잘 표현할 수 없지만, 그저 돈을 들이기만 한 게 아니라 품위가 있었다. 시내 한복판인데도 그 집은 숲을 정처없이 걷는 듯한, 아주 신성한 기분이 들었다. 공기까지 서 늘하고 맑은 것 같았다.

전철을 타자 다시 더워져서 등이 땀에 젖었다. 이 기온 차, 어떻게 좀 했으면. 도쿄의 전철은 여름에는 너무 춥고, 겨울에 는 너무 덥다. 그런데 이미 귀성 전쟁이 시작되었는지 도내를 달리는 전철은 상당히 한산했다. 회사로 돌아가 선배에게 오 늘 일을 보고하면, 올해 일은 모두 끝이다.

이 일은 원래 선배 담당이었다.

그런데 선배가 전 회사에 있을 때, 고구레 선생님의 에세이집을 담당했다가 된통 혼난 적이 있었던 것 같다. 그래서 원래 표지 담당은 선배지만, 어쩔 수 없이 내게로 돌아왔다. 물론 고구레 선생님의 이름은 알고 있었다. 그러나 작품에 관해서는 잘 몰랐다.

얼마 전, 다른 회사에 다니는 편집자 동료들과 송년회를 하는 자리에서 이번에 고구레 선생님에게 표지를 의뢰했다고 말했더니, 다들 소스라치게 놀랐다. 어쩐지 고구레 선생님은 쉽게 일을 수락해 주지 않는 걸로 유명한 것 같았다. 대단하다, 대단하다, 하고 그 자리에 있던 모두가 말했지만, 실제로 무엇이 그렇게 대단한지 그 의미를 알지 못했다.

나는 내년 스케줄 수첩을 꺼내 잊지 않도록 적어 두었다.

전화 연락은 반드시 월요일에 하세요. 그 이외의 요일에는 아무리 전화를 걸어도 받지 않는답니다. 후코 씨는 부드러운 몸짓으로 단호히 말했다. 아무래도 그냥 가사도우미는 아닌 것 같았다. 그리고 선생님이라는 호칭도 다음부터는 고쳐야 한다.

해가 바뀌고 2월이 되어, 첫 월요일을 기다렸다가 전화를 걸었다. 바로 후코 씨가 받았다. 내게 보내 준 연하장에 후코 씨의 본명이 적혀 있어서, 이름을 알았다. 후코 씨는, 그림은 이미 완성되었으니 언제든 가져가도 된다고 했다. 다만, 역시 방문도 월요일이어야 하는 것 같았다. 나는 가장 가까운 월요일에 찾아뵙겠다고 약속했다.

지난번에는 가는 길도 오는 길도 서두르느라 경치를 볼 여유가 눈곱만치도 없었지만, 오늘은 여유롭게 회사를 나와서 강가를 천천히 걸을 수 있었다. 놀랍게도 이미 벚꽃 가지에 봉오리가 살짝 열려 있었다. 이 봉오리를 볼 때마다 유두 같다고 생각했다. 어른이 되기 직전인 소녀의 유두처럼 청초하다.

강에는 오리가 한가로이 헤엄치고 있었다. 평일이어서 공원에 있는 사람은 적었지만, 정말로 평온하고 기분 좋은 시간이 흘렀다. 여기서 한 시간쯤 벤치에 누워 낮잠이라도 잔다면, 얼마나 좋을까. 사회인이 된 지 이제 곧 삼 년. 그럴 시간이 좀처럼 없다.

요전에는 지도를 보면서 간 탓인지 역에서 아주 멀게 느껴졌는데, 오늘은 눈 깜짝할 사이에 도착했다. 역시 선생님의 저택만 어딘가 다르다. 오래되었고 흠집도 나 있지만, 왠지 모든 것이 사랑스러웠다. 그저 오래되기만 한 마쓰야마의 우리 집과도 다르다. 올려다보니 지붕 위에도 무슨 조각 같은 입체상이 있었다. 어쩐지 옥상에는 풀을 심어 놓은 것 같았다.

초인종을 누르자, 잠시 후 후코 씨가 나타났다. 오늘은 기모노를 입고 있었다. 그 위에 입은 하얀 앞치마에는 얼룩 하나 보이지 않았다. 나는 현관문을 잘 닫은 뒤 안으로 들어갔다. 방여기저기에 선생님이 만든 작품인지 아니면 다른 사람이 만든 것인지 모르겠지만, 여러 가지 오브제가 놓여 있었다. 지난번에는 긴장해서 미처 보지 못했다. 녹슬어가는 양철 완구며 낡은 옛날 팽이, 새장 같은 것도 있었다.

"자, 이쪽으로."

선룸으로 들어가자, 주방에서 선생님이 얼굴을 내밀었다.

"안녕하세요, 새해 복 많이 받으세요. 올해도 잘 부탁합니다."

내가 인사하자, 선생님도 같이 인사했다. 코트를 벗은 뒤, 바로 선물로 사 온 사누키 우동을 꺼냈다. 아빠가 차를 운전하여 마쓰야마에서 다카마쓰까지 가서 사 온 것이다. 선생님과 후코 씨 어느 쪽에 건네야 할지 망설이다, 후코 씨에게 건넸다.

"어머나, 세상에."

후코 씨가 우동이 든 종이 가방을 받아 들면서, 과장스럽게 놀랐다. 그리고,

"미호코 선생님, 미호코 선생님."

선생님을 부르면서 주방으로 들어가더니,

"쓰노다 씨가 1등상 우동을 가져오셨네요."

하고 보고했다. 1등상 우동이라고? 궁금했지만, 묻지는 않았다. 또 내가 모르는 표현일지도 모른다.

"신경 써 주어서 고마워요."

선생님이 앞치마를 벗으면서 주방에서 나왔다.

"별것 아닙니다."

나는 선생님의 인사에 완전히 황송해졌다.

"자, 앉으세요. 지금 후짱이 밀크 티를 가지고 올 거예요."

선생님이 자리에 앉기를 기다렸다가 나도 앉았다. 어쩐지 새는 방에 없는 것 같았다.

역시 선생님이 끓여 주는 차이는 근사했다. 부드러우면서도 제대로 된 향이 났다. 인도라는 세계 자체를 맛으로 표현한다면 분명 이런 느낌이 날 것이다. 첫날 일을 선배에게 보고했더니 선배도 선생님의 차이를 마신 적이 있다고 몹시 부러워했다.

후코 씨가 자리를 떠서, 나는 선생님과 단둘이 마주하게 되었다. 요전에도 그랬지만, 선생님 옆에는 언제나 스케치북이 놓여 있다.

"예쁘네요."

정원 한쪽 구석에 매화가 피기 시작했다.

"저건 시다래우메(가지가 늘어진 매화—옮긴이 주). 드디어 지난주부터 피기 시작했어요."

매화 얘기가 나오자, 갑자기 선생님의 표정이 밝아졌다. 솔직히 그때까지는 눈 아래 다크서클이 짙어지고, 지난번보다 뺨이 야위어서 몸이 안 좋은 게 아닌가 걱정했다.

"희한하죠."

선생님은 정원의 시다래우메를 바라보며 중얼거렸다.

"해마다 이렇게 봄이 가까워지면 꽃을 피우니 말이에요."

선생님은 그러고도 한동안 매화에서 눈을 떼지 않았다. 어린 게이샤의 머리에 꽂은 비녀 같은 매화꽃과 텔레파시로 대화를 나누는 것 같았다. 그리고 한차례 정원의 나무들을 설명해 주었다.

혼자 찔끔찔끔 차이를 마시고 있으니, 어디선가 부드럽고 달콤한 향이 흘러나왔다. 뒤를 돌아보니 후코 씨가 난로 앞에 쭈그리고 앉아 있었다. 처음에는 꽃향기인가 했지만, 아니었다. 난로 불에서 후코 씨가 뭔가를 굽고 있었다.

"뭐 구우세요?"

엉겁결에 질문을 던졌더니, 후코 씨가 이쪽을 돌아보며,

"마시멜로예요. 미호코 선생님이 병원에 가셨다가 오는 길에 사 오셨어요. 밀크 티에 어울린다고."

생글생글 시원스럽게 가르쳐 주었다.

"마시멜로를 구워서 먹어요?"

나는 지금까지 마시멜로를 있는 그대로 먹었다. 폭신폭신한 껌 같아서 솔직히 별로 맛있다고 느낀 적은 없다.

"프랑스의 어느 시골에 스케치 여행을 갔을 때, 그곳 숙소 주인이 그렇게 구워서 주더군요."

이번에는 선생님이 가르쳐 주었다. 좀 전까지 걸려 있던 구름이 걷혔는지 선생님 등 뒤에서 빛이 들어와 관음상처럼 보였다.

"자, 드세요."

후코 씨가 막 구운 마시멜로를 나무 접시에 담아 와서 선생님에게 건넸다. 그랬더니,

"괜찮아요. 당신 먼저 먹어요."

선생님이 두 말 할 수 없이 완고하게 양보해서, 나는 사양하지 않고 먼저 먹기로 했다.

입 안에서 크림이 터진 것과 "뜨거우니까 식혀서 드세요." 하고 후코 씨가 자상하게 말해 준 것은 거의 동시였다. 나는 뜨거운 걸 참고 간신히 삼켰다. 너무 뜨거워서 목을 데일 뻔했다. 그런데 맛있었다. 지금까지 어쩔 수 없이 입에 물고 있던 마시멜로와는 차원이 달랐다.

"맛있네요."

차이를 한 모금 마신 뒤, 새삼스럽게 말했다. 돌아보니 후코 씨는 마시멜로를 가는 철사 꼬치 같은 것에 꽂아서 굽고 있었

다. 구울수록 향이 나면서 원래 안에 숨겨져 있던 마시멜로의 풍미가 표면으로 드러나는 것 같았다.

"쓰노다 씨도 구워 볼래요?"

가만히 구경하고 있었더니 후코 씨가 말을 걸어 주어서, 나는 도와 줄 심산으로 자리에서 일어나 난로 앞으로 갔다.

지금 혼자 사는 집은 냉난방이 되는 에어컨을 사용하고, 마쓰야마 본가에서는 주로 전기각로와 전기 카펫을 쓰고 있다. 많이 추우면 석유난로를 켜지만, 올 설에는 한 번도 켜지 않고 보냈다. 그래서 불을 보는 것이 신선했다.

"이 꼬치 끝에 마시멜로를 꽂아서 이렇게 불꽃 위쪽에서 굽는 거예요."

후코 씨가 시범을 보여 주었다. 마시멜로는 불길이 닿자마자 순식간에 모양이 흐트러지며 녹아내렸다.

후코 씨는 너무나도 간단하게 마시멜로를 불에 직접 대지 않고 잘 구웠지만, 실제로 해 보니 뜨겁고 바로 타 버려서 좀처럼 잘 구울 수가 없었다. 내가 구운 것은 까맣게 탄 정도까지는 아니어도 주위가 상당히 그을렸다.

"괜찮아요, 나는 이렇게 잘 구워진 걸 좋아해요."

결국 내가 구운 실패작은 모두 후코 씨 접시에 담고, 나와 선생님이 먹을 것은 후코 씨가 구워 주었다. 차이와 궁합이 환상이었다.

나무 접시 위의 구운 마시멜로가 전부 없어졌을 때였다.

"스에히로."

선생님이 그렇게 부르자마자 느닷없이 파드닥 소리를 내며 그 새가 날아왔다. 나는 반사적으로 자세를 낮추고 머리를 숨겼다. 왜냐하면 내 머리 바로 위를 지나간 것이다. 새의 다리가 머리칼에 걸릴 것 같았다. 새는 그대로 선생님 어깨에 내려앉았다. 새에게 선생님 어깨는 헬리포트 같았다.

덜덜 떨며 얼굴을 들자,

"새를 싫어해요?"

선생님이 나를 똑바로 보고 있었다.

"아뇨, 그렇지는……."

나는 순간 말을 흐렸다. 아무리 그래도 싫어한다는 말은 할 수 없었다.

예측하지 못한 사태에 호흡이 흐트러졌다. 항문을 꽉 조이고 아랫배에 힘을 넣어 복식 호흡을 되풀이했다. 이렇게 하면 심장의 두근거림이 스르륵 진정된다. 전에 요가를 배울 때, 강사에게 배운 것이다.

"이름이 스에히로군요."

간신히 심장이 진정되었을 때, 다시 선생님에게 말을 걸었다. 그렇지만 아직 선생님의 어깨에 앉아 있는 스에히로는 똑바로 볼 수 없었다. 눈이 마주치면 엄청난 일이 일어나지 않을까 조마조마했다.

"맞아요, 스에히로라고 해요. 자, 스에히로, 쓰노다 씨한테 인사해야지?"

선생님이 스에히로에게 재촉하자, 스에히로는 꾸벅 인사하듯이 머리를 숙였다.

"왕관앵무군요."

예전 초등학교 운동장 한 모퉁이에 새장이 있었는데, 그곳에 똑같이 뺨이 동그란 새들을 키우고 있었다. 다른 종류의 새들도 같이 키웠던 걸로 기억한다. 물론 나는 새장에 일절 접근하지 않았지만.

"미호코 선생님도 참, 어느 날 갑자기 이 아이를 데리고 왔지 뭐예요."

어느새 후코 씨도 자리에 앉아서 이제 식어 버렸을, 내가 구운 시커먼 마시멜로를 우물거렸다.

"애완동물 숍에서 사셨다거나, 지인 분에게 얻으셨다거나 그런 게 아니고요?"

고양이나 개를 줍는 이야기는 드물지 않지만, 새를 줍는다는 이야기는 처음 들었다.

"아까처럼 선생님 어깨에 느닷없이 내려앉더래요. 그래서 선생님이 스에히로하고 같이 돌아오셨어요."

후코 씨의 말에,

"난 애완동물 숍은 싫어해요."

선생님이 스에히로의 머리를 손가락 끝으로 쓰다듬으면서 태연하게 말했다.

"스에히로하고 선생님은 전생에 인연이 있었나 봐요."

후코 씨가 마지막 마시멜로를 입에 넣으면서 우물우물 말했다.

나는 선생님에게 스에히로라는 이름의 유래를 물었다. 하지만 선생님은, 스에히로가리(끝없이 펼쳐지다라는 뜻 - 옮긴이 주)의 스에히로예요, 하고 간단히 대답할 뿐이었다.

곧바로, 내 배가 꼬르륵 울었다.

출근 전에 시간이 있어서 아침을 제대로 챙겨먹은 탓에 점심을 거른 것이다. 선생님 댁 볼일을 마친 뒤에 역에 있는 카페에 들러 뭐라도 가볍게 먹어야지, 그렇게 생각하고 있었다. 그런데 차이와 구운 마시멜로를 먹었더니 갑자기 배 속의 벌레들이 시끄럽게 굴기 시작했다. 마침 대화가 끊긴 순간에 배가 꼬르륵거려서, 선생님과 후코 씨가 똑똑히 들어 버렸다.

"어머나, 배가 고팠군요?"

먼저 반응한 것은 선생님이었다.

"혹시 점심도 아직 안 먹은 거 아니에요?"

후코 씨도 내 얼굴을 쳐다보았다. 내 얼굴은 완전히 빨개졌다.

"죄송합니다. 괜찮으니 신경 쓰지 마세요."

정말로 쥐구멍이라도 있으면 들어가고 싶은 심경이었다.

"후짱, 점심 때 먹은 카레소바. 아직 남았지?"

그러고 보니 아까 선룸에 들어왔을 때, 맛있는 카레 냄새가 희미하게 났다.

"아, 그렇지만 저는 정말로."

괜찮습니다, 하려고 할 때, 또 뱃속의 벌레들이 아우성을 쳤다. 그야말로 난리법석이다.

"그런데 선생님, 소바가 전부 떨어졌어요. 카레는 남았는데."

후코 씨가 난감한 듯이 말했다.

"아까 이 분에게 우동 받았잖아!"

"아, 그랬죠, 그랬죠."

그런 대화를 주고받으며 이러쿵저러쿵 하는 사이에 후코 씨가 카레우동을 일인분 만들었다. 게다가 여기서 먹기 불편할 테니, 하고 주방 한 모퉁이에 있는 식탁으로 안내해 주었다. 하얀 블라우스를 버리면 안 되니까, 하고 어느새 후코 씨의 하얀 앞치마까지 입혀 주었다. 대체 난 뭐하는 것일까. 그렇지만 이렇게 된 바에야 먹을 수밖에 없다.

후코 씨가 솜씨 좋게 만들어 준 카레우동은 엄청나게 맛있었다. 일본식 육수를 기본으로 해서 달콤하면서도 매운맛이 나고, 국물이 목으로 술술 넘어갔다. 평소 냉증이어서 식은땀 이외에는 좀처럼 흘린 적이 없는데, 가슴골 사이로 땀이 뚝뚝 떨어졌다. 송이버섯과 연근, 유부 등이 들어 있었다. 기껏 선생님 선물로 가져와 놓고 자기가 먹고 있나, 싶어서 한심했지만 이 맛은 이길 수 없었다.

나는 정신없이 먹었다. 우동은 눈 깜짝할 사이에 위로 직행했고, 나는 카레 국물까지 남김없이 다 마셔 버렸다.

"잘 먹었습니다."

배를 든든하게 채우고 얼굴을 들자,

"너무 변변찮았네요."

설거지를 하던 후코 씨가 돌아보며 티슈 상자를 내밀어 주었다. 나는 뽑아든 티슈로 입 주위를 닦았다.

"또 오모타세여서 죄송합니다."

민망해하면서 빈 그릇을 갖고 가자,

"아뇨, 아뇨, 그건 내가 할 말이에요."

하고 후코 씨가 몸을 비틀며 웃음을 참았다.

뒷정리를 돕겠다고 아무리 말해도 후코 씨가 거절해서 나는 선룸으로 돌아왔다. 선생님은 어딘가 다른 방에 있는 것 같았다. 스에히로도 보이지 않았다.

"곧 따듯한 호지차 내갈게요."

물소리에 묻히지 않도록 후코 씨가 큰 소리로 말했다.

"이제 정말로 괜찮습니다."

앞치마를 벗자, 새하얀 바탕에 별자리처럼 점점이 카레 얼룩이 묻어 있었다. 그대로 두어야 할지, 아니면 빨아서 돌려 주어야 할지 망설이는 사이 화장실에 가고 싶어졌다.

나는 옷걸이에서 코트와 목도리를 벗겼다. 그 길로 주방에 가서 후코 씨에게 재빨리 인사를 했다. 더는 폐를 끼칠 수 없었다.

"고맙습니다. 카레우동 정말 맛있습니다. 저 이제 그만 회사에 가 봐야 해서요."

선생님에게 인사도 하지 않고 돌아가는 것이 마음에 걸렸지만, 어쩌면 쉬고 계실지도 몰랐다.

"선생님께 말씀 잘 전해 주세요."

깊숙이 머리를 숙이고 현관을 나왔다.

빠른 걸음으로 골목을 걸었다. 역까지 가면 깨끗한 화장실이 있다.

실수를 깨달은 것은 결국 역까지 버티지 못하고, 도중에 지나가던 공원의 공중 화장실에 들어가 변기에 앉았을 때였다.

"앗!"

엉겁결에 소리를 질렀다. 대체 여기까지 무얼 하러 온 것인가. 너무나 한심해서 울고 싶었다. 차이를 마시고 구운 마시멜로를 먹고 심지어 카레우동까지 대접받는 동안, 본연의 목적을 까맣게 잊어버렸다. 나는 오늘 선생님 그림을 받으러 온 건데.

화장실을 뛰쳐나가 왔던 길을 정신없이 되돌아갔다. 중학교 마라톤 대회 때보다 진지하게 달린 것 같았다. 머리칼이 헝클어지는 것도 구두 바닥이 닳는 것도 타이트스커트 안감이 찢어질 것 같은 것도 전혀 개의치 않았다. 선생님 댁 초인종을 일 초라도 빨리 누르려고 손을 뻗쳤다. 두 손으로 양쪽 무릎을 짚고 숨을 고르면서 기다리길 몇 초, 문이 천천히 열렸다.

"기다리고 있었어요."

선생님이 직접 나와 주었다.

"죄송합니다!"

나는 엎드려 사죄라도 할 각오로 머리를 숙였다. 이런 멍청한 담당자라면 선생님이 퇴짜를 놓아도 불평할 수 없다. 정말로 부끄러워서 낯을 들 수가 없었다.

"괜찮아요."

그렇게 말하고는 선생님이 쿡쿡 웃었다. 안쪽에서 후코 씨도 나왔다. 역시 후코 씨도 웃고 있었다.

"도중에 알아차려서 다행이네요. 난 선생님한테 작품을 받은 줄 알았어요."

"쓰노다 씨 덕분에 지금 막 둘이서 실컷 웃던 참이에요."

그렇게 말하고 선생님이 또 쿡쿡 웃었다.

"아유, 미호코 선생님도 참, 그만 웃으세요. 배 찢어지겠어요."

거기까지 말하고, 참을 수 없었던지 소녀 같은 두 할머니가 또 배를 잡고 웃기 시작했다.

"그렇지만 웃으면 내추럴 킬러 세포가 활성화된다고 하니, 덕분에 내 수명이 연장되었네요. 쓰노다 씨, 고마워요."

선룸에 들어간 뒤에도 선생님은 눈물을 흘리며 웃었다. 선생님 어깨에 얌전하게 앉아 있던 스에히로도 똑같이 소리 내어 웃고 있었다. 나도 뭔가 기뻐서 눈물이 났다. 선생님의 웃는 얼굴이 너무나도 빛났기 때문이다.

선생님 댁에 방문한 것은 그 후 삼 개월 뒤인 5월, 종일 촉촉하게 비가 내린 날이었다.

리뉴얼 창간호는 선생님이 그려 준 표지 덕도 있고 해서 대호평이었다. 선생님도 완성품을 마음에 들어 했다고 한다. 전화로 후코 씨가 기쁜 듯이 전해 주었다.

정말로 충격적이었다. 물론 선생님의 그림은 작품집을 통해서 보긴 했다. 하지만 그건 모두 인쇄된 것이었다. 나는 이번에 처음으로 선생님의 그림을 날것으로 보았다. 그림을 앞에 마주했을 때의 그 감동은 어떤 말로도 표현할 수 없었다.

보자마자 가슴이 욱신거렸다. 그림 세계로 흡반처럼 빨려들어 눈을 뗄 수가 없었다.

선생님이 그려 준 것은 양파 그림이었다. 양파에 싹이 쑥 나 있는 그림. 양파 껍질은 진짜처럼 매끄러워서 손을 뻗치면, 바스락하고 벗겨질 것 같았다. 양파의 강렬한 냄새까지 떠도는 듯했다. 그 그림에는 강함과 우아함이 배경 음악처럼 흐르고 있었다.

나는 선생님에게 단순히 그림을 보는 기쁨을 배웠다. 나는 역사 소설을 좋아했지만, 작가가 될 재능은 없었다. 문예지 편집 일을 하고 싶어 출판계에 취직했지만, 다른 세계도 있다는 것을 선생님이 귀엣말로 가르쳐 주었다. 그리고 선생님은 그렇게 멋진 그림을 그려 주면서 거기에 관해 전혀 언급도 하지 않고, 설명도 일절 없고, 마치 주머니에서 손수건을 꺼내듯이 가볍게 스윽 건네주었다.

그리고 지난번, 그런 실수를 했는데도 나를 담당자에서 자르지 않았다. 오히려 이번에는 점심 초대까지 해 주었다. 물론 죄송해서 한 번은 거절했지만, 선생님이 꼭 오라고 당부해서 점심을 함께 하게 되었다.

"있는 반찬들로 차려서 미안해요."

그렇게 말하면서 후코 씨가 솜씨 좋게 테이블에 요리를 차려 놓았다.

"오늘은요, 더워서 고치소면을 하려고요."

"고치소면이요?"

"네에, 고명을 듬뿍 올린 소면이랍니다. 쇼도시마에서 맛있는 소면이 왔어요."

같은 시코쿠이면서 나는 아직 쇼도지마에 간 적이 없다.

후코 씨에게 방해가 되지 않을 정도로 도와주면서 수다를 떨고 있는데 선룸 쪽에서 선생님이 느린 걸음으로 나왔다. 물론 어깨에는 스에히로가 있었다.

"안녕하세요. 점심 식사에 불러 주셔서 감사합니다."

내가 일어서서 인사를 하자,

"이것 좀 봐요, 예쁘죠? 여기에요, 달팽이가 있어요."

선생님이 손에 들고 있던 삼백초를 내밀었다. 비를 맞았는지 잎도 꽃도, 냄새까지도 싱싱했다. 그때,

"어머나? 좋네요, 그거."

선생님이 내 발을 보고 말했다.

"요즘 유행이에요, 레인 부츠가."

최근에 백화점 구두 매장에서 이 장화를 발견하고 비쌌지만 그냥 사 버렸다. 덕분에 비 오는 날이 즐거워졌다.

"우리 때는 이렇게 좋은 장화가 없었는데."

긴 장화가 흥미로웠는지 선생님은 달팽이가 있는 삼백초를 든 채 구부리고 앉아, 장화를 찬찬히 관찰했다.

"미호코 선생님도 갖고 싶은 거 아니에요? 잠깐 빌려서 신어 보면 어떨까요?"

후코 씨가 큰 냄비에 소면을 삶으면서 말했다. 선생님은 그런 제안은 절대로 거부할 거라고 생각했는데, 의외로 그러게, 잠깐 신어 봐도 돼요? 하고 말해서 그 자리에서 얼른 끈을 풀었다. 선생님은 오래되어 보이는 가죽 구두를 신고 있었다. 후코 씨가 슬리퍼를 내주었다.

"어머나, 좋네, 이거."

선생님이 내 장화를 신고 그 자리에서 몇 발자국 디뎠다. 내 발이 훨씬 커서 마치 아이가 아빠 구두를 신고 걷는 것처럼 보였다. 그런데 그 모습에 왠지 미소가 지어졌다. 머리에 스카프를 두르면 완전히 빨간 망토 차차다.

"잘 어울리시네요."

"어머, 그래요?"

선생님은 밝은 얼굴로 장화를 벗었다. 그 타이밍에 마침 소면이 다 익은 것 같았다. 후코 씨가 싱크대에서 소면 삶은 물을 버리는 순간, 화악 하고 김이 번졌다. 주방 역시 구석구석까지 선생님의 미의식이 담겨 있었다. 분명 수도꼭지 하나까지 신경을 썼을 것이다.

"퍼지기 전에 드세요."

후코 씨의 한 마디에 우리는 자리에 앉았다. 내가 앉을 수 있도록 미리 예비 의자를 꺼내 놓았다. 각기 다른 세 개의 의자가 테이블을 둘러쌌다.

고치소면이라는 이름과 어울리게 달걀지단에 박고지, 보리새우, 오크라 등 색색의 고명이 소복하게 올려져 있었다. 그 색채를 보기만 해도 건강해질 것 같았다. 평소에도 소면은 먹지만, 이것은 격이 달랐다. 지금까지 소면에 맛이 있다고 느끼지 못했는데, 지금 먹고 있는 것에는 확실히 소면 본래의 맛이 있었다.

"정말 맛있네요."

먹는 도중에 젓가락질을 쉬며 내가 중얼거렸다.

"같이 먹으니 더 맛있네요."

선생님이 온화하게 미소 지었다. 그 옆얼굴을 보고 후코 씨도 빙그레 웃었다. 음식이 있는 자리에는 스에히로를 동석하지 않는 게 규칙인지, 좀 전까지 선생님 어깨에 앉아 있던 스에히로가 없었다.

식후에는 선룸으로 이동하여 비에 젖은 정원을 보면서 선생님이 끓여 준 차이를 마셨다. 식물들이 기분 좋게 비로 샤워를 했다. 내 눈에는 있는 그대로 피어 있는 것처럼 보였지만, 분명이 정원도 선생님의 심미안으로 엄선한 것들을 날마다 사랑으로 손질해 주고 있는 것일 테다.

"이 과자, 맛있네요. 어느 가게의?"

후코 씨가 한 손으로 입가를 가리면서 물었다. 선생님은 뒤로 돌아, 아까부터 줄곧 정원을 보고 있었다. 그 어깨에는 또 스에히로가 앉았다.

"저희 집 근처에 젊은 남자가 하는 가게가 있답니다. 이건 브라우니 킵펠이라는 유럽의 전통 과자인데 초승달 모양을 본뜬 거라는군요."

나도 내가 가져온 킵펠을 한 개 먹었다.

이렇게 보고 있으니 선생님과 스에히로는 마치 일심동체 같았다. 흙 속에서 버섯이 얼굴을 쏙 내민 듯이. 그러고 보니 이제 스에히로가 옆에 있어도 가슴이 쿵쾅거리지 않게 되었다.

그날 선생님은 별로 얘기를 많이 하지 않았다. 조용히 하늘과 땅과 식물과 암호를 사용하여 교신하는 것 같아서, 그런 선생님을 방해하지 않고 싶은 마음이었다. 분명 후코 씨도 나와 같은 마음이 아니었을까. 선생님은 평소 이상으로 말수는 적었지만, 절대 슬픈 것 같지는 않았고, 오히려 행복해 보였다.

이번에는 확실하게 선생님의 그림을 받아 들고, 비에 젖으면 안 되니 택시를 타고 회사에 돌아왔다.

선생님이 그려 준 그림은 싱싱한 복숭아와 옥수수 그림이었다. 복숭아에 작은 개미 한 마리도 붙어 있었다. 여름 호 표지로 안성맞춤이었다. 복숭아는 코를 갖다 대면 달콤한 향이 흘러나올 것 같고, 손가락으로 건드리면 솜털이 따끔거릴 것 같았다. 옥수수는 수염 한 가닥 한 가닥까지 섬세한 필치로 그려졌다.

나는 다음 작품을 학수고대했다. 정말로 삼 개월 동안 손가락을 꼽으면서 선생님 댁에 방문할 날만 기다렸다.

그렇지만 8월의 방문은 취소되었다. 선생님 몸이 갑자기 안 좋아진 것 같았다. 작품은 이미 완성됐으니 후코 씨가 회사까지 가져다주겠다고 했다. 그렇지만 그건 너무 미안한 일이어서, 선생님 댁 근처에서 후코 씨와 만나기로 했다. 그러나 선생님 댁은 주택가여서 역 앞에 있는 오래된 찻집에서 만나기로 했다.

후코 씨는 나보다 먼저 와서 기다리고 있었다. 선생님 댁에서만 본 탓에, 창가 자리에 단아하게 앉아 있는 귀부인이 후코 씨란 걸 순간 알아보지 못했다.

"기다리게 해서 죄송합니다."

내가 다가가자, 후코 씨가 찻잔을 든 채 희미하게 미소 지었다. 노을 색 홍차에는 동그랗게 썬 레몬이 한여름 태양처럼 떠 있었다.

"괜찮아요. 그보다 쓰노다 씨는 뭐 마실래요?"

바로 메뉴를 건네주었다. 하녀 복장을 한 웨이트리스가 물을 갖고 왔다.

"어, 저도 같은 걸로 주세요."

선생님이 끓여 준 밀크 티 외에는 마실 마음이 들지 않았다.

홍차를 기다리는 동안, 선생님 선물을 후코 씨에게 전했다. 여름에 여동생과 이탈리아 여행을 갔을 때 베네치아의 부티크에서 발견한, 비즈로 만든 새 브로치였다. 먼저 선생님 선물을 건네고, 선생님과 세트로 산 후코 씨의 선물도 건넸다. 후코 씨에게는 선생님보다 조금 작은 나뭇잎 모양의 목걸이를 골랐다.

웨이트리스가 가져온 홍차를 한 모금 마셨다. 하늘은 금방이라도 비를 뿌릴 듯이 흐려졌다.

후코 씨는 시간이 별로 없는 것 같았다. 저녁 무렵, 의사 선생님이 집으로 온다고 했다. 나는 걱정이 되어 조심스럽게 선생님의 상태를 물어 보았다. 그러나 후코 씨는 말을 흐리며 두루뭉술하게 넘겼다.

"그냥 몸살 같아요. 심혈을 기울여서 그림을 그리시느라."

나는 잊기 전에 선생님의 그림을 받았다.

그리고 선생님과 후코 씨의 관계를 잠시 들었다. 닮았다 생각했더니, 역시 선생님과 후코 씨는 혈연관계인 것 같았다. 태어났을 때부터 같이 놀았다고 후코 씨는 말했다. 그렇게 얘기하는 후코 씨의 얼굴이 자랑스러운 듯 밝아졌다. 아마 선생님과 후코 씨가 태어난 시대를 생각하면, 한마디로는 표현할 수없는 온갖 고생이 있었을 것이다. 그래도 두 사람은 고생담을 자랑스럽게 얘기하는 법도 없이, 아름답게 살고 있다. 분명 선생님의 그림은 삶의 방식을 표현한 것이리라.

내가 선생님 그림의 매력에 관해 언급하자,

"나도 미호코 선생님의 그림 세계를 정말 좋아해요."

후코 씨는 흐린 하늘을 응시하며 그렇게 말했다.

"그런데 그리는 동안은 정말 지옥이랍니다."

"지옥?"

뜻밖의 말이었다.

"네. 창작하는 다른 분들도 다 그렇겠지만요. 피 토하는 노력을 하고, 고뇌하고, 정말로 생명을 깎아가며 비로소 그 정적에 감싸인 듯한 아름다운 그림을 완성하세요. 나는요, 창작하는데 도움을 줄 수도 없고, 그저 멀리서 지켜볼 수밖에 없지만,

그래도 조금이나마 선생님과 선생님의 그림 세계에 가까이 있고 싶어서요. 이렇게 거치적거리는 걸 알면서도 자진해서 집안일을 도와주고 있답니다. 선생님이 보기엔 그래도 소심하고 부지런하세요."

내가 놀란 것은 선생님과 후코 씨는 그렇게 오래 함께 있었으면서 막역한 데가 조금도 없다는 것이었다. 두 사람은 어제 만난 사람처럼 보일 때조차 있었다. 전혀 상대에게 기대는 면이 없었다. 후코 씨에게 그 말을 했다.

"서로의 과거와 미래에 관여하지 않기로 우리 십 대 때 맹세했어요. 그래서 내가 아키타로 시집간다고 했을 때도요, 주위에서는 반대했지만, 선생님만은 후짱이 그러고 싶으면 그렇게 하라고 등을 밀어주었어요."

"과거와 미래?"

"지금까지 걸어온 길과 앞으로 걸어갈 길. 미호코 선생님은 그걸 아주 소중하게 생각했어요. 이런 예술 세계에서 누구와도 무리 짓지 않고 혼자 맞서서 자신의 세계를 확립한다는 것은 어지간한 근성이 아니면 할 수 없으니까요. 미호코 선생님이 젊을 때는 지금보다 억울한 일을 많이 겪었어요. 그래도 요즘 타인에게 많이 부드러워지셨어요."

그러고 보니 전에 댁에서 만났을 때, 우동을 권해 준 것도 선생님이었다.

"시간, 괜찮으세요?"

문득 걱정이 되어 물어보았다.

"어머나."

후코 씨가 손목시계를 보고, 깜짝 놀랐다. 추석이 지나고 해
지는 시간이 빨라져서 바깥은 벌써 약간 어두워지고 있었다.

"젊은 사람하고 얘기를 나누니 재미있어서 그만 시간 가는
걸 잊었네요. 그럼 이만 일어나야겠군요."

후코 씨가 일어섰다.

"저, 괜찮으시다면 이걸 선생님한테……."

나는 코트 주머니에 손을 찔러 넣어, 오늘 아침 회사 가는 도
중에 길에서 주운 도토리를 꺼냈다. 어째서 이 시기에 있는지
모르겠지만, 아직 파릇파릇한 다섯 개의 도토리가 서로 붙은
채 땅에 떨어져 있었다. 선생님을 알게 된 뒤로 나는 의식적으
로 조금 돌아가더라도, 공원을 지나 역까지 걸어 다니고 있다.

"어머나, 선생님은 이런 걸 제일 기뻐하세요. 이걸 보면 분명
건강해지실 거예요."

후코 씨는 내가 건넨 도토리를 소중한 보물 다루듯이 양손
에 들고 바라보았다. 실은 건넬까 말까 레몬티를 마시는 동안
도 줄곧 고민했다. 이런 어린아이 취미 같은 것을 선생님에게

드리는 건 실례가 아닐까 불안했다. 그런데 기우였던 것 같다.

"잘 전해 드릴게요."

후코 씨가 옆에 있던 냅킨에 조심스럽게 싸서 핸드백에 넣었다. 결국 먼저 계산대로 간 후코 씨가 두 사람의 찻값을 내고 말았다.

헤어질 무렵,

"미호코 선생님이 오늘 쓰노다 씨를 만나지 못해서 몹시 아쉬워했어요. 다음에는 꼭."

후코 씨가 말했다. 나는 설령 그것이 사교성 멘트라 하더라도 기뻤다. 나도 선생님을 만나지 못해 슬펐다. 이탈리아 여행 동안에도 몇 번이고 선생님을 생각했다.

"얼른 건강해지시도록 기도하겠습니다."

나는 인사를 하고 역 개찰구 쪽으로 걸어갔다. 후코 씨가 미동도 하지 않고 나를 지켜봤다.

설마 선생님이 그렇게 기뻐할 줄은 생각지도 못했다.

역 앞 커피숍에서 후코 씨를 만나고 일주일 뒤, 선생님에게 엽서 한 장이 날아왔다. 거기에는 내가 선물한 도토리 그림이 그려 있었다. 선생님의 기쁨이 말보다 훨씬 더 실감나게 가슴에 와 닿았다.

빨리 선생님을 만나고 싶었다. 만나면 나는 또 엉뚱한 실수를 저지를 게 뻔하지만, 왠지 선생님 곁에 있는 것만으로 평화로운 기분이 든다. 소중한 것이 떠오를 것 같다.

그런데 기껏 선생님이 회복되었다는데, 그다음 11월의 방문은 나의 사정으로 가지 못했다. 그날 출장이 겹친 것이다. 그래서 그림은 후배에게 부탁해야 했다. 후배도 역시 선생님에게 맛있는 차이를 대접받았다고 했다. 선생님과 후코 씨를 만나는 걸 학수고대했던 만큼 진심으로 속상했다.

생각지도 못한 크리스마스 파티 초대장을 받은 것은 11월이 끝날 무렵의 일이었다. 후코 씨가 회사로 팩스를 보냈다. '선물 교환을 하니 각자 선물(예산은 천 엔까지) 지참'이라고 쓰여 있었다. 모임이 부담스럽지 않도록 배려해서인지 크리스마스에 가까운 토요일 낮에 하는 파티였다. 나는 얼른 참가에 동그라미를 하여 답신을 보냈다.

크리스마스 파티는 정말로 근사했다.

선룸 한 모퉁이에 서 있는 커다란 전나무에 색색의 장식품이 잔뜩 달려 있었다. 전부 선생님이 직접 만든 장식이었다. 온 집안 곳곳에 빨간 벨벳 리본을 달아 놓아, 마치 동화 속 나라에서 길을 헤매는 것 같았다.

나는 당연히 많은 사람이 모이는 줄 알았다. 그런데 참가자는 선생님, 후코 씨, 스에히로, 나, 꼬마 두 명으로 모두 합하면 여섯, 사람만 하면 다섯 명이었다.

꼬마들은 선생님과 친하게 지내는 이웃 아이들이라고 했다. 한 명은 초등학교 4학년인 씩씩한 남자아이, 또 한 명은 내년에 초등학생이 되는 귀여운 여자아이였다. 모두 나들이옷을 차려 입었다.

어른은 스파클링 와인 키르 로얄로, 어린이는 주스로 건배했다. 후코 씨 특제 마카로니 그라탱과 크로켓, 당근 샐러드를 먹으면서 이야기꽃을 피웠다. 나는 멋대로, 선생님은 아이들을 별로 좋아하지 않을 것 같다는 인상을 갖고 있었다. 하지만 그건 나의 단순한 오해였다. 하나라는 여자아이는 선생님의 무릎에 찰싹 달라붙어서 떨어지지 않았고, 리쿠스케라는 개구쟁이 녀석도 눈을 반짝거리며 선생님과 이야기를 나누었다. 후코 씨도 평소보다 편안한 모습으로 즐거워 보였다.

후코 씨는 파티 중간에 아키타에서 보냈다고 하는 청주로 바꾸어, 물 마시듯 꿀꺽꿀꺽 잔을 비웠다.

선생님은 아직 안색이 좀 안 좋아 보였지만, 건강해지신 것 같았다. 하나가 조르면 같이 손장난도 치고, 리쿠스케를 상대하여 빠른 말로 대화도 했다. 주방과 거실을 오가는 후코 씨의 기모노 자락은 우아하게 흐트러졌고, 내가 든 잔의 표면에 새겨진 당초무늬는 난로 불빛에 금색으로 빛났다.

낮부터 술을 마셔서 취기도 거들었을지 모른다. 나는 처음으로 스에히로를 만져 보았다. 내가 손가락을 내밀자, 스에히로가 리쿠스케의 손에서 내 손가락으로 이동했다. 스에히로는 보기보다 훨씬 가벼워서 놀랐다. 다만 선생님이 언제나 하던 것처럼 머리를 긁어 주려고 하자, 갑자기 부리를 마름모꼴로 벌리고 눈을 치켜뜨며 물려고 했다.

"그건요, 긁어 주는 장소가 달라서 그래요."

선생님이 내 모습을 보면서 느긋한 어조로 가르쳐 주었다.

"조금 더 앞을 긁어 주어야 좋아해요."

선생님은 레드 와인을 마셨다. 선생님과 레드 와인의 조화는 너무나 우아하고 잘 어울렸다.

그 후 스에히로는 내 손에 똥을 쌌다. 두 발을 동동 구르기에 무얼 하는가 했더니, 몇 초 뒤, 찌익 하고 똥이 떨어졌다. 리쿠스케가 바로 발견하고 놀리러 다가와서, 나는 스에히로를 그대로 하나의 손에 맡기고 화장실로 씻으러 갔다.

역시 화장실도 세계에 둘도 없을 근사한 공간이었다. 달과 별 모양으로 만든 스테인드글라스로 레몬 색 빛이 쏟아졌다.

우노 카드 게임, 숨바꼭질, 도둑 잡기, 줄넘기. 마치 모두 세

살 난 아이로 돌아간 것처럼 들떠서 놀았다. 눈을 감고 캐럴을 부르면서 선물 교환도 했다. 내 선물은 하나에게 전달됐고, 나는 후코 씨의 선물을 받았다. 후코 씨가 준비한 선물은 손수 만든 누비 염낭이었다.

그러고 나서 선생님이 차이를 끓이고, 후코 씨가 꾸준히 재료를 준비해서 만들었다는 수제 슈톨렌을 먹었다. 선생님은 차이는 마시지 않고 계속해서 와인을 조금씩 마셨다.

조금 취한 것 같은 후코 씨가 남편이 세상을 떠난 뒤 배우기 시작했다는 샤미센을 연주했다. 두 꼬마는 그저 멍하니 있었지만, 나와 선생님은 진지하게 들었다. 깊이, 깊이 오장육부까지 울리는 듯한 샤미센 음색이 후코 씨가 살아온 인생의 가혹함을 생각하게 했다.

모든 것이 너무나 멋있었다. 실컷 마시고, 실컷 먹고, 실컷 웃었다. 이 크리스마스 파티가 영원히 계속되길 바랐다. 내일도 모레도 이렇게 모두와 얼굴을 마주하고 같은 지붕 아래 있고 싶었다.

그런데 결국 그것이 선생님과의 마지막이 되었다.

새해가 되고, 2월에 들어서서 다음 그림을 받으러 가야 할 즈음, 다시 선생님의 몸이 악화되었다. 나는 직접 만나고 싶은 바람을 이루지 못했다. 후코 씨와도 약속 장소에서 두세 마디 밖에 나누지 못하고 바로 헤어져야 했다. 그 무렵, 후코 씨는 선생님 댁에 머물면서 간병을 하고 있었다.

그래도 봄이 가까워질수록 좋아지는 것 같았다. 하지만 벚꽃이 지고 어린잎이 싹틀 즈음, 선생님은 그 생애를 마감했다.

선생님의 유언이라고 했다. 5월에 크리스마스 파티 멤버가 선생님 댁에 다시 모였다. 다만 선생님만 숨을 쉬고 있지 않았다.

슬프지만 행복한 이별 모임이었다. 영정은 선생님의 자화상이었다. 그 어깨에는 스에히로도 앉아 있었다. 스님이 와서 독경을 하는 것도 아니고, 교회 목사님이 성경을 읽는 것도 아닌 선생님의 독창적인 이별 모임이었다.

"마음에 드는 레스토랑에 갈 때의 차림으로 와 주세요."

그것이 선생님의 메시지였다. 선생님은 아무도 번거롭지 않도록, 자신이 떠난 뒤의 세세한 준비를 모두 손수 해 놓았다. 이별 모임 초대장도 선생님이 직접 썼다.

"아마 미호코 선생님은 당신이 떠날 시간을 직접 정하고 있었던 것 같아요."

주방에서 차를 끓이면서 후코 씨가 입을 열었다.

"네?"

그렇지만 선생님은 스스로 목숨을 끊을 분이 아니다. 내 불안이 전해졌는지 후코 씨가 말을 덧붙였다.

"나 같은 범인이야 모르지만, 선생님 같은 분은 분명 자신이 내일 죽는구나, 하는 걸 어렴풋이 알지 않았을까요. 왜냐하면 선생님은……."

거기까지 말하고, 후코 씨는 무너지듯이 주저앉아 울기 시작했다.

"선생님은 말끔하게 여행 떠날 때의 차림을 하고 침대에 누워 계셨어요. 월요일 아침, 내가 이곳에 올 타이밍을 잰 것처럼. 베갯머리에 스케치북이 놓여 있었는데, 거기에 전부 쓰여 있었어요. 장례식에는 누구를 부른다, 꽃은 어떤 꽃을 꽂길 바란다. 모든 것을 깨닫고 계셨던 것 같아요."

나는 일단 후코 씨를 진정시키기 위해 어깨를 부축하여 선룸의 소파로 갔다. 선룸 한쪽 구석에는 하나와 리쿠스케가 나란히 앉아 아무 말도 없는 선생님 얼굴을 들여다보고 있었다.

"전날 모습은 어떠셨어요?"

만약 선생님이 아무에게도 발견되지 못한 채 며칠이나 그대로 계셨더라면, 그건 좀 안타까웠을 것 같다.

"건강해 보였어요. 최근에는 선생님이 아무리 밀어내도 걱정이 돼서 매일 저녁 식사가 끝날 무렵을 어림해서 전화를 걸었어요. 그래서 일요일에도 평소처럼 통화를 했죠."

"뭔가 색다른 모습 같은 건 없었어요?"

나는 선생님에 관해 더 알고 싶었다.

"그러게요. 마지막에 선생님이 후짱, 언제나 고마워, 하셨어요. 그리고 이제 곧 태산목 꽃이 피겠네, 하고. 이것이 선생님의 마지막 말씀이 되었어요."

후코 씨가 손수건으로 눈물을 닦으면서 정원을 보았다.

"그 나무, 태산목을 선생님은 가장 좋아했어요. 그러니까 분명……."

선생님은 태산목 꽃이 가장 아름답게 피는 시절을 골라서 천국으로 여행을 떠났는지도 모른다. 나도 그렇게 생각했다. 선생님이라면 그럴 수 있다고.

그러고 보니 언제였던가 선생님이 다음에 태산목 꽃이 피면 보러 오세요, 하고 말한 적이 있었다. 그때는 태산목이라는 나무가 어떻게 생겼는지 몰랐다. 그런 무지한 내게 지금 선생님이 태산목 꽃을 보여 주고 있다.

선생님은 내게 한 통의 편지와 많은 그림을 남겼다. 자신이 세상을 떠나도 우리가 혼란스럽지 않도록, 표지 그림을 그려둔 것이다. 그리고 거기에 도달하기 위한 많은 데생 그림. 고요한 한 장의 그림에 이르기까지 선생님은 정말로 칠전팔기하며 노력을 거듭했다. 선생님은 죽을 때까지 사는 것을 포기하지 않았다.

선생님을 직접 뵌 것은 재작년 말 처음 인사드릴 때와 그림을 받으러 와서 카레우동만 먹고 간 작년 2월, 함께 고치소면을 먹었던 초여름, 마지막 크리스마스 파티, 새삼 세어 보니 네 번밖에 안 된다. 그런데 나는 깊고 깊은 어둠 같은 상실감에 싸였다. 마치 인생을 함께 걸어온 더할 나위 없이 소중한 사람을 잃은 것처럼.

어느새 선생님은 내 인생에 깊이 들어와 있었다. 그 사실을 이제야 비로소 깨달았다. 선생님에게 감사의 말을 전하고 싶었다.

선생님의 편지에는 서두에 "미안해요."라고 쓰여 있었다. "당신이 스에히로 이름의 유래를 물었을 때, 그만 거짓말을 해 버렸어요."라고. 사실 스에히로는 선생님이 평생 딱 한 번 진심으로 사랑한 남성의 이름이었다고 했다.

그리고 "스에히로를 당신에게 부탁합니다."라고 쓰여 있었다. 스에히로의 후견인이 되어 줄 수 없겠느냐고.

선생님은 생전에 스에히로를 맡길 곳을 걱정했던 것 같다. 선생님 베갯머리에 놓인 스케치북 마지막 장에도 스에히로의 데생이 그려져 있었다.

"어쩌면 미호짱, 세상을 떠나기 직전까지 스에히로 그림을 그랬을지도 몰라요."

후코 씨는 이제 미호코 선생님이라고 부르지 않고 어린 시절 부르던 호칭으로 돌아가 있었다.

"난 이제 남은 날이 많지 않으니까. 아마 젊은 당신에게 스에히로의 장래를 부탁했나 봐요."

후코 씨는 선생님과 같은 조용한 목소리로 말했다.

그 후, 스에히로는 나와 함께 살고 있다. 선생님과 스에히로처럼 항상 함께 있을 수는 없지만, 선생님이 그러했던 것처럼 편안하게, 붙지도 않고 떨어지지도 않는 독립된 관계를 만들어 가고 있다.

스에히로는 선생님 댁에서 자유롭게 날아다녔다. 초여름에 방문했을 때 창을 열어 두어도 괜찮아요? 하고 선생님에게 물은 적이 있다. 선생님은 창을 열어 둔 채 스에히로와 함께 살고 있었다.

괜찮아요. 선생님은 시원스럽게 대답했다. 원래 스에히로는 자유롭게 하늘을 날아다니고 있었으니까요. 스에히로가 이곳에서 나가고 싶어 하면 그때는 그때대로 떠나보내야죠. 우린 잠깐 동안 함께 있는 것일 뿐.

그런 말을 들었기 때문일까. 나는 스에히로의 후견인을 부탁받았을 때, 순간 망설였다. 어쩌면 다시 하늘로 날려 주는 게 좋지 않을까 하고. 그런데 역시 그러지 못했다. 스에히로 속에는 미호코 선생님이 있다.

스에히로는 새장을 보금자리로 하여 유유자적한 생활을 보내고 있다. 같은 왕관앵무 암컷을 넣어 준 시기도 있었지만, 별로 궁합이 맞지 않았는지 스에히로는 관심을 보이지 않았다. 스에히로도 선생님의 기질을 이어받은 것 같았다. 어쩐지 혼자 살아야 하는 타입인 듯했다.

결혼하면 일을 그만두려고 생각해 왔는데, 나는 아직 일을 하고 있다. 선생님과의 만남이 내 사고방식을 바꾸어 놓았다. 맞벌이를 해서 평일에는 스에히로와 별로 얘기를 나누지 못한다. 그 대신이라고 하긴 뭣하지만, 이제 곧 두 살이 되는 딸 아이가 스에히로의 훌륭한 놀이 상대다. 선생님처럼 앞을 보며 자신의 보폭으로 똑바로 살아가는 사람이 되고 싶다. 그리고 지금 내 배에는 둘째가 있다. 어쩐지 이번에는 남자아이 같다.

내 길의 저 앞을 걸어가는 사람이 있다. 그 사람은 나뭇가지처럼 마른 몸으로 천천히 한 걸음씩 아름답게 걷고 있다. 그 사람은 내게 많은 것을 가르쳐 주었다.

오모타세, 마시멜로 구이, 과거와 미래, 태산목, 그리고 그 밖에…….

눈물이 솟구치는 날에
햄버그

침대차를 타고 밤의 세도대교를 건너는 것을 그렇게 기대했
으면서, 쓰바사는 눕자마자 바로 잠이 들었다. 처형의 3주기여
서 아내 고향인 마쓰야마에 다녀오는 길이다. 친척들과 식사
를 마치고, 상복을 입은 채로 요산센(시코쿠 지방 철도 노선 – 옮
긴이 주)에 올라타, 다카마쓰 역에서 아홉 시 반에 출발하는 열
차를 간신히 갈아탔다. 돌아오는 길에는 침대차를 타고 싶다
고 강력히 희망한 것은 쓰바사지만, 정작 아이는 지금 꿈나라
다. 아마 역에 도착할 때까지 이대로 눈을 뜨지 않을 테지.

　쓰바사의 양말을 힘들게 벗기고 있는데, 아내가 세면실에서

옷을 갈아입고 돌아왔다. 3주기를 맞은 고인은 아내의 언니였다.

"내가 할 테니까 당신도 옷 갈아입고 양치질하고 와."

아내가 속삭이듯이 귓속말을 하고 가방에서 내 옷을 꺼내주었다.

쓰바사가 아직 유치원에 들어가기 전이었다면, 트윈 객실을 얻어서 두 개의 침대에 세 식구가 눕는 게 가능했을지도 모른다. 하지만 쓰바사는 지금 한창 성장기다. 미숙아로 태어났으면서 얼마 되지 않아 몸무게가 쑥쑥 불어, 유치원생인 지금은 몸무게가 20킬로그램에 가깝다. 바로 가까이에 다른 승객이 자고 있어서 나는 눈으로만 신호를 보내고 커튼을 걷고 부스에서 나왔다.

자매란 참 신기하다.

생전에는 별로 사이좋아 보이지 않았다. 아내 말로는 성격도 정반대라고 하고, 얼굴도 닮지 않았다. 옷 취향도 취미도 전혀 달랐다. 언니는 성실한 우등생 타입, 동생은 나름대로 부모에게 말 못할 일도 서슴지 않았던 문제아 타입이었다. 세상에는 무엇이든 터놓고 얘기하는 사이좋은 자매도 있는 것 같지만, 처형과 아내는 그리 자주 연락을 주고받지도 않고, 상당히 건조한 관계였다. 고작해야 설이나 추석에 귀성했을 때, 친정에서 얼굴을 보는 정도였다.

그런데 처형이 유방암에 걸린 순간 돌변했다. 아내는 육아도 제쳐 놓고 암에 관한 전문 서적을 샅샅이 읽어댔다. 조금이라도 효과가 있다고 하면 유기농 채소며 효소 등을 방방곡곡에서 주문해 처형에게 보냈다. 호스피스에 들어간 뒤로는 매주 빠짐없이 얼굴을 보러 만 하루가 걸리는 외출을 했다.

정말로 예기치 못한 사건이었다. 처형은 출산과 육아를 하면서도 일을 열성적으로 했고, 겉으로도 아주 건강해 보였다. 그런데 갑자기 둘째 아들을 낳고 얼마 되지 않아 유방암이 발견되었다.

수술해서 유방을 절제하고 잠깐은 좋아졌지만 머잖아 재발했다. 그때는 다른 부위로도 전이된 게 발견되어 손을 쓸 수 없는 상태였다고 한다. 결국 처형은 자택에서 가까운 호스피스에 들어가, 그곳에서 조용한 시간을 보내다 가족이 지켜보는 가운데 세상을 떠났다. 아직 서른세 살이란 젊은 나이였다.

언니와 동생에게는 타인이 들어설 수 없는 농밀한 결속이 있을지도 모른다. 어쩌면 그녀들의 부모조차 발을 들이밀 수 없는 영역이 존재할지도. 이 세상과 저 세상으로 갈라진 두 자매를 보고 있으면 그런 생각이 든다.

오늘도 아내는 언니의 영정을 올려다보며 엉엉 울었다. 처

부모님조차 이제 눈물을 흘리지는 않았다.

아내는 세상을 떠날 때의 처형 나이에 가까워졌다. 생전에는 닮았다는 생각을 조금도 한 적이 없는데, 사진 속의 처형과 그걸 올려다보는 아내의 얼굴이 마치 동일 인물처럼 꼭 닮았다. 나는 솔직히 그 광경을 보고 소름이 돋았다.

저지로 갈아입고 세면실에서 나왔다. 어느 부스에선가 코를 고는 소리가 들려왔다. 침대차는 오카야마 출장 때 가끔 이용하지만, 가족과 타는 것은 처음이었다. 심야에는 정차 역 안내 방송도 하지 않는다. 도착하면 바로 출근이니 그 전에 조금이라도 눈을 붙이고 싶다.

우리 부스에 돌아오자, 아내는 아직 깨어 있었다. 코트를 덮고 누웠지만, 눈은 말똥말똥했다.

"잠이 안 와?"

"아까 전철에서 푹 잤잖아."

서로 소리를 낮추어 이야기했다. 나도 아내 옆으로 들어가 누웠다.

이른바 새우잠에 가까운 제일 싼 클래스여서 걱정했지만, 잠자리는 그리 나쁘지 않았다. 물론 기차의 진동은 전해지지만, 그건 어느 클래스나 마찬가지일 것이다.

"도마는 요전보다 좀 컸더라."

"쓰바사만큼은 아니지만."

처형이 남기고 간 둘째 아들은 쓰바사보다 한 살 위로, 내년에는 초등학생이 된다고 했다. 다만 비만 경향이 있는 쓰바사에 비하면, 도마 쪽이 작아 보인다. 점점 아빠인 다쓰히코를 닮아 가는 것 같았다. 도마에게는 아마 엄마와 보낸 기억이 없을 것이다.

아내가 몸을 뒤척거리다 엎드린 자세로 있어서, 나도 같이 몸의 방향을 바꾸어 엎드린 채로 창밖 풍경을 바라보았다. 거의 어둠밖에 보이지 않았다.

"그런데 너무 이르지 않아?"

아내가 무슨 얘기를 하는지 바로 알았다. 동서 다쓰히코가 재혼을 할 것 같다는 말을 들었다. 직접 보고를 받은 건 아니지만, 장모에게 들은 정보라고 하니 아마 틀림없을 것이다. 처형과 동서는 고등학교 동창이었다고 한다. 두 사람은 첫사랑으로 만나 우여곡절 끝에 결혼에 골인했다.

그러나 동서의 마음을 모르는 것도 아니다. 나는 되도록 아내의 반감을 사지 않도록 신중하게 단어를 골랐다.

"동서한테도 이런저런 사정이 있지 않을까? 주위에서 도와준다고는 하지만 말이야, 실제로 남자 혼자 아이 둘을 키우기 힘들 거야, 아마."

나와 동서 다쓰히코는 동갑이다. 말하지 않아도 서로 통하는 부분이 있다.

쓰바사를 아내와 둘이서 키우는 데도 매일이 수라장이다. 하물며 아빠 혼자 한창 자라는 아이 둘을 키우는 건 상상할 수 없다. 그쪽 아이들이 쓰바사만큼 손이 가지 않는다고 해도, 나는 동서와 입장을 바꾸어 생각하는 것만으로도 진저리가 쳐졌다. 아마 새 아내를 맞이한다 해도 소홀하지는 않을 테고, 아이들의 장래를 생각해서 선택한 것이리라.

그러나 아내는 이해할 수 없는 것 같았다. 친자매이니 그리 쉽게 냉정해질 수는 없을 것이다. 그 마음도 역시 조금은 상상할 수 있었다.

"그래도 아직 만 이 년밖에 지나지 않았는데. 언니가 불쌍해 죽겠어."

거기까지 말하고 아내는 멍하니 캄캄한 밤을 내다보았다. 처형이 병으로 쓰러지기 전까지는 이름을 불렀으면서 지금은 꼬박꼬박 언니라고 부른다. 나로서는 손가락으로 아내의 눈물을 닦아 주는 것밖에 할 수 있는 게 없다. 남자 형제뿐인 내게는 아내와 처형의 관계가 수수께끼였다.

"그렇지만 그거 말이야."

아내가 한숨을 쉬며 말을 흐렸다. 나도 머리 한구석에서 아까부터 줄곧 그것에 관해 생각하고 있었다.

"문제는 쓰바사가 어떻게 반응할지야."

지금도 쓰바사는 집에서 가지고 온 새 인형을 꼭 안고 자고 있다. 스보 대신이라고 했다.

스보는 처형이 키우던 왕관앵무였다. 아내에게 들은 이야기로는 일 때문에 신세를 진 사람이 맡긴 거라고 했다. 하지만 자신이 병에 걸려 회사도 그만두고 호스피스에 들어가게 되었을 때, 처형은 스보를 보낼 결단을 내렸다. 아마 자신이 죽고 난 뒤를 생각했을 것이다.

배려가 깊은 사람이어서 다쓰히코에게 더는 부담을 주어서는 안 된다고 생각했을지도 모른다. 처형의 소중한 보물이라는 새를 아내에게 부탁했다. 아내는 몇 번이고 스보를 작은 새장에 넣어 호스피스까지 면회를 하러 갔다. 처형은 스보의 얼굴을 보면 통증이 완화되는 듯, 신기하게 건강했던 시절의 평온한 표정으로 돌아왔다.

처형과 함께 스보를 정성껏 돌보았던 것이 장녀인 미유키였다. 그래서 미유키는 방학을 하면 혼자 우리집에 놀러 왔다.

우리집에 놀러 온 미유키는 정말로 스물네 시간 내내 스보와 놀았다. 쓰바사에게는 사촌이다. 외동인 쓰바사에게는 기간 한정의 누나 같은 존재여서, 미유키가 오면 쓰바사도 기뻐했다. 아내도 어려서 엄마를 잃은 조카를 마치 친엄마처럼 대해 주었다. 함께 요리도 만들고 장도 보러 가고, 목욕도 같이 했다.

이번에 몇 달 만에 만난 미유키는 여덟 살이 되어, 완전히 어른스러워졌다. 영리해 보이는 얼굴은 처형의 어린 시절과 꼭 닮았다고 한다.

"그런데 말이야."

여전히 어두운 밤을 응시하며 아내가 중얼거렸다. 이제 눈물은 말랐다.

"이제 와서 돌려 달라는 건 좀 그렇지."

아내의 마음이 아프리란 건 잘 안다. 스보가 설령 원래는 처형의 새였다고 해도 지금은 우리의 소중한 가족이다. 아내에게는 언니의 소중한 추억이다.

아, 그래요? 네, 여기 있어요, 하고 흔쾌히 건넬 마음은 들지 않을 것이다. 나도 그렇다. 게다가 지금은 쓰바사가 몹시 귀여워하고 있다. 이번에 스보와 떨어져 2박3일 처갓집에 가는 것조차 싫어했다. 지금도 이렇게 새 인형을 놓지 않고 있다.

"어떻게 해야 좋을까."

쓰바사의 잠든 얼굴을 보고 있으니, 절로 한숨이 나왔다.

"그런데 미유키나 도마를 생각하면."

251

아내가 말을 꺼낸 그때,

"시끄러워! 조용히 좀 해!"

맞은편 부스에서 남성의 호통 소리가 울렸다.

말을 하다 보니 서로 목소리가 커졌던 것 같다. 아내가 혀를 날름 내밀었다. 서른이 넘어서도 아직 아이처럼 혼나다니 한심하다.

아내를 따라 나도 천장을 보고 누웠다. 옆에 있을 아내의 손을 더듬었다. 나는 아내와 손을 잡은 채 눈을 감았다. 잠은 의외로 잘 왔다.

그리고 다시 눈을 떴을 때는 바로 저기까지 아침의 기운이 다가와 있었다. 앞으로 삼십 분이면 도착한다. 나는 무거운 몸을 바닥에서 떼어 내듯이 일어났다.

아니나 다를까, 쓰바사는 난리가 났다.

스보루를 도마와 미유키 누나의 새로운 집에 돌려주어야 한다고 했더니, 느닷없이 불이 붙은 듯 울기 시작해서 손을 댈 수 없는 상태가 되었다. 쓰바사에게는 이런 면이 있다. 어리광을 받아 줄 생각은 없지만, 쓰바사는 마음이 내키지 않으면 절대 말을 듣지 않고 고집을 부린다.

"다음에는 쓰바사가 그 집에 놀러 가면 되잖아."

달래는 아내의 손을 뿌리치고, 쓰바사는 나를 표적으로 하여 새 인형을 힘껏 던졌다. 인형의 부리가 정확하게 내 목에 명중했다.

"싫어, 싫어, 저어어어어어어어얼대로 싫단 말이야!"

쓰바사의 작은 눈에서 닭똥 같은 굵은 눈물이 뚝뚝 떨어졌다. 나도 괴로워. 알아 줘, 쓰바사. 그렇게 말해 보려고 했지만, 쓰바사에게 전혀 통할 기미가 없었다. 바닥에 새우처럼 구부리고 누워서 떼를 썼다.

"아빠, 제—일 싫어!"

쓰바사는 온 세상에 들리지 않을까 싶을 정도의 큰 소리로 있는 힘껏 외쳤다.

결국 쓰바사는 울다 지쳤는지 그대로 바닥에서 잠이 들었다.

그렇지만 나는 쓰바사가 내지른 한마디가 가슴에 박힌 채 빠지지 않았다.

쓰바사도 제대로 이해해 주길 바랐다.

그러나 쓰바사는 나와 말을 하려고 하지 않았다. 아내는 내가 그렇게 생각하고 있어서 그런 거라고 했다. 하지만 쓰바사는 명백히 나를 피했다. 함께 목욕하는 것도 계속 거부했다.

아내는 그래도 어떡하든 쓰바사를 설득하려고 애썼다. 부모로서 쓰바사에게 억지로 스보를 빼앗는 짓은 하고 싶지 않았다.

매일 필사적으로 설득 작전을 펼쳤다.

그러나 아내의 노력에 도움을 주려고 내가 던진 한마디는 절대 먹힐 만한 게 아니었던 것 같다.

"다른 새를 사 줄게."

아무 생각 없이 한 말이 더 반감을 일으켜서 불에 기름을 부은 결과가 되었다.

이것은 쓰바사만이 아니라 아내에게도 빈축을 샀다. 남자라는 생물은 어째서 이렇게 상대의 심리를 헤아리는 게 서툰지.

"스보하고 같은 새는 없단 말이야!"

쓰바사는 울며 소리치고, 아내는 어차피 내가 죽으면 형부처럼 바로 재혼할 거지, 하고 빈정거렸다. 나중에 생각하니 그건 확실히 경솔한 발언이었다. 반성했다.

쓰바사가 완강하게 고집을 부리는 상황에서도 우리는 조금씩 일을 진행할 수밖에 없었다.

이미 정해진 일로 못 박기 위해 아내가 전화로 스보를 돌려주겠다고 얘기하자, 미유키는 몹시 기뻐했다고 한다. 무리도 아니다. 도마에게는 엄마에 관한 기억이 거의 없지만, 미유키는 모든 것을 기억하고 있다. 점점 말라가는 엄마를 보는 것은 어린 미유키에게 잔혹한 일이었을 것이다. 처형이 세상을 떠날 때, 미유키는 아직 초등학생도 되지 않은 나이였다.

미유키에게 스보는 엄마와의 즐거운 기억을 떠올리게 하는 몇 안 되는 존재다. 어쩌면 미유키에게는 엄마 그 자체일지도 모른다. 게다가 새엄마가 와서 새로운 생활을 시작한다. 그럴 때, 스보가 곁에 있으면 미유키도 조금은 마음 둘 데가 생기는 것이다. 지금은 우리보다 미유키에게 더 스보가 필요하다.

그런 식으로 조금씩 긍정적인 마음을 쌓아 가며, 어른 둘은 상황을 받아들였다. 그러나 역시 아직 네 살짜리 쓰바사에게 는 통하지 않았다.

드디어 다음 날, 다쓰히코가 가족을 데리고 쓰누마까지 스보를 데리러 오게 되었는데도, 쓰바사는 여전히 통통 부어서 화를 냈다.

"쓰바사, 내일 미유키 누나랑 도마가 멀리서 스보를 데리러 온대."

아들에 대한 미안함 때문일까. 식탁에는 쓰바사가 좋아하는 음식이 잔뜩 차려졌다. 쓰바사는 뾰루퉁한 표정으로 자기 의자에 기어 올라갔다.

"오늘은 스보도 같이 식탁에 앉을까."

평소에는 신발장 위에 두는 새장을 식탁 옆으로 옮겼다. 아내가 화이트 와인을 따서 나도 한 잔만 같이 마시기로 했다. 오늘 밤은 스보와의 송별회다.

처음에는 뾰루퉁해 있던 쓰바사도 고기반찬이 가득한 식탁에 점점 마음이 풀린 것 같았다. 쓰바사는 곤란하게도 채소는 거의 입에 대지 않고, 고기만 먹고 싶어 한다. 특히 햄과 소시지라면 사족을 못 쓴다. 아내가 안주로 사 온 고가의 생햄도 눈 깜짝할 사이에 쓰바사의 입 속으로 사라져 버렸다.

"내일 어떤 사람을 데려올까."

아내가 와인을 한 모금 마신 뒤, 조금 심술궂은 표정으로 말했다.

동서 다쓰히코에게 재혼 이야기가 나온 뒤로 아내는 그 얘기를 미묘하게 꺼렸다. 내일 다쓰히코는 새 아내도 데리고 온다. 인사할 겸이라고 다쓰히코는 아내에게 말한 것 같다.

지금도 스보는 때때로 생각난 듯이 "어서 와." 하는 말을 한다. 어쩐지 처형이 두 번째 수술을 마치고 집에 돌아온 뒤, 가족에게는 비밀로 하고 스보에게 가르친 것 같았다. 아마 가까운 장래에 자신이 집에 없게 될 것을 감지하고 자기 대신 "어서 와." 하고 인사를 하게 한 것이리라.

처형이 호스피스에 들어갈 무렵 스보는 "어서 와." 하는 말을 아주 잘하게 되었다. 사실은 처형 자신이 가장 그 말을 듣고 싶었을 텐데.

그래서 스보의 "어서 와."를 들을 때마다 나도 아내도 좀 슬퍼진다.

다만 "어서 와."라는 말은 가끔 해도 그 이외의 말은 거의 제대로 하는 법이 없었다. 아무도 상관하지 않으면 중얼중얼 혼잣말을 하기도 하고, 뭐라고 소리 내면서 날개를 들어 올릴 때는 있다. 또 주위에 아무도 없을 때는 기분 좋게 노래 부르는 시늉을 하기도 한다. 무슨 노래인지 엉터리로 부르지만, 분명히 평소의 울음소리와는 다른 고음역으로 즐겁게 부른다.

머리 꼭대기를 긁어 주면 기뻐하는 것은 여전하다. 아내는 그 행위를 긁적긁적이라고 한다. 긁적긁적이라는 말만 해도 스보는 어디선가 날아와서 재촉하듯 머리를 납작 숙인다. 그럴 때의 스보는 눈을 게슴츠레하게 뜨고 정말로 기분 좋은 표정을 짓는다. 그런 것을 황홀이라고 표현하겠지.

스보와의 이런저런 추억을 떠올리다 보니 나도 모르게 쏟아지는 눈물을 멈출 수가 없었다. 안경 속으로 손가락을 넣어 간신히 눈물을 얼버무렸을 때,

"앗, 아빠, 운다!"

입 안 가득 햄버그를 넣은 채, 쓰바사가 나를 손가락으로 가리키며 큰 소리로 말했다. 정말로 아이들이란 인정사정없다.

"괜찮아?"

아내도 걱정스러운 듯이 내 얼굴을 들여다보았다.

"요즘 벌써 꽃가루가 날리나."

나는 얼렁뚱땅 받아넘기고 눈가를 닦았다.

"아냐, 아냐. 아빠, 스보랑 헤어지는 게 슬퍼서 우는 거잖아."

정답이었다. 스보를 보면 볼수록 눈물이 솟구쳤다.

처형이 병에 걸렸을 때의 안타까움과 세상을 떠났을 때의 슬픔, 허무함, 그리고 만 이 년을 스보와 함께 보낸 날들의 사소한 행복이 더해져서 나를 꼼짝 못하게 하는 것 같았다. 생각하면 생각할수록 눈물이 그치질 않았다.

"맞아."

나는 쓰바사를 보며 인정했다. 오랜만에 쓰바사가 착한 눈으로 나를 보았다. 화해할 절호의 기회다. 쓰바사에게는 되도록 거짓말을 하고 싶지 않았다.

"그럼 나는 이제 안 울 거야. 우리가 다 울면 스보가 슬퍼하잖아."

정말로 쓰바사의 말이 맞았다.

"엄마 햄버그 더 없어?"

쓰바사의 식욕에 경악하면서도 착한 아들로 자라주었구나 하고 감탄했다. 쓰바사에게 상냥함을 키워 준 것은 스보인지도 모르겠다. 우리는 그리 훌륭한 부모가 아니다.

내 마음을 알아차린 걸까. 아내가 몰래 내 등을 쓰다듬어 주었다. 나는 아내 몫까지 울었다. 등을 쓰다듬는 그 손길은 마치 스보의 머리를 긁어 줄 때와 같은 온기가 있었다.

다음 날, 동서 다쓰히코는 미유키, 도마와 재혼한 아내를 데리고 찾아왔다.

"그런데 저렇게 꼭 닮은 사람을 만나지 않아도 되는 거 아냐?"

네 사람과 새 한 마리를 태운 차를 배웅하고 나서 아내가 곧바로 입을 열었다. 쓰바사는 어디까지 따라갈 생각인지, 아직 스보가 탄 승합차를 쫓아가고 있다.

"그렇게 닮았어?"

아내는 다쓰히코가 데리고 온 새 아내 얘기를 하고 있었다. 입으로는 불만스럽게 말하지만, 내심 기쁜 것 같기도 했다.

"닮고 뭐고, 언니랑 똑같던걸. 키가 크고, 머리가 길고, 쌍꺼풀에다 혈액형까지 같잖아."

이제 그들을 태운 차는 보이지 않았다. 쓰바사가 어깨로 숨을 헐떡거리면서 돌아왔다. 손등으로 몇 번이나 눈을 비볐다. 하지만 표정은 밝았다.

키가 크고 머리가 길고 쌍꺼풀이 있는 혈액형 A형 여성은 이 마을에만도 엄청 많을 것이다. 하지만 지금은 그런 분위기 깨는 말을 하지 않도록 한다. 대신 이렇게 말하며 아내를 달랬다.

"동서는 처형을 정말 좋아했나 봐. 아마 혼자 남아서 외로웠던 게 아닐까?"

그래도 아내는,

"그렇지만."

하고 의미 있는 한숨을 쉬었다.

쓰바사가 공원에 놀러 가자고 졸랐다.

"아이들도 잘 따르고. 미유키가 걱정이었는데. 미유키, 그래도 행복해 보이더라."

미유키는 몇 번이나 우리에게 인사를 하고 스보가 들어 있는 새장을 소중하게 가슴에 안았다. 그 모습을 새로 가족이 된 여성이 이미 엄마의 눈길로 바라보고 있었다. 그녀는 도마가 다니는 어린이집의 선생님이라고 했다.

"친엄마라고 해도 모르겠어."

"응, 절대로 모르겠어. 정상적인 가족으로 보여."

쓰바사의 뒤를 좇아, 우리도 근처 공원으로 갔다. 통통하게 자란 감이 전구처럼 빛났다.

"언니는 어떻게 생각할까, 천국에서."

아내가 맑은 가을 하늘을 올려다보며 불쑥 중얼거렸다.

"아마 기쁘지 않을까? 사랑하는 사람들이 웃는 얼굴로 살아가길 바랄 테니까."

나도 같은 입장이라면 그러길 바랄 것이다. 아내와 쓰바사가 매일 울며 지내는 것보다 밝게 웃으며 살길 바란다.

"그런가. 그런 건가."

아내는 다시 중얼거리며, 내 손을 잡고 걷기 시작했다. 이제 세 사람만의 생활로 돌아갈 뿐이다.

그렇긴 하지만, 나는 새삼스럽게 스보의 존재가 컸음을 깨닫고 놀랐다. 확실히 스보와 같은 새는 없다. 우둔한 나를 비웃듯이 아까부터 하늘에서는 여러 마리의 까마귀가 시끄럽게 울어대고 있다.

"아빠, 달리기 시합하자. 준비 땅!"

쓰바사가 갑자기 뛰기 시작했다. 나는 있는 힘을 다해 아들의 뒤를 쫓아갔다. 아내의 웃음소리가 들려왔다.

빛나는빰

소녀가 창 밖으로 두 손을 내밀고 있었다. 나는 나이 차가 많이 나는 오빠의 손을 잡고 언덕길을 올라가던 참이었다. 서둘러 고지대로 도망쳐야 한다. 악몽이 뇌리를 스쳤다.

"오빠, 빨리, 힘내."

재촉하고 싶지는 않았다. 재촉해선 안 된다는 건 알고 있었다. 그러나 그만 초조한 마음에 오빠의 손을 꽉 잡았다. 언제 또 커다란 흔들림이 올지 모른다. 아까의 흔들림보다 훨씬 엄청난 것이 오면 마을은 한 줌도 남김없이 삼켜질 것이다.

"오빠."

걸음이 느려진 오빠를 돌아보니, 오빠는 창가를 가리키고 있었다. 최근 이곳으로 이사 온 가족이 사는 집이다. 부인의 배 속에는 아마 아기가 있는 것 같았다.

꼬마 아가씨도 빨리 도망가!

그렇게 말하려다 입을 다물었다.

소녀의 손바닥이 공중에서 꽃잎처럼 펼쳐진 순간, 그곳에서 노란 색채가 밖으로 획 날아갔다.

"마법, 마법."

오빠는 마법이라는 말을 두 번 되풀이했다.

소녀의 손에서 날아간 것은 한 마리의 새였다. 하늘로 쭉쭉 빨려 올라가듯이 상승하여 눈 깜짝할 사이에 모습이 보이지 않게 되었다. 정말로 순식간의 사건이었다.

퍼뜩 정신을 차리고 소녀에게 말을 걸었다. 같은 마을에 사는데 얘기를 하는 건 처음이었다. 이름을 부르고 싶었지만, 난 아직 소녀의 이름을 모른다.

"빨리 도망쳐. 우리도 지금 고지대로 피난하고 있는데, 괜찮으면 같이⋯⋯."

이렇게 언덕길에 멈춰 서 있는 동안에도 몇 명이 우리를 추월해 갔다. 돌아보니 바다가 아까보다 더 불어나 보였다. 소녀는 위험을 느끼고 키우던 새를 풀어 준 걸까.

"그래도 아직 엄마가⋯⋯."

소녀가 창으로 얼굴을 내밀고 불안한 시선을 보냈다.

"빠, 빨리."

오빠가 더듬거리는 어조로 소녀에게 빨리 오라고 불렀다.

우리도 이렇게 있을 수는 없었다. 오빠는 천천히밖에 걷지
못한다. 몸무게가 60킬로그램이나 되는 오빠를 업고 산을 올
라가기는 무리다.

"어쨌든 빨리 도망치지 않으면 안 돼! 여긴 위험하니까."

소녀에게 이 진지한 마음이 전해지길 간절히 기도하면서,
오빠의 손을 꼭 잡았다. 다시 오빠가 계단을 오르기 시작했다.
다행이었다. 자기 마음에 들지 않으면 지레로도 움직일 수 없
는 오빠여서 걸음을 멈추었을 때, 걱정했었다.

입은 옷 그대로 집을 뛰쳐나왔다. 이곳은 바닷가 마을. 만灣
이어서 쓰나미가 오면 파도가 급격히 기세를 더해간다. 지진
이 일어나면 무조건 불을 끄고 고지대로 달아날 것. 그것이 지
금은 세상을 떠난 엄마의 가르침이었다. 엄마는 홀몸으로 우
리 남매를 키웠다. 엄마는 어릴 때, 친오빠를 쓰나미로 잃었다
고 했다.

수산물 가공 공장에서 일했던 엄마의 손은 언제나 시리도록
차가웠다. 하지만 그 차가움이 나나 오빠에게는 온기였다. 저

266

녁을 먹고 나면 곧잘 바닷가를 산책했다. 엄마를 사이에 두고 각자 엄마 손을 잡고 걷는 것이 우리한테는 행복이었다. 그 바다가 우리가 살던 마을을 덮치려 하고 있었다.

엄마가 세상을 떠날 때 약속했다. 옆에서 평생 오빠를 지키겠다고.

오빠는 태어날 때부터 오빠밖에 모르는 말로 소리 내고 생각했다. 그러나 엄마는 이국에서 온 여행자를 정성껏 대접하듯이 오빠에게 애정을 쏟았다. 그리고 천천히, 천천히 우리 세계에서 살아가기 위한 규칙을 가르쳤다. 이를테면 셔츠 단추 여는 법을. 이를테면 귤껍질 벗기는 법을. 이를테면 버스 타는 법을.

오빠처럼 태어난 아들이나 딸을 세상에서 떼어 놓는 부모도 있다고 하는데, 엄마는 그런 건 조금도 개의치 않고, 문자 그대로 자랑스럽게 오빠를 데리고 다녔다. 그래서 지금의 오빠가 있다.

계단을 올라가면서 귀를 기울이니 오빠의 목소리가 들렸다.

"하—나, 두—울, 세—엣, 네—엣."

엄마가 함께 목욕을 하면서 오빠에게 가르친 숫자였다. 오빠의 세계에 숫자는 넷까지밖에 존재하지 않는다. 계단을 한 걸음씩 올라가는 우리 남매의 등을 엄마가 밀어주는 느낌이 들었다.

문득 낮에 본 광경을 떠올린 것은 피난소인 마을 체육관에서 소녀의 모습을 보았을 때였다. 그 어른스럽고 총명한 옆얼굴이 낯익었다. 말을 걸까 망설였다. 뭐라고 말을 걸어야 좋을지 망설이고 있을 때, 오빠가 화장실에서 돌아왔다.

엄마의 맹훈련 결과, 오빠는 혼자 화장실에 가서 볼일을 볼 수 있게 되었다. 환경이 달라져서 걱정했지만, 어쩐지 무사히 볼일을 본 것 같았다.

마을 상황은 아직 잘 모른다. 파도가 마을을 얼마만큼 삼켰는지 짐작이 가지 않았다. 너무 조용한 밤이어서 여기 있어야 할 사람이 전부 모여 있는지, 아니면 덜 모였는지 생각하고 싶지도 않았다. 어쨌든 몸이 축 늘어지고 피곤했다. 하지만 지금 생각할 일이 아닌 것이 생각나서 거의 잠을 이루지 못했다.

이렇게 될 줄 알았으면 무슨 일이 있어도 엄마와 아빠의 영정을 가져왔어야 했다. 지금쯤 집은 어떻게 되었을까.

새벽녘이 되었다.

오빠가 밖에 나가고 싶다고 했다. 데리고 나가지 않으면 패닉을 일으킬 우려가 있어서, 나는 오빠를 데리고 밖으로 나왔다. 하늘이 희미하게 밝아오고 있었다. 흐린 하늘에 토하는 입김까지 부옇고 흐렸다. 집을 나설 때 급히 플리스 점퍼를 걸치고 왔지만, 그것만으로는 쌀쌀했다. 바다에서 찬바람이 몸을 찌르듯이 불어왔다.

"오빠, 감기 걸리니까 들어가자."

그렇게 말하고 오빠의 셔츠 자락을 잡으려 했을 때였다. 오빠가 하늘을 가리켰다.

"왜 그래?"

그러자 오빠가 두 팔을 벌리고 새 흉내를 냈다.

"새? 새가 있어? 어디? 까마귀가 아니고?"

내가 묻자,

"마법……."

오빠가 천천히 소리를 쥐어짜듯이 말했다.

"마법?"

나는 또 오빠의 말을 되풀이했다. 이번에는 오빠가 확실하게 동쪽 하늘을 가리켰다. 그 손가락 끝이 희미하게 떨렸다. 무언가의 궤적을 필사적으로 쫓는 것 같았다.

"앗!"

그 순간, 나도 엉겁결에 소리를 질렀다.

한 마리의 새가 날개를 펼치고 아침을 기다리듯이 허공을 날고 있었다. 마치 넓은 하늘에 글씨를 쓰는 것처럼, 혹은 상공에 특별한 가루를 뿌리는 것처럼. 오빠는 옛날부터 가족 누구보다 시력이 좋았다. 저 멀리, 나나 엄마 눈에는 보이지 않는 것을 발견하는 것이 특기였다.

"오빠, 잘 보고 있어. 절대 여기서 움직이면 안 돼. 꼼짝 않고 있어야 돼."

오빠를 혼자 두는 것이 위험하다는 것은 알았지만, 지금은 이렇게 할 수밖에 없었다. 나는 전속력으로 건물로 돌아왔다. 밤샘 작업을 한 듯한 남자들이 저쪽에서 무리 지어 걸어왔다. 나는 가볍게 인사를 하고 그들 앞을 지나갔다.

그 소녀에게 가르쳐 주고 싶었다. 그때, 소녀의 뺨이 빛났던 것을 나는 알고 있었다. 피난소에서 본 소녀는 혼자 불안해하고 있었다. 가르쳐 주지 않을 수 없었다.

아까 본 새가 소녀가 날려 보낸 새인지 확실하진 않다. 그저 닮았을 뿐, 사실은 다른 새일지도 모른다. 하지만 틀림없다고 생각했다. 그랬으면 좋겠다고 진심으로 바랐다.

나는 체육관 문을 살짝 밀었다.

소녀를 찾았다.

오빠가 그 새를 잃어버리지 않기를 간절히 기도하면서.

스미레의숲

물론 필사적으로 찾았다.

다음 날도 그다음 날도, 혈안이 되어 리본을 찾아다녔다. 신발 바닥의 고무가 뒤집혀도 아랑곳하지 않고 계속 걸었다. 매일 해가 져서 집에 돌아올 무렵에는 다리가 퉁퉁 부어 있었다.

아빠에게 부탁해서 경찰과 동물 보호 시설에도 문의해 보았다. 리본의 초상화를 몇 장이나 그려서 동네 게시판이나 전봇대에 붙이기도 했다.

리본과 닮은 왕관앵무를 키우는 집이 있다는 소식이 들어오면 당장 주소를 물어서 그 집을 찾아갔다. 그러나 유감스럽게도 그 왕관앵무는 리본과 같은 노란 왕관앵무이긴 했지만, 다른 새란 걸 바로 알 수 있었다.

시간이 흐르면 흐를수록 리본은 하늘 저 멀리로 가 버린다. 그래서 하루라도 빨리 찾고 싶었다. 큰 소리로 리본의 이름을 부르면서 공원이나 강가의 산책로, 신사 주변에 펼쳐진 숲을 닥치는 대로 찾아 다녔다.

눈 깜짝할 사이에 여름이 오고, 가을이 지나도 리본 찾기를 멈출 생각은 하지 않았다. 리본이 언제 돌아와도 괜찮도록, 리본이 나를 찾기 쉽도록, 손에는 언제나 리본이 좋아했던 별꽃 다발을 쥐고 있었다.

하지만 리본을 봤다는 소식은 끝내 얻지 못했다. 나 혼자 힘으로 리본을 찾는 것도 어려웠다.

물론 나 자신이 슬픈 건 당연했다. 잠깐이어도 좋으니, 단 한 번이어도 좋으니, 리본을 만나고 싶었다.

그렇지만 나보다 더 걱정은 스미레짱이었다.

스미레짱은 보통 사람이 보면 좀 독특한 할머니지만, 나는 그런 스미레짱을 정말 좋아했다. 우리는 자타 공히 인정하는 절친이었다. 히바리라는 내 이름을 지어 준 스미레짱과 나는 태어날 때부터 줄곧 함께 있었다. 나와 스미레짱은 엄청나게 사이좋은 친구로 리본이 탄생한 뒤, 그 끈은 더욱 단단해졌다.

우리는 둘이서 협력하여 리본을 부화시켰다. 리본은 내 손바닥에서 여리지만 힘찬 첫울음 소리를 지르며 탄생했다. 알 시절부터 포함해서 함께 보낸 반년 동안은 내게 보석과 같았다.

그러나 리본이 실종된 뒤, 스미레짱은 살아갈 기력을 잃었다. 스미레짱은 리본이 날아가 버렸을 때 황급히 밖으로 뛰어나가다 발을 접질렸다. 원래 관절염을 앓고 있어서 무릎 상태가 좋지 않았다. 그렇게 민첩한 움직임은 무리였다. 그런데 그 일이 있은 뒤 정말로 과묵하고 무표정해졌다.

스미레짱은 하루하루 생기를 잃어갔고, 내 힘으로 그 진행을 막기는 어려웠다. 마치 매일 조금씩 지우개로 생명을 지우는 것 같았다. 그렇게 즐겁게 리본과 장난치던 스미레짱이 노래를 부르지 않게 되고, 웃지 않게 되고, 설 수 없게 되고, 자신의 방에서 한 걸음도 나올 수 없게 되었다. 정말로 그 변화는 눈에 훤히 보일 정도였다. 내가 학교에서 돌아와 방을 들여다보아도 침대에 누워만 있는 날들이 계속되었다.

그런 스미레짱을 보는 것이 불안해서 나는 매일 밤 떨었다. 영원한 이별이라는 것을 그때서야 처음으로 이해했다. 아무리해도 나는 리본 대신이 될 수 없었다. 그래서 한시라도 빨리 리본을 찾아와서 스미레짱 손바닥에 돌려주고 싶었다.

그해 말, 스미레짱은 휠체어로밖에 움직일 수 없는 상태가 되었다. 리본이 있던 시절이 까마득한 옛날 같은 착각이 들었지만, 리본은 태어난 지 아직 일 년 남짓밖에 지나지 않았다. 불과 몇 개월 전까지 리본은 우리와 함께 살았는데 어딘가로 가 버렸다니, 천국과 지옥을 잇달아 맛본 기분이었다.

부모님은 결국 그 무렵 낡은 목조 집을 팔고, 지방 도시의 교외로 이사하기로 했다. 마침 내가 초등학교를 졸업하고, 중학생이 될 시점이었다. 환경이 달라지면 스미레짱이 다시 기력을 되찾을 거라 생각했을지도 모른다.

이번에는 유럽풍의 새 집이었다. 서양 분위기를 좋아하는 스미레짱을 배려했는지 어쨌는지는 모른다. 전에 살던 집의 빨래 건조대보다 조금 더 넓은 반원형 발코니가 자랑인 집이었다.

나는 그곳에서 중학교에 다녔다. 그리고 결과적으로 스미레짱은 이사한 새집에서 휠체어 생활을 한 뒤로도 꽤 오래 살았다. 스미레짱의 방 벽지는 날개 무늬가 잔뜩 그려져 있었다.

중학생이 된 내가 스미레짱의 방에 가면, 스미레짱은 대부분 예전 집에서 갖고 온 물엿 색 흔들의자에 몸을 맡기고 멍하니 바깥을 바라보고 있었다. 교외 신흥 주택가에는 아직 신록이 많이 남아서 스미레짱 방에 있는 큰 출창에도 나무들이 가득 펼쳐져 있었다.

　스미레쨩 방은 집 안에서 가장 넓고 쾌적하며 전망이 좋았다. 귀를 기울이면 개구리나 새 울음소리가 들렸다. 근처에는 저습지도 있고, 조금 걸어가면 깨끗하고 작은 강이 흘렀다.

　엄마는 주에 며칠만 근무하는 방식으로 바꾸고, 도우미와 교대로 스미레쨩 곁에 붙어 있게 되었다. 그리고 아버지는 이상하게도 스미레쨩이 휠체어 생활을 시작한 뒤로, 나와 마찬가지로 '스미레쨩'이라고 부르게 되었다. 내 기억에는 스미레쨩이 건강했던 시절, 부모님은 둘 다 스미레쨩을 왠지 모르게 꺼리는 듯이 느껴졌는데.

　학교에서 돌아오면 나는 제일 먼저 스미레쨩의 방문을 빼꼼 열고, 얼굴을 내밀었다. 그 무렵에는 된장국을 만드는 역할이 다시 엄마에게로 돌아갔다.

　"스미레쨩, 오늘은 어떤 새가 놀러 왔어요?"

　스미레쨩 곁에 가서 귀에다 대고 말을 걸면, 스미레쨩은 천천히 나를 돌아본다. 스미레쨩의 무릎에는 항상 제비꽃(스미레)과 종달새(히바리)의 그림이 사이좋게 수놓인 담요가 걸쳐져 있다. 이웃 공민관의 자수 교실에 다니는 엄마가 스미레쨩이 갖고 있던 오래된 캐시미어 숄에 수를 놓은 것이다.

　그러면 스미레쨩은 늘 이렇게 대답했다.

"히바리가 와 주었어."

나는 매번 쿡쿡 웃지 않을 수 없었다.

이사를 한 뒤, 스미레짱은 약간 생기를 되찾은 것 같았다. 그러나 웃은 뒤에는 언제나 조금쯤 마음이 아팠다. 마음의 표면에 아주 작은 가시가 박힌 듯한 안타까운 기분이 들었다. 그러나 그 가시는 너무 작아서 뽑기가 어려웠다.

"내가 아니라 진짜 새 말이에요. 이 집에는 많이 놀러 오죠?"

스미레짱과 눈높이를 맞추어 무릎을 구부리고 정원을 바라보았다.

언젠가 엄마가 정원 한 모퉁이에 새를 부르기 위한 모이대를 만들어서, 이 집 정원에는 정말로 많은 새들이 놀러오게 되었다. 쇠유리새나 멧새, 상모솔새 등 도시의 새와는 또 다른 종류의 들새들이 보였다.

"히바리."

그래도 스미레짱은 옛날처럼 온화하게 웃으며, 조금 슬픈 듯이 창밖을 보았다. 그럴 때, 스미레짱은 아직도 리본을 찾고 있는 것 같다. 절대로 말은 하지 않지만, 마음속으로 기다리고 있을지도 모른다는 생각이 문득 들었다.

그렇다. 스미레짱은 그날 이후 한 번도 리본의 이름을 입에 올리지 않았다. 그래서 나도 스미레짱 앞에서는 리본 이야기를 하지 않았다. 그것이 우리에게 절대로 지켜야 할 약속이 되어 버렸다.

　스미레짱은 혼자 힘으로 이동하기가 곤란한 상황이 되긴 했지만, 내가 중학생 때는 그래도 비교적 의식이 또렷했다. 그렇지 않을 때도 있었던 것 같지만, 나와는 전과 다름없이 대화도 나누었다. 스미레짱 목소리는 내 몸에 스며들기 때문에 나는 누구보다 정확하게 스미레짱의 말을 알아들을 수 있었다. 그토록 아름답고 맑았던 스미레짱 목소리가 마치 재를 섞은 듯이 탁해졌다. 눈을 감고 목소리만 들으면 다른 사람으로 느껴질 정도였다.

　그것은 내가 중학교 2학년이 되어 스미레짱에게만 몰래 좋아하는 사람이 생겼다고 말해 줬을 때였다. 내게는 첫사랑이었다. 마치 망나니 토끼가 가슴에 폴짝 뛰어 들어왔다가 나가지 못하고 있는 것처럼, 나는 갑작스러운 방문자를 어떻게 맞이해야 좋을지 도무지 알 수 없었다. 누군가에게 이 기분을 털어 놓지 않으면 답답해서 숨이 막힐 것 같았다.

　그러자, 스미레짱이 조용히 말했다.

　"히바리, 내게도 말이야, 좋아하는 사람이 있었단다."

　스미레짱이 아득한 눈을 하고 창 너머를 보았다. 마침 새잎이 날 무렵이었다. 정말로 갓 돋아난 새잎들이 형광 색 페인트를 칠한 것처럼 눈부신 빛을 뿌리고 있었다.

"정말요?"

스미레짱과 연애가 금방은 연결되지 않았다. 그래서 스미레짱이 좋아한 사람은 어떤 사람인지 더 알고 싶었다. 하지만 내가 좋아하는 사람과 스미레짱이 좋아하는 사람은 전혀 무게가 다른 존재였다.

그것은 스미레짱이 다시 한 번 음악을 공부하기 위해 유럽에 유학을 갔을 때였다. 그때까지 번 돈을 모두 쓸 생각으로, 파리와 빈 등의 음악 대학에 다녔다고 한다. 대학 수업 외에도 클래식 콘서트나 나이트클럽의 재즈 연주를 부지런히 다니며 본고장의 날 음악을 몸으로 맛보았다. 때로는 그 자리에서 자신의 노래를 선보일 때도 있었던 것 같았다.

스미레짱이 그 사람과 만난 것은 마지막에 머물렀던 베를린에서였다.

스미레짱은 아는 연주가에게 소개받은 아파트에서 하숙 형식으로 생활하고 있었다.

"베르나우어 거리에서 말이야."

스미레짱이 갑자기 거리 이름을 말했다.

처음에 나는 그 발음을 알아듣지 못해 되풀이해서 물었다.

그러자 스미레짱이 이번에는 내 손바닥에 'Bernauer'라고 손가락으로 알파벳을 써서 가르쳐 주었다. 그 무렵에는 아직 이 거리가 얼마나 의미 깊은 곳인지 조금도 몰랐다.

"그 사람은 베르나우어 거리를 끼고 아파트 맞은편에 살고 있었어."

그 이야기를 하는 스미레짱의 목소리가 봄날 나뭇잎 사이로 쏟아지는 햇살처럼 부드럽게 울렸다.

"내가 신세를 지던 주인집 친척이었지. 지금은 어떤지 모르겠지만, 당시에는 남편을 잃은 사람이나 그 자식들이 길을 끼고 친척들과 가까이 사는 게 일반적이었어. 그래서 함께 식사를 하고, 연료 나르는 걸 돕고 하면서 힘을 합쳐 살아가던 시절이었지."

스미레짱은 울퉁불퉁한 산길에서 굴러 넘어지지 않게 조심해서 걷듯이 아주 천천히 이야기했다.

어느 날, 주인집에서 누군가의 생일 파티를 하게 된 자리에서 스미레짱은 그 사람과 만났다고 한다.

"그 분은 이름이 뭐였어요?"

기다리지 못하고 내가 몸을 앞으로 구부리며 묻자,

"한스 씨라고 했어."

스미레짱은 정말로 부끄러운 듯이 가르쳐 주었다.

마치 청진기를 대고 있는 것처럼 스미레짱 가슴의 고동이 내 귀에까지 들리는 것 같았다. 스미레짱은 소중한 보물을 감싸는 듯한 부드러운 몸짓으로 살며시 가슴에 두 손을 포개고 눈을 감았다.

한스 씨는 베를린에서 대대로 내려오는 빵집의 기술자였다고 한다.

"그 사람이 굽는 빵은 정말 향기롭고 맛있었어. 히바리한테도 꼭 먹여 주고 싶은데."

스미레짱은 눈을 게슴츠레하게 뜨고 조용히 얘기를 계속했다. 눈가에는 그 미끄럼틀 커브가 살아났다. 이렇게 스미레짱과 얘기를 나누는 것은 오랜만이었다. 나는 스미레짱이 지치지 않을까 걱정되었다. 그러나 스미레짱에게는 그런 모습이 조금도 보이지 않았다. 마치 색색의 손수건을 줄줄이 꺼내는 마술사처럼 스미레짱 입에서 말이 쏟아졌다. 목소리와 뺨이 젤라틴을 바른 것처럼 반짝반짝 빛났다.

"그 사람의 손가락은 정말 멋있었어."

스미레짱은 자랑스럽게 가슴을 폈다. 그런데 나는 멋진 손가락이 어떤 것인지 잘 상상할 수가 없었다. 재주가 있다는 의미일까? 모르겠다.

"바이올린을 연주하는 손가락이 내게는 빛이 나는 것 같아

보였어."

빵 기술자였던 한스 씨는 취미로 바이올린을 연주했던 것 같다. 친척 중에 베를린에서 음악을 공부한 사람이 있어서 한스 씨는 그 사람에게 가르침을 받았다고 한다.

그래서 스미레짱은 한스 씨에게 반주를 부탁해 모두의 앞에서 노래를 한 곡 불렀다. 일본에 흥미가 있었다는 한스 씨는 '황성의 달'을 바이올린으로 연주할 수 있었다고 한다.

"그때 말이야, 서로 마음이 통하는 걸 알았어."

내게도 좋아하는 사람이 있어서 그 마음은 아프도록 잘 안다. 아주 잠깐 눈이 마주친 것만으로 막 울고 싶은 기분이 드는 그런 마음.

다만 서로 말은 잘 통하지 않아 대화는 거의 나누지 못했던 것 같다. 그래도 두 사람은 강렬하게 서로 끌렸다.

이것이 1961년 초여름의 일이었다. 당시 스미레짱은 삼십 대 후반이거나 갓 사십 대였을 것이다. 그때까지 줄곧 특수한 환경에 있었던 스미레짱에게 늦게 찾아온 첫사랑이었을지도 모른다. 한스 씨는 스미레짱보다 연상이었다고 한다. 당시 한스 씨는 결혼을 하지 않고 혼자 살고 있었다.

그러나 1961년이라고 해도 나는 태어나기 훨씬 전의 이야기여서 딱히 와 닿지 않았다. 하지만 세계 역사 속에서, 특히 베를린 사람들에게는 잊을 수 없는 해였다. 옛날에 베를린 동서를 갈랐던 그 벽, 베를린의 장벽이 만들어진 것이 1961년이었다.

"잊히지도 않는구나. 8월 13일 새벽이었지."

스미레짱은 그 전날 12일이 토요일이기도 해서, 동베를린 콘서트홀에서 열린 피아노 콘서트를 보러 갔다고 한다. 콘서트가 끝나고 집에 오려고 하는데 좀처럼 택시가 잡히지 않았다. 기분 좋은 밤이어서 스미레짱은 그냥 걸어서 서쪽 아파트까지 돌아왔다. 아주 조용한 밤이었다.

"걸어서 간신히 집까지 돌아왔단다. 지쳐서 바로 침대에 누워 쉬고 있었어. 그런데 누가 계속 문을 두드리지 뭐니. 할 수 없이 일어나서 문을 열었더니, 주인이 불안한 얼굴로 서 있었어. 바깥 상황이 이상하다는 거야. 그녀는 전쟁으로 남편을 잃었고, 그때 아파트에는 나밖에 없어서 의지할 사람이 달리 없었어."

스미레짱은 주인이 시키는 대로 커튼을 걷고 바깥 상태를 확인했다. 도로 건너편에는 한스 씨가 사는 아파트가 있었다. 그러나 그때 한스 씨의 모습은 보이지 않았다. 그 대신 거리에 무장한 사람들이 보이기 시작했다. 총을 들고 일정한 간격으로 서서 도로를 봉쇄한 그들 앞에는 이미 철조망이 둘러쳐 있었다고 한다.

"히바리, 신기하지? 난 그때 말이야, 영화 촬영을 하는 줄 알았단다."

스미레짱은 평온한 모습으로 당시를 돌아보았다. 스미레짱 얼굴에는 두꺼운 구름 사이로 빛이 들어오듯이 밝은 색이 번졌다.

"대체 무슨 일이 일어나고 있는지 금방은 이해를 하지 못했단다."

거기까지 말하고, 스미레짱은 지쳤는지 스르륵 잠의 세계로 빠져 버렸다. 나는 스미레짱에게 가만히 제비꽃과 종달새 자수가 놓인 담요를 덮어 주었다.

종달새 자수의 뒤쪽에는 'We love you'라고 짙은 녹색 실로 수가 놓여 있었다. 어쩌면 스미레짱은 아직 눈치채지 못했을지도 모르고, 앞으로도 영원히 발견하지 못할지도 모른다. 그러나 그것이 우리 가족 모두의 생각이었다.

나는 스미레짱이 깨지 않도록 살금살금 방을 나왔다. 역시 긴 이야기에 피곤했던 모양이다. 스미레짱 입가에서 쌕쌕 소리가 새어 나왔다.

나는 바로 학교 자료실과 시립 도서관에 가서 당시의 일을 조사해 보았다.

확실히 베를린은 그 무렵 동과 서로 나뉘어 있었다. 서쪽은 미국, 프랑스, 영국 연합군이 지배하고, 동쪽은 구소련의 지배 아래 있었다고 한다. 베를린이라는 하나의 도시가 동베를린, 서베를린 두 개의 지역으로 나뉘었다.

하지만 실제로는 동쪽 사람들도 서쪽 학교나 직장에 다녔고, 서쪽 사람들도 동쪽 시장에 쇼핑하러 다니는 등 자유롭게 오갈 수 있었다. 전철도 서쪽과 동쪽을 가로지르며 운행했다. 그러나 스미레짱이 얘기한 대로 1961년 8월 3일을 기점으로 동베를린에 간 열차는 두 번 다시 서베를린으로 돌아오지 못했다

동과 서의 경계선은 상당히 복잡하게 얽혀 있는 것 같았다. 농장이건 주택이건 누구네 집 마당이건, 거침없이 지그재그로 경계선이 그어졌다. 그리고 스미레짱이 살던 베르나우어 거리. 이곳도 실제로 동과 서의 경계 지역이었다.

스미레짱이 하숙했던 아파트는 서베를린에 위치했고, 한스 씨가 살던 아파트는 동베를린이었다. 한스 씨네 아파트 정면 현관은 서베를린으로 나 있는데, 현관을 한 걸음이라도 들어가면 동베를린이라는, 아주 이상한 상황이었다.

8월 13일, 해가 떠오를수록 상황이 조금씩 명확해졌다.

그 무렵, 동독 영내에 덩그러니 있던 서베를린은 빈틈없이 철조망으로 둘러싸여 문자 그대로 육지의 고도가 되었다. 다만 실제로 자유를 빼앗긴 것은 그 원의 바깥쪽에 있는 동베를린과 동독 사람들이었다. 동쪽 사람들이 원 안쪽으로 뛰어들어 도망가지 않도록, 곳곳에 소총을 등에 멘 인민 경찰과 무장한 노동자 집단이 감시를 했다고 한다.

그 육지의 고도에 남은 사람이 스미레짱이었다. 갑자기 제2차 세계대전과 베를린 장벽이 역사책에서 떨어져 나와 내 인생과 연관된 사건이 되었다.

나의 물음이 스미레짱의 기억 어딘가를 자극했을지도 모른다.

그 후로 스미레짱은 나를 보면 당시 얘기를 꺼내게 되었다. 그것은 아주 단편적인 것이었다. 하지만 몇 번이나 되풀이해서 듣는 동안에 한 가지 사실이 떠올랐다. 그때 일을 이야기하는 스미레짱이 마치 무언가에 빙의된 것 같다는 것.

"경찰에게 더러운 욕설을 퍼붓고, 위에서 침을 뱉는 사람이나 물건을 던지는 사람도 있었어. 서쪽에서 상태를 보고 있으면 동쪽에서 백열등이 날아왔지. 거울을 햇빛에 반사시켜 이쪽에서 볼 수 없도록 하는 경찰도 있었어.

그렇지만 나는 말이야, 곧 연합국이 도우러 와서 이런 철조

286

망을 망가뜨려 줄 거다, 케네디라면 절대로 어떻게든 해 줄 거다, 그렇게 믿었어. 처음에는 철조망 너머로 악수하고 손을 흔들고 평온한 분위기인 곳도 있었거든. 나는 너무 가볍게 생각했던 거야.

8월 13일부터 며칠 동안 월경을 시도한 많은 사람들이 서쪽으로 망명하는 데 성공했어. 황무지나 시민 농원을 헤쳐 오기도 하고, 개중에는 운하를 헤엄쳐 건너온 사람도 있었대. 나중에 들은 얘기로는 감시했던 동쪽 경찰이 월경을 희망하는 아이를 위해 철조망을 잡아 준 적도 있었다더구나. 만약 누군가에게 들킨다면 목숨이 위태로웠을 텐데.

그렇지만 신기하게 폭동은 일어나지 않았어. 아직 전체 상황을 몰랐고, 무슨 일이 일어났는지 정확하게 이해한 사람이 별로 없었으니까. 낙관하는 사람과 절망하는 사람이 나뉘어 있었을지도 몰라.

그러나 동베를린 시민 중에는 봉쇄를 환영하는 사람들이 적잖게 있었던 것 같아.

서쪽보다 동쪽이 물가가 쌌잖아. 그래서 서쪽 사람들은 독일 마르크를 들고 동쪽까지 쇼핑을 가는 것이 보통이었어. 나도 그 한 사람이었지만, 그 탓에 동쪽 사람들의 생활이 힘들어질 줄은 생각지도 못했단다.

그러다 베르나우어 거리에 면한 아파트의 창이 1층부터 차
례대로 벽돌로 막혔어. 정말로 끔찍한 광경이었단다. 경찰이
노동자의 등에 총을 들이대고 일을 시켰는걸. 우리 서쪽 사람
은 말이야, 그 모습을 그저 묵묵히 보고 있을 수밖에 없었단다.

위험을 느끼고 아파트 위층 창으로 뛰어내리는 사람이 속출
했지. 동쪽에서 누군가가 뛰어내리는 걸 알게 되면 서쪽 소방
단 사람들이 담요 같은 걸 펼쳐 들고 아래에서 받았어. 아기도
있었고, 배가 산만 한 임산부도 있었어. 탈출이 성공할 때마다
서쪽 사람들은 환성을 지르며 기뻐했지.

정말로 많은 사람이 베르나우어 거리의 아파트 창으로 뛰어
내렸단다. 그런데 말이야, 개중에는 실패해서 목숨을 잃은 사
람도 있었어. 나도 한 번 그 현장을 직접 보고 말았지.

그래서 내 정신이 아니었단다. 한스 씨가 뛰어내린 게 아닌
가 하고.

주인은 일 초라도 빨리 망명해서 이곳으로 도망 오면 좋겠
다고 바랐지만, 나는 내심 반대했어. 실패하면 어떡해? 귀한
생명을 잃어버리게 되잖아. 위험한 짓은 하지 않길 바랐어.

나는 그저 신에게 기도할 수밖에 없었지. 그때는 아직 내 오
산을 깨닫지 못했어. 그 무렵에는 늘 창가에 서서 주인과 교대
로 망원경을 들여다보고 있었단다.

그러다 동쪽 베르나우어 거리에 사는 주민들은 아파트에서 나가라는 명령이 내려졌어. 그리고 바로 베르나우어 거리 동쪽의 모든 건물이 철거되고, 무인 지대가 되었어. 불과 얼마 전까지 사람이 살고 예쁘게 꾸며졌던 집이 무참하게 부서져, 믿을 수 없는 모습이 된 거야. 눈 깜짝할 사이에 지금까지 보았던 풍경이 싹 바뀌고 유령도시가 돼 버린 거지. 그때는 정말로 무서웠단다.

텅 빈 무인 지대에 화해의 교회만 덩그러니 남아 있었어. 그런데 그 화해의 교회에도 서쪽에 사는 많은 신자들은 갈 수 없었고, 바로 앞에 보이는 묘지에도 갈 수 없었단다.

나는 말이야, 내가 잘못 생각했다는 걸 그제야 깨달았어.

동쪽 정치가가 무엇을 꾀하고 있는지, 어느 정도 진심인지, 그제야 깨닫고 눈이 번쩍 뜨인 거야. 그러나 이미 그때는 늦었어. 왜냐하면 한스 씨도 다른 곳으로 강제 이주를 당해버렸으니까."

몇 번이고 듣는 동안, 스미레짱이 하는 얘기의 전체가 보이기 시작했다.

스미레짱은 컨디션이 좋을 때도 있고 별로 많은 얘기를 하고 싶어 하지 않을 때도 있고, 되풀이해서 얘기하는 장면도 있고, 기억이 다른 부분도 있어서 제대로 파악하기가 어려웠다.

그렇지만 이야기가 잘 이어질 때는 마치 당시의 영상을 보면서 해설이라도 하듯이 생생했다.

나는 스미레짱이 그때 이야기를 할 때마다 가슴 깊은 곳에 새겼다. 절대로 잊어서는 안 된다고 생각했다. 아주 소중한 이야기를 목숨을 깎아가며 필사적으로 전하려는 것이 느껴졌다. 그 딸기 찹쌀떡에 비유한 영혼 이야기와 마찬가지로 소중한 것을.

스미레짱에게 1961년의 이야기를 듣는 동안 한 가지, 이해가 되는 것이 있었다.

예전에 스미레짱과 리본과 셋이서 봄의 다도회를 할 때였다.

좋아하는 사람 이야기가 나오자, 스미레짱이 불쑥 말했다.

날개가 있었더라면 좋았을 텐데, 하고. 나는 그 말이 묘하게 걸렸다.

그리고 몇 년이 지나 드디어 수수께끼가 풀린 것이다. 요컨대 스미레짱의 말은 이런 의미였다.

한스 씨에게도 날개가 있었더라면 좋았을 텐데.

스미레짱은 그때 그렇게 말하고 싶었을지도 모른다. 하지만 당시의 나는 스미레짱의 이야기를 알아듣기에는 너무 어린 나이였다.

스미레짱이 얘기해 준 화해의 교회는 정말로 베르나우어 거리에 존재했다. 그리고 창에서 뛰어내려 탈출에 성공한 사람들도 확실히 있었다.

성공한 사람 중 한 명은 슐츠라는 이름의 일흔일곱 살 할머니였다.

아파트 창틀에 다리를 걸치고 밖으로 뛰어내리려고 했지만, 슐츠 할머니는 공포에 질린 나머지 그 자리에서 굳어 버려 미동도 할 수 없게 되었다. 아래로 뛰어내리지 못하고 부들부들 떨면서 아파트 외벽 턱에 발을 짚고 필사적으로 매달려 있었던 모양이다. 그걸 발견한 동쪽 경찰이 창으로 팔을 뻗어 슐츠 할머니의 손을 잡았다.

아래에서는 서쪽 사람들이 동쪽으로 넘겨주지 않으려고 할머니의 두 발을 힘껏 끌어당겼다. 문자 그대로 동과 서 양쪽에서 줄다리기하듯이 위아래로 잡아당기는 꼴이 되었다. 그것을 서쪽에 있는 많은 사람들이 지켜보았다.

최종적으로 슐츠 할머니는 서쪽 사람들에게 끌려 담요로 떨어져 서베를린 망명에 성공했다.

"정말로 한심한 얘기지만 말이야."

스미레짱은 조금 분한 듯이 입술을 꼭 깨물었다.

"그런 식으로 망명하지 않기를 신에게 빌었으면서 나도 참,

이미 뒤늦은 상황이 된 뒤에야 한스 씨도 망명했으면 좋겠다고 바라게 되었단다. 정말 한심하지? 아마 그때까지 나쁜 일을 많이 해서 벌 받은 걸 거야."

스미레짱은 당초의 예정을 바꾸어, 여름이 지나도 대학에 남아 있다가 그대로 서베를린에 머물렀다.

크리스마스가 가까워질 무렵, 스미레짱은 어떤 사실이 생각난 것 같았다. 방에 리스를 장식하러 갔더니, 스미레짱이 느닷없이 이야기를 시작했다. 창 너머에 가루눈이 날리는 오후였다.

엄마가 정원의 꽃과 풀을 모아 만든 리스를 벽에 걸고, 스미레짱 발을 주물러 주려고 가까이 다가갔을 때였다. 스미레짱은 내 손을 양손으로 꼭 잡았다. 그리고 촉촉한 눈동자로 나를 보았다.

스미레짱 손등에는 보라색 정맥이 나무뿌리처럼 불거져 있었다. 나는 그 손 위에 가만히 내 손을 포갰다.

"히바리, 유럽 사람에게 크리스마스는 정말로 특별한 거란다."

스미레짱은 조금 자랑스러운 듯이 말했다.

"그래서 가족이 다 모여서 보내지 못한다는 사실에 나뿐만 아니라, 모두가 마음이 어두웠어. 가족과 함께 크리스마스를 보내고 싶어서 망명을 시도한 사람도 있지 않았을까? 해가 바뀌면 나는 일본으로 돌아와야 했잖아. 그래서 그 사람과 보낼 마지막 기회였는데. 그런데 그 무렵에는 이미 연락을 할 수 없게 되었어."

"전화도 걸 수 없었어요?"

태평스럽게 물었다. 그렇게 당시의 상황에 관해 조사했으면서 나는 아직 아무것도 몰랐다. 한스 씨가 살던 베르나우어 거리의 아파트가 철거당했는데, 어떻게 전화를 걸 수 있었겠는가. 그러나 그런 상상력이 없는 나를 스미레짱은 결코 나무라지 않았다. 차분한 어조로 난감한 듯이 말을 이었다.

"동쪽으로 연결된 전화선은 전부 차단됐거든. 편지는 보낼 수 있었지만, 독일어를 제대로 쓸 줄 몰랐고."

스미레짱은 물끄러미 창밖을 보면서 숨을 토하듯 중얼거렸다. 한 송이, 한 송이 눈에 적힌 어떤 비밀 암호를 진지하게 해독하는 것 같은 표정이었다.

"그래도 말이지, 딱 한 군데, 장벽 너머가 보이는 곳이 있었어."

그 순간, 스미레짱의 눈동자가 반가운 신비의 호수가 되었다.

"마침 크리스마스 당일이었지. 그곳에 동베를린 사람들이 모여서 가족과 친척에게 하얀 손수건을 흔들어 주었단다."

그 벽 너머에 한스 씨의 모습이 보였는지 어쨌는지는 모른다. 차마 스미레짱에게 물어볼 수는 없었다. 그저 그 크리스마스 사건이 스미레짱에게는 베를린 장벽이 세워진 뒤 유일하게 밝은 추억이었다는 것만은 전해졌다. 그러나 유일하게 동쪽이 보였다는 작은 구멍도 크리스마스 직후에 막혀 버렸다고 한다.

해가 바뀌고 더 이상 베를린에 있기 힘들어진 스미레짱은 결국 한스 씨를 동베를린에 남겨둔 채 긴 여행을 마치고 귀국했다.

그 일이 있어서인지 어째선지 정확하지 않지만, 그 후 스미레짱은 우리 아빠를 양자로 맞이했다. 어쩌면 스미레짱은 살아가기 위해서 가족이 필요하다고 절실히 느꼈을지도 모른다. 그렇게 한스 씨 생각을 잊어버리려고 한 것일지도.

"철조망이 둘러 처지고, 벽이 생기고, 이제 만날 수 없다는 걸 깨닫게 된 뒤에야 확실히 그 사람을 사랑했다는 걸 알게 된 거야. 모든 게 이미 늦은 뒤였지만."

그 말을 하는 스미레짱 눈동자에는 눈 녹은 물처럼 투명한 눈물이 번졌다.

스미레짱은 내가 고등학생이 될 무렵부터 조금씩 다른 세계를 여행하게 되었다. 지금 이곳의 세계와는 다른, 스미레짱 마음의 눈으로밖에 보이지 않는 세계를 둥둥 깃털처럼 떠다녔다.

어느 날 문득 보니, 새의 보금자리를 만들 수 있을 정도로 풍성했던 스미레짱의 머리칼도 머릿밑이 보일 정도로 숱이 적어졌다. 아무리 경단처럼 머리칼을 동그랗게 해도 작은 비밀을 감추거나 따뜻하게 하거나 보호할 수는 없을 것 같았다. 설령 알을 넣어 놓는다 해도 바람이 숭숭 들어와서 알이 금방 감기에 걸릴 것이다. 풍만하고 보드라웠던 유방도 바람 빠진 풍선처럼 쭈그러들어서 이제 아기 새의 편안한 침대가 되긴 어려웠다.

보이지 않는 세계를 여행할 때의 스미레짱은 당당하고 행복해 보이는데, 우리가 있는 세계로 잠시 돌아온 스미레짱은 언제나 뭔가 불안해 보였다. 자신 없고 불안한 표정으로, 허공 어딘가에서 저쪽 세계로 이어지는 작은 구멍을 찾고 있는 것 같았다. 생각대로 말이 나오지 않을 때도 많았다. 그때마다 스미레짱은 오줌을 싸서 고개를 푹 숙인 초등학생 얼굴이 되었다.

그래도 나는 스미레짱의 상태가 좋아 보일 때는 이야기를 들었다. 스미레짱에게 당시의 이야기를 더욱 더 많이 들어 두어야 한다고 생각했다. 나는 좀 초조했다.

방금 전까지도 뒤죽박죽 얘기를 하던 스미레짱이 베를린 얘기가 나오면 갑자기 등을 곧게 펴고, 눈에 힘이 들어갔다. 나는 스미레짱의 팔다리를 주무르면서 이야기에 귀를 기울였다. 한마디도 흘리지 않으려고 스미레짱 입가를 주시하며 말을 좇

왔다.

결국 스미레짱은 그 후로 한스 씨를 만나지 못한 것 같았다.

강제 퇴거 명령을 받고, 어디로 이사했는지도 몰랐다. 버팀목이 된 아파트 주인도 매일 벽을 보며 살다 마음의 병이 생겨 연락이 안 되었다고 한다. 화해의 교회도 세상을 떠난 남편의 성묘도 갈 수 없게 되어 병이 생긴 것 같았다. 베를린 장벽 근처에 살던 서쪽 주민 대부분이 마음의 병을 앓고 있었다는 보고서가 남아 있다. 주인도 그런 희생자 중 한 사람이었을지도 모른다. 서쪽 사람들 역시 동쪽 사람들과 마찬가지로 벽 때문에 괴로워했다.

1985년에는 무인 지대에 덩그러니 남아 있던 화해의 교회도 흔적 없이 폭파되었다. 단지 시야를 확보하기 위해서라는 이유로. 나는 이때 찍었다고 하는 사진을 보고 정말로 분노가 사그라지지 않았다. 누군가가 소중히 여기는 것을 폭력으로 부숴 버리다니…….

벽은 동쪽 사람들을 완전히 주눅 들게 하고 자포자기하는 마음을 키우는 데 성공했다. 벽을 세운 진짜 목적은 사람들의 마음에 절망의 씨를 뿌리는 것. 빛이 전혀 닿지 않는 암흑의 나뭇가지를 번성시키는 것이었다.

"한스 씨를 만나러 갈 생각은 하지 않았어요?"

내가 중요한 사실을 질문하면, 스미레짱은 항상 모호하게 웃으며 고개를 갸웃거렸다. 표정과 몸짓이 점점 소녀로 돌아가는 것 같았다. 그 무렵의 스미레짱은 내가 리본을 만난 열 살 때와 똑같은 여자아이가 되어 있었다.

"히바리, 나 육아로 바빴잖아."

그렇게 생각해서인지 목소리도 커졌다. 가끔 피아노 높은 음으로 멜로디를 치는 듯한 말투가 된다.

스미레짱이 아빠를 양자로 들였을 때, 아빠는 이미 사춘기에 들어서 있었다. 힘든 나이였을 것이다. 그런 얘기는 아빠도 스미레짱도 별로 하지 않았다. 그 나이에 입양된 것은 아빠에게 절대 좋은 기억이 아닐 것이다. 스미레짱은 사립 가톨릭 여학교에서 음악을 가르치며, 아빠를 대학까지 보냈다.

조사해 보니 1963년에는 일반 서베를린 시민에게 동쪽으로 넘어가도 된다는 허가가 내렸다. 크리스마스나 부활절 등 특별한 날에 한해, 당일치기지만 허가서를 받으면 동쪽에 사는 친척을 방문하는 것이 가능해졌다.

자세한 것은 모르겠지만, 모든 방법을 동원했더라면 스미레짱이 동쪽에 가서 만날 수도 있지 않았을까. 그러나 스미레짱에게 한스 씨는 친척도 아니고, 스미레짱의 얘기를 들어 본 바, 두 사람은 결혼 약속을 한 것도 아니었다. 역시 스미레짱이 한스 씨를 만나러 가는 것은 무리였을까.

요컨대 스미레짱이 진지하게 한스 씨를 찾으려고 마음먹었다면 찾을 수 있었을지도 모르고, 한스 씨가 일본에 오는 것은 무리여도 스미레짱이 한스 씨를 만나러 갈 수는 있었을 것이다.

하지만 스미레짱은 하지 않았다. 한스 씨는커녕 아파트 주인과도 연락이 끊겨서 편지 왕래도 없어졌으니 포기했을지 모른다. 이렇게 해서 이십팔 년이라는 세월이 흘렀다.

그동안 스미레짱은 빵을 주식으로 하며 살았다.

하얀 수프 접시에 담긴 된장국과 반짝반짝 빛나는 롤빵. 그걸 샹송 가수 시절의 무대 의상으로 갈아입고, 우아한 동작으로 흘리지 않고 먹었다. 그것이 스미레짱식 저녁이었다.

그것은 한스 씨를 잊지 않기 위한 일종의 의식이었을까.

아빠와 엄마, 스미레짱과 내가 앉아 있던 아무런 꾸밈이 없는 식탁에는 어쩌면 한스 씨라는 한 독일 남성도 앉아 있었을지 모른다. 한스 씨의 모습은 스미레짱 마음의 눈에밖에 보이지 않았겠지만.

그러나 시작이 있으면 끝이 있다.

동서로 나뉘어 사는 베를린 시민조차 전혀 예상하지 못했던 사건이 일어났다. 1989년 11월 9일, 베를린 장벽이 무너진 것이다. 동베를린 사람들이 한 발의 총탄도 맞지 않고, 한 명의 희생자도 없이.

그리고 비슷한 시기에 내 손바닥에도 기적이 일어났다.

리본이 첫울음을 울린 것이다.

그 무렵의 나는 정말로 아직 어린아이여서 스미레짱에 관해서도, 세상에 관해서도 아무것도 몰랐다. 그렇지만 내 손바닥에서 리본이 필사적으로 껍데기를 부수고 밖으로 나오려고 몸부림칠 무렵, 베를린 사람들도 역시 하나의 세계를 부수기 위해 싸우고 있었다.

전 세계로 날아온 그 빅뉴스를 솔직히 잘 기억하지 못한다. 나는 갓 태어난 리본에게 빠져 있었다. 내게는 세계 역사에 남을 큰 사건보다도 이 조그만 손바닥에서 일어난 기적 쪽이 더 의미 깊었다.

그러나 스미레짱은 달랐다. 각별한 마음으로 그 뉴스를 보았을 것이다. 누구에게도 털어 놓을 수 없는 사랑을 가슴에 감추고, 먼 곳 사람들의 열기와 환성에 귀를 기울이며, 눈을 모았을 것이다. 한스 씨의 모습을 필사적으로 찾았을 것이다.

그래서 이번에야말로, 이번에야말로 만날 수 있었을지도 모른다. 아무런 번거로운 절차 없이 스미레짱은 한스 씨를 찾으러 갈 수 있었다.

스미레짱, 한스 씨를 만날 생각하지 않았어요?

하지만 나는 그 질문을 할 수 없었다. 그것이 얼마나 잔인한지, 얼마나 스미레짱을 절망의 늪으로 몰아넣을지 상상할 수 있었기 때문이다. 왜냐하면 그때 스미레짱은 이미 할머니가 되어 있었고, 한스 씨가 살아 있는지 아니면 먼 세상으로 가 버렸는지도 알 수 없었다.

지금 같으면 이런 식으로 상상할 수도 있다.

스미레짱이 리본이라는 이름에 담은 의미.

거기에는 다시 태어난다, 소생한다, 하는 의미가 포함된 게 아니었을까.

나는 아무래도 리본이 한스 씨의 환생이라는 생각이 들었다. 그 등에는 멋지게 날개가 돋아 있었다. 드디어 진짜 날개를 달고 한스 씨가 스미레짱을 만나러 와 주었다. 내 멋대로 하는 상상일지도 모르지만, 그렇게 느껴졌다. 내게는 말하지 않았지만, 리본은 한스 씨와 스미레짱의 영혼을 묶는 끈이기도 했을지 모른다. 틀림없이 스미레짱에게 리본은 희망이었다.

당시 베를린에는 동서 합쳐서 330만 명의 사람이 살았다고 한다.

누구보다 먼저 벽을 기어 올라가서 환희의 비명을 지른 사람도 있고, 밤이 새기를 기다린 뒤, 다리 위에서 친구와 재회한 사람도 있었다. 일주일 뒤에야 겨우 남편 성묘를 하러 간 미망

인도 있었다.

　다음 주 월요일이 되자, 베르나우어 거리의 벽 일부도 열렸다. 그 무렵 리본은 생후 나흘. 아직 눈도 뜨기 전으로 스미레짱이 불침번을 서며 열심히 보드라운 모이를 먹이던 시기다.

　그때 스미레짱 속에서도 무언가가 새롭게 시작되고 있었다. 리본이 탄생하면서 슬픈 벽의 역사는 간신히 일단락되었을지도 모른다.

　스미레짱이 약속을 깬 것은 내가 고등학교를 졸업한 것을 알려 주러 갔을 때다. 감기가 폐렴이 되어 버린 스미레짱은 일시적으로 근처 종합 병원에 입원 중이었다.

　병실을 노크하고 문을 연 순간, 쉿 하고 말했다. 스미레짱이 침대에 누운 채, 입에 검지를 대고 내 쪽을 돌아보았다. 그리고 목소리를 낮추어 이렇게 중얼거렸다.

　"히바리, 아니?"

　스미레짱은 완전히 일곱 살 여자아이가 되어 있었다. 캐러멜을 입에 넣은 채 말하는 것처럼 어리광부리며 혀 짧은 소리를 냈다. 약이 독한 탓인지 스미레짱의 뺨 언저리에 희미하게 장밋빛이 번졌다.

　나는 얼른 스미레짱 옆으로 다가갔다. 쉿 하는 스미레짱의

그 몸짓이 반가워서 눈물이 점점 고였다. 그때도 그랬다. 스미
레짱이 머리칼 둥지 속에 비밀을 넣어 두었던 날. 그때도 쉿 하
고 말했던 생각이 났다.

그날, 태어나서 처음으로 스미레짱의 방에 들어갔었다. 스
미레짱은 머리칼 둥지 속에 있는 작은 알을 보여 주었다. 그것
은 나와 스미레짱, 둘이서 키운 희망이었다. 희망이란 태어나
는 것이라고, 스미레짱이 가르쳐 주었다.

"저기 봐."

스미레짱 손이 내 어깨에 조심스럽게 닿았다. 스미레짱 손
가락은 마치 고드름처럼 차가웠다. 나는 모르는 척하고, 살며
시 그 손가락을 내 손바닥으로 감쌌다.

스미레짱은 내 귓가에서 비밀 이야기를 하듯이 소곤소곤 속
삭였다. 그 숨이 간지러워서 나도 모르게 몸을 꼬았다. 2층 병
실 창 너머에는 광대한 잡목림이 펼쳐져 있었다.

"노란 새?"

"응, 봐, 바로 저기 있잖아."

그러나 내게는 전혀 보이지 않았다.

3월의 나뭇가지에 아직 잎은 나지 않았다. 있었다면 바로 보
였을 텐데. 그러자 스미레짱이 또 내 귓가에 달콤한 숨을 불어
넣었다. 병실은 1인실이고 간호사가 있는 것도 아닌데, 스미레

짱은 내게만 전하고 싶은 게 있는 것 같았다.

"봐, 지금 히바리 쪽을 보고 있어! 분명히 리본이야. 리본이 우릴 보러 와 주었어."

아마 스미레짱의 눈에는 정말로 보였을 것이다. 그리고 내게는 보이지 않았다.

스미레짱이 소리 내어 부르는 리본이라는 울림에 가슴이 멨다. 무거운 철문이 갑자기 활짝 열리고 바람이 빠져나가는 것 같았다. 스미레짱이 부러웠다. 나도 리본을 만나고 싶었다. 리본이 보이지 않았지만, 나는 그래도 스미레짱의 이야기에 맞춰 주었다.

"정말이네, 리본이 스미레짱을 찾아왔네요. 좋겠어요, 스미레짱, 리본을 만나서."

그렇게 말한 순간, 참고 있던 눈물이 뚝 떨어졌다. 나는 여우비처럼 웃으면서 울었다.

내가 어릴 때, 스미레짱은 곧잘 2층 빨래 건조대에서 망원경을 들여다보고 있었다. 흔들의자에 몸을 맡기고, 때때로 물통에 담아 온 달콤한 맛의 커피를 홀짝홀짝 핥듯이 마셨다.

그런데 어째서 그렇게까지 새를 좋아하는지는 가족 누구도 몰랐다.

스미레짱이 병원에서 집으로 돌아온 지 며칠 뒤의 일이었다. 나는 스미레짱 방에 차 세트를 들고 가서 허브티를 마셨다. 어릴 때의 다도회 의식이 그리웠다. 그날이 마지막이었다. 다음 해부터는 스미레짱도 나도 아무리 벚꽃이 피어도 언급하지 않게 되었으니까. 이사를 해서 환경이 바뀐 탓도 있었을 것이다.

갑자기 다도회를 열고 싶었다. 올봄부터 간사이에 있는 대학에 다니게 되었다. 그래서 이제 곧 집을 떠나야 했다. 처음으로 하는 자취 생활이었다. 태어나서 처음으로 스미레짱과 헤어져서 산다. 집을 나갈 준비는 이미 모두 마쳤다.

일단 주방으로 돌아와서 서둘러 다도회 준비를 했다.

"스미레짱, 맛있는 홍차 끓여 왔어요."

차 세트를 담은 쟁반을 신중하게 나르면서 스미레짱에게 말을 걸었다. 스미레짱은 환자용 침대의 등받이를 조금 올리고 묵묵히 바깥을 내다보고 있었다. 스미레짱이 입원한 동안 아버지가 업자에게 부탁해서 들여놓은 침대였다. 나는 찻잔을 들고 스미레짱 침대에 다가갔다.

그러나 사실 스미레짱은 이제 뜨거운 차를 마시지 못한다. 나는 따뜻한 물을 넣어서 데운 빈 잔을 쥐어 주었다. 이거라면 그냥 손바닥으로 감싸고 있기만 해도 기분이 좋을 것이다.

"어머나, 친절하기도 하지, 고맙다, 히바리."

가느다란 목소리로 병상의 스미레짱이 나직하게 속삭였다.

"단팥 샌드위치도 있어요. 좀 먹어 볼래요?"

스미레짱이 끄덕하고 조그맣게 고개를 움직여, 나는 그 자리에서 단팥 샌드위치를 만들었다.

엄마가 만든 게 아니라 봉지에 든 팥소를 사 온 것이다. 그것을 구운 식빵에 끼우고, 스미레짱 입에 가까이 가져갔다. 스미레짱은 뻐끔뻐끔 입을 벌리고 먹는 시늉을 했다.

"아유, 맛있어라. 정말 고맙다, 히바리."

대화만 듣고 있으면 그 시절로 돌아간 것 같았다. 나는 스미레짱이 먹지 못한 단팥 샌드위치를 한 입 베어 물었다. 어린 시절에는 그렇게 기뻐하며 먹었는데, 커서는 오랜만에 먹는데도 솔직히 맛이 있는지 없는지 모르겠다. 그래도 이것이 스미레짱에게는 추억의 맛이다.

귀를 기울이니 새 소리가 들렸다. 수다스러운 새들이 나와 스미레짱의 뒷말을 하는 것 같았다. 그때, 스미레짱이 내게 물었다.

"히바리, 오늘 데이트 있는 거 아니었어?"

"네?"

"오늘 남자친구랑 버드 워칭하러 가기로 했잖아?"

"아, 그랬나?"

나는 완전히 혼란스러웠다. 스미레짱이 너무나 태연하게 말해서 나까지 잠시 그랬던가? 하고 진지하게 생각할 뻔했다. 그런데 실제로는 아니었다. 데이트란 건 절대로 있을 수 없었다.

"스미레짱이야말로 오늘 한스 씨하고 데이트하는 날 아니에요?"

왜 그런 말이 입에서 나왔는지 모르겠다. 그러나 나의 그 한마디에 스미레짱 표정에 햇살이 비쳤다.

"히바리, 무슨 소리 하는 거야. 데이트는 어제 하고 왔잖아!"

"어제요?"

"그래, 어제 하고 왔는걸. 한스 씨가 말이야, 빵집 휴일에 나를 피크닉에 데려가 주었어. 숲에 데려가 주었다고."

"스미레짱이랑 한스 씨 둘이서만?"

"그럼, 둘만 있었지. 그래서 물끄러미 새만 쳐다보았어. 히바리, 난 그때가 인생에서 가장 행복했단다."

스미레짱과 대화를 나눈 것은 이때가 마지막이었다. 그 후 스미레짱은 갓 태어난 리본이 그랬듯이, 종일 거의 잠만 잘 때가 많았다.

대학 첫 여름 방학에 집으로 돌아왔을 때던가. 내가 스미레짱 방에 얼굴을 내밀자, 스미레짱이 내게 말없이 봉투를 내밀었다. 그야말로 오래된 느낌의, 만지면 그대로 으스러질 것 같은 봉투였다. 스미레짱은 가면을 쓴 것 같은 얼굴로 먼 과거를 바라보고 있었다.

봉투를 열자 안에 약 종이처럼 얇은 종이가 한 장 들어 있었다. 종이에 싸인 것은 깃털이었다.

부드럽고 광택이 나는 연한 파란색 깃털에는 아름다운 무늬가 있었다. 조금 진한 먹색으로 레이스 같은, 잔물결 같은, 가느다란 깃대가 보였다. 그 부분을 조심스럽게 들어 올렸을 때, 아래에 작은 종잇조각이 보였다. 스미레짱이 쓴 글씨였다.

'한스 씨로부터, 베를린 숲에서'

한스 씨가 스미레짱에게 선물한 것일까. 끝에는 1961년 초여름이란 날짜가 적혀 있었다.

그러니까 그때 스미레짱의 말은 절대 엉터리가 아니었다. 한스 씨와 숲에 데이트하러 간 이야기. 그곳에서 새를 보았다고 했다. 증거는 지금 여기에 있다. 아마 스미레짱은 이미 한스 씨가 깃털을 준 것도, 그걸 종이에 싸서 봉투에 넣어 둔 것도 기억하지 못할 것이다. 그러나 스미레짱이 기억하지 못한다면 내가 기억해 두어야지.

문득 스미레짱 손등이 시야에 들어왔다. 자세히 보니 스미레짱 손에는 산이 있고, 골짜기가 있고, 강이 흘러, 마치 높은 곳에서 지구를 내려다보는 것 같았다. 이 손으로 리본을 사랑해 주고, 이 손으로 나를 안아 주었다.

스미레짱, 마음속으로 그렇게 부르자, 감정이 와르르 무너졌다.

이대로 좋으니 조금만 더 우리 옆에 있어 주세요. 그렇게 간절히, 간절히 바랐다.

스미레짱은 이제 내가 누구인지 못 알아보는 것 같았다.

히바리가 돌아왔어요, 하고 말을 걸어도 어리둥절해하는 모습이다. 슬퍼하면 안 돼, 아무리 머릿속으로 생각해도 하염없이 슬펐다. 그리고 내가 슬퍼할 때마다 스미레짱은 무언가를 선물해 주었다. 전부 스미레짱에게 소중한 보물들이었다.

어떨 때는 색색의 드롭프스 같은 예쁜 단추를, 또 어떨 때는 자기로 된 브로치를 내 손바닥에 올려 주었다. 대화는 없었다. 그저 묵묵히 내게 손을 내밀었다. 곳곳에 얼룩이 생긴 레이스 조각일 때도 있고, 색 바랜 옛날 우표일 때도 있다.

"스미레짱, 이제 괜찮아졌어요. 나머지는 스미레짱이 다 잘 챙겨 둬요."

아무리 내가 괜찮다고 해도 스미레짱은 자꾸자꾸 보물을 꺼냈다. 마치 날 잊어버린 것을 미안해하는 것 같아서, 선물을 받을 때마다 가슴이 미어졌다.

신기한 기호를 늘어놓은 것 같은 먼 나라의 그림책과 교과서, 엽서, 달걀처럼 생긴 기묘한 모양의 지구본, 시간이 멈춘 아름다운 회중시계, 나비들이 잔뜩 연결된 목걸이, 셀 수 없을 만큼 많은 물건이 내 손바닥에 올려졌다.

잊어도 돼요. 이제 아무것도 기억하지 않아도 돼요.

그렇게 전하고 싶었는데, 그걸 제대로 전할 만한 적절한 단어를 찾을 수 없었다. 나는 울상을 하고 말없이 스미레짱의 선물을 받았다.

스미레짱의 마지막 선물은 리본의 성장 기록을 적은 육아 일기였다. 스미레짱에게 직접 받은 게 아니라, 엄마가 중간에서 전해 주었다. 취직이 정해지고, 대학을 졸업하던 해의 설날이었다. 스미레짱은 이제 거의 눈을 뜨지 않았다.

스미레짱이 그렇게 육아 일기를 쓰고 있었다는 사실을 몰랐다. 날마다 몸무게 측정과 함께 리본이 먹은 모이 내용과 양, 시간까지 세세하게 적어 놓았다. 노트의 여백에는 당시 리본이 먹었던 알곡이 몇 알 끼여 있었다.

흥미로웠던 것은 스미레짱이 매일 리본의 일러스트를 그렸다는 것이다. 그 시절에는 아직 간단히 찍을 수 있는 디지털 카메라 같은 게 존재하지 않았다. 스미레짱은 연필로 밑그림을 그런 뒤 거기에 색연필로 칠을 했지만, 그 그림이 빈말로도 잘 그렸다고 할 수는 없었다. 그러나 처음에는 빨강과 검정색뿐인 작은 덩어리로 보였던 것이 조금씩 커지며 새다워지다, 어느 순간부터 머리에 관모가 돋고, 뺨에도 멋진 연지가 생기고 점점 리본이 왕관앵무다운 모습에 가까워져갔다. 내게는 이 육아 일기가 당시를 생각나게 하는 소중한 추억의 물건이 되었다.

마지막 페이지에는 네잎 클로버를 테이프로 붙여 놓았다. 스미레짱의 작은 글씨로 '히바리가 찾았다'라고 쓰여 있었다.

기억나지 않았다. 내가 학교에서 돌아오는 길에 공원에 들러 별꽃을 따올 때 그 속에 섞여 있었던 걸까. 그걸 이렇게도 소중하게 간직하다니…….

자고 있는 스미레짱에게 나는 노래를 불러 주었다. 스미레짱이 태교를 하던 시절 리본에게 불러 주었던 그 노래를. 아직 날개도 나지 않은 아기인 리본을 가슴에 품고 사랑스럽다는 듯이 흥얼거렸던 자장가를. 하지만 나는 그 노래의 멜로디나 가사가 도저히 기억나지 않았다.

스미레짱의 부음을 들은 것은 일 때문에 홋카이도에 있을 때였다. 리본에 이어서, 스미레짱 역시 내가 아무리 까치발을 해도 절대 손이 닿지 않는 세계로 여행을 떠났다. 스미레짱은 리본보다 훨씬 더 먼 곳으로 갔다.

스미레짱은 임종 때, 아주 편안한 표정이었다.

관 속의 스미레짱은 마치 한스 씨가 갓 구운 롤빵의 향기에 취해 눈을 게슴츠레 뜨고 있는 듯, 가슴에 보드랍게 살이 오른 어린 리본을 숨기고 있는 듯, 평온한 표정이었다. 둘이서 리본의 알을 굴린 지 벌써 이십 년이란 세월이 흘렀다.

지금도 스미레짱은 이따금 내 꿈속에 놀러 온다.

꿈속의 스미레짱은 언제나 그 시절의 스미레짱이다.

머리에 연지색 모자를 쓰고, 그 속의 경단머리에는 새 알을 숨기고 있다. 내가 스미레짱, 하고 부르면 언제나 느릿하고 평온한 목소리로 히바리, 하고 대답해 주었다. 그리고 검지를 입에 대고 빙그레 웃었다. 그 양쪽 눈꼬리에는 아름다운 미끄럼틀 커브가 그려졌다.

스미레와 히바리는 영원한 동지야. 분명 평생 좋은 친구로 지낼 거야.

정말로 우리는 스미레짱의 예언대로 되었다.

스미레짱의 유언이 있다는 사실을 안 것은 스미레짱을 땅에 묻은 뒤, 일 년 반이 지나 오랜만에 본가에 갔을 때였다. 스미레짱의 부재를 인정하고 싶지 않아서, 나는 이런저런 이유를 대고 본가에 가는 걸 미루었다. 스미레짱이 세상을 떠났다는 사실을 눈앞에 들이대는 것이 무서웠다.

스미레짱의 방은 완전히 정리되었다. 침대는 모습을 감추고, 스미레짱이 애용한 흔들의자에는 아버지와 엄마가 교대로 앉았다. 엄마 말하길, 아버지는 스미레짱의 무릎에 앉아 있는 듯한 표정으로 그곳에서 언제나 신문을 읽는다고 한다.

스미레짱의 유언은 단 하나, 자신의 뼈를 반은 베를린에 뿌려 달라는 것이었다. 거기에 드는 비용도 미리 준비해 둔 것 같았다. 나머지 반은 이미 스미레짱 고향에 있는 묘에 묻었다.

오랜만에 가족회의가 열렸다. 나는 모처럼의 기회이니 부모님이 다녀오면 좋겠다고 생각했다. 가장 오래 스미레짱을 간호했던 것은 엄마이고, 아버지도 아버지대로 이사를 하고 직장을 바꾸는 등, 나름대로 희생을 해 왔다. 지금까지 줄곧 일만 해 왔으니 조금은 이국의 공기도 마시고, 맛있는 것도 먹고, 쉬다 올 것을 제안했다.

하지만 두 사람은 받아들이지 않았다. 그래서 결국 베를린은 내가 가게 되었다. 그러나 당장 갈 마음은 들지 않았다.

서른을 넘은 나는 나이만큼, 어쩌면 그 이상 지쳐 있었다. 하여간 날마다 몸이 나른하고 피곤하고 실제로 건강이 좋지 않았다.

이십 대 중반에 부모님에게는 절대 털어 놓을 수 없는 연애를 경험하고, 바늘이 눈금 밖으로 튀어 나갈 정도로 인생의 희로애락을 맛보았다. 내가 아무리 발버둥 쳐도 그 사람과 맺어지지 못했다.

사람을 원망하거나 화를 내면 결국 독이 되어 자기 자신에게 돌아오는 것 같다. 연인과 헤어진 뒤 자궁 근종이 심해졌다. 그 탓에 대학 졸업 후부터 다녔던 회사를 그만두었다. 지금은 지인의 일을 도우며 생활해 나가고 있지만, 앞으로 전망도 없고, 있는 것은 그저 막막한 시간 덩어리뿐이었다. 괜한 걱정을 끼치고 싶지 않아서 부모님에게는 일절 말하지 않았다.

종달새는 목표를 향해 망설임 없이 곧장 날개를 펼친다. 하늘을 깔끔하게 날아간다. 그래서 스미레짱이 내게 히바리라는 이름을 지어 주었는데, 나는 조금도 종달새처럼 살아가고 있지 않다. 그 사실이 꺼림칙했다. 실제의 나는 절룩거리는 다리로 비틀거리면서 간신히 걷고 있다. 그마저 금방이라도 발이 엉켜 엎어질 것 같다. 구두 바닥에는 언제나 끈적끈적하게 껌이 달라붙어 있다. 여기 있는 히바리는 땅에서 조금도 떨어지지 못하고, 중력을 거스르지 못하고, 그저 꼴사나운 모습으로 땅 위에서 괴로워하고 있을 뿐이다.

아마도 스미레짱은 지금 나의 이런 흉한 모습을 보면 슬퍼할 테지. 그렇게 키우지 않았는데, 하고 실망하겠지. 그런 생각을 하니 점점 허망해졌다.

분명 나는 포인트 카드를 전부 다 써 버린 것이다. 행복을 느낄 때마다, 입을 벌리고 큰 소리로 웃을 때마다 조금씩 모아온 포인트 카드. 그 시절에는 계속 모이기만 했던 포인트를 어느새 보니 계속 쓰고만 있었다.

막상 가려고 생각하면 짐 꾸리기가 귀찮고, 휴가를 받을 수 있어도 공항까지 갈 생각만 해도 질려 이래저래 시간만 흘러갔다.

간신히 독일행 표를 구입했을 때는 스미레짱이 세상을 떠난 지 이 년도 더 지난 시점이었다. 나는 겨우 베를린을 향해 출발했다. 여전히 마음속 풍경에는 묵직하고 어두운 구름이 자욱하게 끼어 있었다.

비행기 속에서 문득 생각했다.

지금이라는 순간에 달라붙어 살았던 시절이 언제였을까. 살아 있다는 사실 자체를 의식하지 않고 호흡을 편하게 할 수 있었던 것은 언제였을까. 내게도 그런 시절이 있었을 텐데. 그런데 지금은 다르다. 숨쉬기가 괴롭다. 머리에 비닐봉지를 뒤집어쓰고 생활하는 것처럼, 내가 토한 입김으로 점점 이산화탄

소가 짙어져 간다. 살아가는 것이 고통스럽다.

스미레짱.

비행기의 작은 창 너머로 펼쳐진 두꺼운 구름을 보며 불러 보았다.

스미레짱이 없는 세상에서 나는 앞으로 어떻게 살아가면 좋아요?

베를린에 도착한 밤은 호텔 체크인을 하자마자 침대에 쓰러져, 그대로 기억을 잃었다. 화장도 지우지 않고, 옷도 갈아입지 않고, 식사도 하지 않고 잤다. 그 덕분에 다음 날 아침 눈을 뜨니 조금은 피로가 풀렸다.

아침을 먹고 나서, 지도를 한 손에 들고 걷기 시작했다. 유럽에는 한 번, 비참한 이별을 하기 전에 애인과 함께 스페인 여행을 한 적이 있다. 그러나 독일은 처음이었다. 말도 전혀 모르고, 풍경도 낯설다. 그래도 신기하게 마음이 불편하지 않았다. 설령 아주 잠깐이었더라도 스미레짱이 살았다는 것이 묘한 친근감을 가져다주었다.

지도를 보니 호텔에서 베르나우어 가까지는 열심히 걸으면 도보로 갈 수 있을 것 같은 거리였다. 단서가 있는 건 아니었다. 오히려 베르나우어 거리라는 정보 이외에 내게는 의지할 것이 하나도 없었다.

한스 씨 소식도 모른다. 일단 출발하기 전에 독일 대사관을 찾아가 조사해 보았지만, 예전에 베르나우어 거리에 살던 제과 기술자 한스 씨라는 정보만으로는 어려웠다. 스미레짱이 하숙했다고 하는 아파트의 정확한 주소도 모르니, 단서가 될 만한 정보는 거의 없었다.

그래도 나는 베르나우어 거리를 향해 무작정 걸었다. 간다고 스미레짱의 무언가를 알 수 있는 것도 한스 씨를 만날 수 있는 것도 아니다. 그러나 나는 베르나우어 거리에 가야만 한다고, 굳게 생각했다.

보이지 않는 손바닥이 내 등을 힘껏 미는 것 같은, 꼭두각시 인형처럼 누군가 위에서 자유자재로 조종하는 것 같은 기분이었다. 단 한 갈래의 길밖에 존재하지 않는 것처럼, 나는 망설임 없이 쭉쭉 걸어갔다.

그리고 정신을 차리고 보니 나는 정말로 베르나우어 거리에 도착해 있었다. 마치 여우에 홀린 듯한 기분이었다. 건물을 철거하여 갱지가 되었던 곳이 녹지로 시민에게 개방되었다.

1985년, 가루가 되도록 폭파된 화해의 교회도 베를린 장벽 붕괴 후, 그 자리에 새로운 화해의 교회로 거듭났다. 지금은 희생자를 추도하기 위한 공간이 되었다. 숫자 '6'처럼 만들어져서, 안으로 들어가면 동그란 모양의 공간이 펼쳐졌다.

그곳에서 나는 조금 기묘한 체험을 했다.

마침 그 작은 원형의 교회에는 나 혼자뿐이었다. 자연광이 부드럽게 쏟아지는, 아주 차분한 곳이었다. 천장 일부가 유리로 되어 있어서 흘러가는 구름의 움직임이 또렷이 보였다. 마치 고둥 속에라도 있는 것 같은 신기한 느낌을 받았을 때, 베르나우어 거리에 트램이 지나가는 소리와 아이들의 들뜬 소리가 멀리서 울려왔다. 여행의 피로도 있었는지, 나무 의자에 앉는 순간, 수마가 찾아왔다. 앉은 채, 나는 조금 졸았다.

문득 뭔가를 느끼고 눈을 떴을 때였다. 맞은편 의자에 한 할아버지가 앉아 있었다. 그야말로 독일인 같은 분위기의 코가 크고 어깨가 넓은 노인이었다. 양쪽 뺨이 산타크로스처럼 붉게 빛났다. 그 사람이 내 쪽을 빤히 보고 있었다. 바닷속을 헤매 든 것 같은 깊고 깊은 시선이 나를 감쌌다.

혹시 한스 씨가 살아 있다면······.

지금까지 생각도 하지 않았던 일이 문득 가슴을 스쳤다. 나는 아직 반쯤 수면 세계에 있는 듯한, 멍한 머리로 계산했다. 만약에 한스 씨가 스미레짱보다 열 살이 더 많다고 해도 이미 백 살은 넘었을 것이다. 그러나 전혀 있을 수 없는 이야기는 아니다. 뭔지 모르게 스미레짱의 말투에서 한스 씨는 이미 이 세상에 없다고 느껴졌지만, 스미레짱보다 오래 살았을지도 모르는 일이다. 하지만 눈앞의 사람에게 말을 걸어 볼 용기는 없었다.

문득 누군가가 살짝 투명한 손가락으로 내 어깨를 건드린 듯한 느낌이 들었다. 또다시 기분 좋은 수마가 손톱 끝 쪽에서 스며들었다. 나는 천천히 눈을 감았다.

마치 물웅덩이가 된 기분이었다. 몸도, 마음도 없고, 모든 것이 녹아내려 서늘한 나무 의자에 한줌의 물이 되어 고여 있다. 어디선가 사려 깊은 바람이 불어와, 수면이 희미하게 떨렸다. 졸음은 자꾸자꾸 밀려와서 썰물처럼 나를 채웠다.

그것은 아주 잠깐 동안이었는지, 아니면 약 한 시간 정도였는지 잘 모르겠다. 그저 마냥 기분이 좋았다. 태아 때로 돌아가, 따듯하고 부드러운 곳에 몸을 웅크리고 있는 기분이었다. 더 오래 이렇게 있고 싶었지만, 조금씩 머리가 깨어났다.

다시 눈을 떴을 때는 이미 할아버지의 모습은 보이지 않았다. 마치 연기처럼 스르륵 사라진 것 같았다. 아무런 소리도 듣지 못했다.

어쩌면 내가 눈을 감고 있는 동안, 교회에서 스미레짱의 영혼과 한스 씨의 영혼이 영원히 맺어졌을지도 모른다. 한스 씨는 그 자리에서 줄곧 스미레짱이 오기를 기다렸을지도.

나는 그 후에도 한동안 멍하니 천장을 올려다보며 동서의 장벽으로 찢겨진 두 사람의 영혼을 생각했다.

그동안 화해의 교회는 전 세계에서 아름다운 빛만 골라 병에 담아 놓은 것처럼 내내 빛났다. 십자가 앞에 놓인 꽃병에는 지금 막 꽂아 놓은 듯한 색색의 꽃과 풀이 있었다. 기독교 신자가 아닌 내가 머물러도, 조금도 거부하는 느낌이 들지 않았다. 희미하게 들려오는 바깥의 소음이 기분 좋게 느껴졌다.

그 자리를 쉬이 떠날 수가 없어서 다른 누군가가 들어올 때까지, 좀 더 그곳에 머무르기로 했다.

스미레짱과 한스 씨의 혼이 영원히 맺어졌을지도 모르는 기념해야 할 밤인데, 호텔 방문을 쾅 닫는 순간, 가슴이 답답하고 숨쉬기가 괴로워졌다. 마치 나를 겨냥해서 번개가 친 것처럼 갑자기 정체 모를 무언가가 덮쳐왔다. 낮에 그토록 따뜻했던 공기가 갑자기 차갑게 흐르고 하늘이 거칠어진 것 같았다.

눈물이 자꾸 쏟아졌다. 훌쩍훌쩍도 흑흑도 아니다. 나는 큰 소리로 울어댔다. 갑자기 나만 세상에 버려져 외톨이가 된 기분이었다.

그대로 침대에 엎드려 콧물을 흘리면서 오열했다. 슬퍼서 미칠 것 같아, 호텔 벽을 힘껏 쳤다.

나는 이제 딸기 찹쌀떡이 아니다. 그냥 찹쌀떡이다. 소중한, 가장 소중히 해야 하는 딸기를 어딘가에 잃고 와 버렸다. 아니, 그렇지 않다. 몸과 마음을 지키고 있던 딸기가 그것만 쏙 빠져 버리진 않았을 거다. 그렇다. 내 딸기는 썩었다. 썩고 썩어서 곰팡이가 나고 엉망진창이 되어, 팥소에까지 번졌다. 그리고 떡에도 번졌다. 그 증거가 내 자궁이다. 가스로 빵빵하게 부풀어서 탱탱하다.

목에 손을 찔러 넣으면 썩은 딸기를 토해 낼 수 있을까.

상상을 하니 정말 구토가 났다. 황급히 욕실로 달려갔다.

그러나 아무리 목에 손가락을 찔러 넣어도 나오는 것은 음식물밖에 없었다. 내 몸에서 썩은 냄새가 올라왔다. 나는 그 냄새에 얼굴을 돌렸다.

의사의 목소리가 떠올랐다.

남겨 둘까요, 아니면 적출할까요?

아직 몇 번밖에 만나지 않은 의사는 내 얼굴을 보지도 않고, 자궁 사진만 보며 그렇게 말했다. 마치 조금 자란 손톱을 자르자고 하는 정도의 가벼운 어조였다.

생리 때마다 덮치는 그 지옥이 없어지는가 생각하면, 순간 눈물이 핑 돌 것 같았다.

나는 그 현실에서 도망치듯이 베를린에 왔다. 도망치고, 또 도망쳐서 아무리 멀리까지 와도, 자궁은 내 몸속에 웅크리고 있다. 어디까지든 끝없이 내게 달라붙어 손을 놓으려고 하지 않는다.

또다시 누가 떠민 것처럼 침대에 쓰러져 눈을 감았다. 잠이 와르르 밀려왔다.

숲 속을 걷고 있었다.

숲에서 나와 함께 있는 것은 스미레짱이었다. 우리는 손을 잡고 있었다. 나는 스미레짱과 비슷한 키였다.

히바리, 귀를 잘 기울여 보렴.

스미레짱이 맑은 목소리로 말했다. 걸음도 잘 걸었다.

뭔가 들리지 않니?

나무들이 울창하게 우거져서 초록색의 서커스 텐트 안에 있는 것 같았다. 나뭇잎이 우산처럼 펼쳐지고, 그 틈으로 햇살이 쏟아졌다.

어머나.

스미레짱이 내 손을 꼭 잡았다.

저쪽에 작은 새가 있는 것 같아.

나는 눈을 감고 귀를 쫑긋 세웠다. 잠시 후 내게도 들려왔다.

찍, 찍, 찍.

아마 어미 새가 새끼에게 먹이를 갖다 주고 있을 거야.

찍, 찍, 찍, 찍.

소리가 나는 쪽을 찾고 있으니 스미레짱이 망원경을 건네주었다. 스미레짱이 언제나 갖고 다니던 상아색의 오래된 망원경이었다.

보이니?

나는 망원경을 들여다보았다. 동그란 유리에 작은 새의 모습이 비쳤다.

응, 보여요, 스미레짱. 가슴에 넥타이 무늬가 있는 작은 새죠? 부리에 모이를 물고 있는 것 같아요.

그래, 히바리, 그게 박새란다.

근처에 둥지가 있는지 박새는 이내 가지에서 날아갔다. 다시 스미레짱과 손을 잡고 걷기 시작했다.

물웅덩이 위에서 실잠자리가 날고 있었다. 수면 근처에서 UFO처럼 신기하게 날았다.

조금 더 걸어가니 작은 강이 나왔다.

히바리, 저기 내려가서 잠시 쉴까?

스미레짱이 이마의 땀을 닦으면서 말했다.

나는 스미레짱 뒤를 따라 강 쪽으로 내려갔다. 강 바로 옆에 적당히 큰 돌이 있었다.

스미레짱은 그 돌 위에 앉아, 신발을 벗고 그대로 맨발을 강물에 담갔다. 나도 따라서 운동화 끈을 풀고 양말을 벗고 발을 담갔다.

차가워―.

그렇지만 정말 시원하네.

누가 누구의 목소리인지도 모를 정도로 두 사람의 목소리가 똑같이 포개졌다. 맑은 강물은 발뒤꿈치와 발가락을 우아하게 쓰다듬고 지나갔다.

자, 마시렴, 히바리.

돌아보니 스미레짱이 물통 뚜껑에 찰랑찰랑하게 갈색 액체를 따라 주었다.

잘 먹겠습니다.

새빨간 뚜껑을 받아들고 입을 적셨다. 역시 스미레짱이 좋아하는 커피였다. 은근히 달짝지근하고, 태양을 졸인 듯한 맛이 난다. 단숨에 마시고, 빈 뚜껑을 스미레짱에게 돌려주었다.

얼마 후, 또 새 지저귀는 소리가 들렸다.

히바리, 이 새는 뭔지 아니?

스미레짱의 질문에 뻐꾸기, 하고 대답했다.

뻐꾸기는 정말로 뻐꾹뻐꾹하고 울어서 스미레짱만큼 새에 관해 잘 모르는 나도 바로 알았다.

자기는 알을 품지 않고, 다른 새 둥지에 알을 낳아, 대신 키우게 한다.

대체 어째서 탁란을 하는 걸까?

나는 혼잣말을 중얼거렸다.

굳이 탁란할 곳의 알과 닮은 알을 낳다니, 너무 번거롭다. 일찌감치 알에서 깨어난 새끼 뻐꾸기는 원래 그곳에서 자라야 할 알을 둥지 밖으로 걷어차 버린다. 그리고 자신만 살아남아서 계모 새에게 먹이를 받아먹으며 성장한다. 계모 새는 자기보다 몸이 큰 새끼 뻐꾸기에게 열심히 먹이를 물어다 주며 정성스럽게 돌본다. 자기가 낳은 알을 걷어챘다는 사실도 모르고 말이다. 자기가 낳은 새끼가 아니란 것을 도중에 깨닫지 못하는 걸까.

일설에 따르면 말이야, 히바리.

스미레짱이 가르쳐 주었다.

뻐꾸기는 체온이 낮아서 자기 힘으로는 알을 부화시킬 수가 없대.

뻐꾹, 뻐꾹, 뻐꾹, 뻐꾹.

뻐꾸기는 아직 근처 가지에서 울고 있었다.

그런데 다른 알과 닮게 만들 줄 알잖아요? 그 능력으로 자신의 체온을 올려서 알을 직접 품도록 할 수는 없었던 걸까요?

자기 욕을 하는 줄 알았는지, 뻐꾸기가 바스락 소리를 내며 날아갔다. 부리가 날카롭고 눈이 노란 새가 가지 사이를 빠져나갔다.

그러나 생각해 보면 스미레짱도 그랬다. 남이 낳은 아기를 마치 자신의 아이처럼 키웠다. 그렇게 생명이 이어져서 내가 태어났다. 당연하지만, 만약 스미레짱이 아버지를 키우지 않았더라면, 나는 스미레짱을 만날 수 없었을 것이다.

스미레짱은 자신의 아이를 낳으려고는 생각하지 않았을까?

지금까지 줄곧 물어보고 싶었지만, 물어보지 못한 말이 불쑥 입에서 흘러나왔다.

생각하지 않았어.

스미레짱이 조용히 대답했다.

누구의 아이든 똑같다고 생각했거든.

그런데 나는 달랐다. 나는 애인과의 아이를 갖고 싶어서 어쩔 줄 몰랐다. 이루어지지 않는 꿈이란 걸 알고 있었지만, 기도하지 않을 수 없었다. 언제나 몸부림치며 간절히 빌었다.

탁란한 쪽의 어미 새는 말이야, 하면서 스미레짱이 하늘을 올려다보았다.

새끼가 커다랗게 입을 벌리고 모이를 조르잖아. 그걸 본 순간에 모이를 주어야 한다는 스위치가 켜진대. 분명 본능으로 모이를 주는 걸 거야.

그런 거구나, 하고 소리는 내지 않고 생각했다.

그때 갑자기 스미레짱에게 내 자궁 이야기를 털어놓고 싶어졌다. 가족에게도, 친구에게도 말할 수 없었던 비밀을. 나와 담당 의사밖에 모르는 극비사항을.

스미레짱, 저기, 하고 싶은 얘기가 있어요.

나는 무의식적으로 내 배를 양손으로 감쌌다. 볼록 튀어나온 것은 임신을 해서가 아니다. 자궁이 비명을 지르고 있어서다.

나, 자궁을요, 덜어 내야 할지도 모른대요.

처음으로 누군가에게 털어놓았다. 그동안 내가 자각했던 것 이상으로, 나는 이 사실을 깊이 신경 쓰고 있었을지 모른다. 내가 흘리는 눈물을 보고야 알았다.

그렇게 되면 아기를 낳을 수 없게 돼요.

가장 두려워했던 것을 말하고 나니 더는 수습할 수 없어졌다. 나는 스미레짱의 가슴에 얼굴을 묻고 아이처럼 울었다. 스미레짱이 부드럽게 등을 어루만져 주었다.

지금까지 남에게 폐 끼치지 않으며 살아왔다고 생각한다. 길을 갈 때는 한쪽으로 붙어 서서 자전거나 차가 다니는 데 방해가 되지 않도록 주의했다. 무심코 들꽃을 밟지 않도록 항상 발밑을 신경 쓰며 다녔다. 그런데 지금은 나란 사람 자체가 짐이 아닌가 싶다. 일도 제대로 못 하고, 도움도 되지 않고, 살아 있는 가치가 조금도 없는 인간쓰레기 같다.

몸에서 자궁을 뚝 덜어 내면 편해질 수 있을 텐데, 나는 결단을 내릴 용기도 없다. 하지만 생리 때마다 지옥 같은 고통을 맛보는 것도 역시 견디기 힘들다. 가위 바위 보를 해서 지면 적출하고 이기면 남겨 놓기, 그렇게 간단히 결정하면 좋을 텐데.

정말 좋아했나 보구나.

스미레짱이 말했다.

네?

눈물에 젖어 엉망진창이 된 얼굴을 들자, 스미레짱이 미소를 지으며 내 뺨을 어루만져 주었다.

있잖아, 히바리.

그 울림은 무언가 소중한 것을 가르쳐 주는 전조였다. 스미레짱은 하늘을 보며 조용히 말했다.

비가 내리면 비를 맞으면 되고, 바람이 불면 그대로 바람을 맞으면 돼. 히바리가 하고 싶은 대로 하면 되는 거야. 그렇지만 말이지.

스미레짱은 거기서 말을 끊었다. 그리고 내 눈동자를 그윽하게 바라보다가 계속했다.

히바리가 어떻게 하고 싶은지는 히바리밖에 몰라.

그렇지? 스미레짱의 말에 고개를 끄덕였다. 한 번 더 자궁 근처에 손바닥을 대어 보았다. 아직 남아 있던 눈물이 느리게 강물에 빨려들어 가듯 떨어졌다.

히바리, 좀 더 걸을까? 오늘은 날씨도 좋고 기분도 좋네. 버드 워칭 하기 딱 좋은 날씨구나.

스미레짱이 일어서려고 했다.

스미레짱, 피곤하지 않아요? 괜찮아요?

걱정 마, 히바리. 봐, 무릎도 이렇게 쌩쌩하다니까.

스미레짱이 그 자리에서 다리를 쭉 펴 보였다.

우리는 맨발로 숲을 걸었다. 흙이 폭신폭신하고 따듯하고 기분이 좋았다. 날개를 갓 펼친 걸까. 나비가 주춤주춤 날면서 허공을 위아래로 허우적거렸다. 햇볕에 나오니 나비의 날개가 매끄럽게 빛났다.

어머나.

스미레짱이 갑자기 멈춰 서서 머리 위를 올려다보았다.

또 새소리가 났다.

찌룩, 찌룩, 찌룩, 찌룩.

이번에는 어떤 새일까?

스미레짱의 목소리가 숲 속 깊은 곳까지 크게 울렸다.

눈을 뜨니 발코니 난간에 파랑새 한 마리가 앉아 있었다.

어? 좀 전까지 스미레짱이 있었는데.

스미레짱?

엉겁결에 소리 내어 불러 보았을 때, 가느다란 내 목소리에 꿈이란 걸 알았다. 창을 닫지 않아서, 레이스 커튼이 펄럭펄럭 왈츠를 추듯이 흔들리고 있었다. 파랑새는 발밑에 있던 뭔가를 주워 먹더니 휘릭 날아갔다. 어느새 아침이 와 있었다.

가야지.

나는 몸을 일으켰다. 부르고 있다. 스미레짱이 부르고 있다.

샤워를 하고 서둘러 나갈 채비를 했다.

수건으로 싸서 가방 밑에 넣어 온 망원경을 꺼냈을 때, 그리운 냄새가 후욱 풍겨 나왔다. 그것은 예전에 스미레짱이 애용했던 망원경이다. 어쩌면 스미레짱은 이 망원경으로 베를린 장벽 너머에 사는 한스 씨를 찾곤 했을 것이다. 망원경에는 독일어인 듯한 낯선 글씨가 새겨져 있었다.

막 이사를 했을 무렵, 솔직히 말하면 나는 그 새집에 좀처럼 적응하지 못했다. 부모님은 이제야 결로 때문에 골머리 앓지 않아도 된다느니, 바닥이 따뜻해서 좋다느니 하며 새집을 환영했지만, 나는 아무래도 낯설게 느껴졌다. 어디를 보아도 무미건조하고, 코를 찌르는 접착제나 페인트 냄새가 도저히 좋아지지 않았다. 나는 전에 살던 오래된 일본 가옥이 마음 편했다.

그런데 지금 수건에서 나는 것은 틀림없이 그 낡은 목조 가옥 냄새다. 식물 같은, 봄바람 같은 향기로운 냄새. 그 속에는 스미레짱의 숨결도 담겨 있었다.

가자.

가방에 망원경과 지도와 안내 책자, 그리고 스미레짱의 뼈를 넣고, 호텔을 나섰다. 스미레짱의 유골은 오래된 과자 상자에 넣어 왔다. 예전에 스미레짱은 이 상자에 많은 리본을 담아 화장대 제일 아래 서랍에 넣어 두었다. 리본에게 이름을 지어 줄 때 몰래 내게 보여 주었던 그 상자다. 상자 속에 들어 있는, 설탕처럼 새하얀 스미레짱의 뼈는 해안의 모래를 연상하게 했다.

스미레짱과 한스 씨가 버드 워칭을 갔던 숲이 어디였는지 지금 와서 알 도리는 없다. 애초에 베를린 자체가 숲 속에 있다고 해도 과언이 아닐 정도로 숲이 짙은 도시다. 마을 중심부에도 넓은 숲이 펼쳐져 있어서, 그냥 걷기만 해도 숲 속에 있는 듯한 기분이 들었다. 어쩌면 그냥 공원에서 한스 씨와 같이 새를 보았을 뿐인지도 모른다. 그럴 가능성도 충분히 있었다.

그런데 나는 좀 더 먼 곳으로 가고 싶었다. 스미레짱의 추억과 아직 여행을 계속하고 싶었다. 그래서 가이드북을 의지하여 교외까지 가보기로 했다. 나는 베를린에 와서 처음으로 전철 표를 샀다.

초여름이었다. 특별히 의식해서 이 시기를 고른 것은 아니지만, 스미레짱과 한스 씨가 만나 사랑을 키웠던 계절에 나도 이렇게 서 있다.

지금까지 풍경에 안개가 끼어 있는 것 같았다. 언제부터인지는 생각나지 않는다. 처음에는 시력이 떨어진 건가, 눈병인가 생각했다. 그런데 안과에 가도 원인은 발견되지 않았다.

사람도, 건물도, 나무도, 풀도 음식도, 모든 것의 윤곽이 부옇게 보였다. 시각뿐만이 아니다. 소리도 잘 알아들을 수 없었고, 언제나 양쪽 귀에 마개가 닫혀 있는 것 같았다. 코에는 점토가 차 있는 것처럼 호흡이 괴롭고, 숨을 제대로 쉴 수 없어서 머리도 멍했다. 조금만 걸어도 이내 피곤해지고, 그때마다 내가 무척 늙은 기분이 들었다.

그런데 숲이 가까워질수록 조금씩 시야를 덮고 있던 안개가 개이고, 귀를 막고 있던 마개가 벗겨지고, 콧속의 점토가 녹아내렸다. 나는 오랜만에 순수한 기분으로 빛을 보았다. 눈이 부셔서 눈물이 나올 것 같았다. 내 주변에 줄곧 깔려 있던 묵직한 공기가 천천히 움직이기 시작했을까.

혼자서 숲 속으로 들어갔다. 미아가 될지도 모른다는 생각은 하지 않았다. 스미레짱이 어서 오렴, 하는 것처럼 나를 깊은 숲으로 인도했다.

강가의 좁다란 길을 걸으면서 스미레짱의 뼈를 한 줌씩 땅에 뿌렸다. 나와는 피도 연결되지 않은 스미레짱의 뼈. 생각해 보면 리본하고도 피는 연결되지 않았다. 그런데 우리는 그토록 멋진 우정을 키웠다.

지상에 갓 얼굴을 내민 양치식물이 깔깔 웃듯이 해를 올려다보며 버터나이프 같은 잎을 활짝 펼쳤다. 빛이 쏟아지니, 정말로 발밑의 이끼가 반짝이는 것 같았다.

문득 시선을 느끼고 돌아보니 모자로 보이는 사슴 한 쌍이 서 있었다. 맑은 눈동자로 나를 빤히 보며 움직이지 않았다.

마치 아까 스미레짱과 꿈속에서 걸었던 숲과 연결된 느낌이었다. 내가 철이 들 무렵부터 이미 스미레짱은 무릎이 좋지 않았다. 같이 집 주변을 산책할 때도 내가 보폭을 작게 하여 의식적으로 천천히 걸어야만 했다. 그래서 같이 버드 워칭을 나간 기억도 없다. 하지만 더 어렸을 때, 나는 그렇게 스미레짱 손을 잡고 어딘가 숲으로 소풍 간 적이 있었는지도 모른다.

내가 잊어버려도 스미레짱이 기억하고 있고, 스미레짱이 잊어도 내가 기억하고 있다. 기억이란 절대 나만의 소유물이 아니다.

모습은 보이지 않지만, 내 옆에는 줄곧 스미레짱의 기운이 있었다. 손을 뻗으면 스미레짱의 손을 잡을 수 있을 것 같았다. 그리고 우리는 숲 속으로 걸어갔다. 이렇게 스미레짱을 가까이 느낀 것은 그 시절 이후 처음이었다. 스미레짱과 내가 함께 리본을 키웠던 그 아름답고 행복한 시절. 그러나 그 꿈 같은 시간은 아직 끝나지 않았다.

얼마나 걸었을까. 갑자기 시야가 확 열렸다. 눈앞에 호수가 펼쳐졌다. 맑은 수면이 거울이 되어 세상을 비추고 있었다. 스미레짱의 눈동자 같았다.

호수에 뿌리려고 손바닥에 쥐었던 마지막 한 줌을 다시 상자에 돌려놓았다. 누군가가 보이지 않는 손가락으로 내 손을 제지하는 것 같은 기분이 들었다.

바닥에 구부리고 앉아 호수를 들여다보니, 물고기들이 여유롭게 헤엄치고 있었다. 날아다니는 유성 무리 같았다. 나는 마치 밤하늘을 올려다보는 기분이 들었다. 이 호수가 스미레짱이 있는 세계로 통할지도 모른다. 그렇다면 호수에 들어가서 그 세계로 가 보고 싶은 기분이 들었다. 그러나 가지 않았다. 나는 일어서서 호수를 등지고 다시 온 길을 걷기 시작했다.

돌아오는 길에 구름의 움직임이 수상해졌다. 안개가 자욱해지더니 우유를 섞은 것처럼 풍경이 부예졌다. 젖는 듯한 기운이 기쁜지 발밑의 이끼가 점점 더 반짝거리는 것 같았다. 손바닥으로 살짝 만져보니 고급 벨벳 같았다. 부드럽고 따듯한 리본의 깃털 같기도 했다.

머잖아 비가 내렸다. 바람에 날린 잎들이 불안하게 술렁거렸다.

그래도 나는 서두르지 않았다. 오히려 더 천천히 걸었다. 아무리 빗줄기가 굵어져도 나뭇가지가 훌륭한 우산이 되어 내가 있는 곳까지는 거의 떨어지지 않았다. 숲의 나무들이 나를 지켜 주었다.

이제 와서 생각하니 스미레짱이 나를 지켜 준 것이다. 베일처럼 투명한 우산이 되어, 나를 부드럽게 지켜 주었다. 멀리 떠난 뒤로는 더 큰 우산이 되어 나를 지켜봐 주고 있다. 하늘을 올려다보니 그제야 희미하게 비의 기운을 느낄 수 있었다.

은혜로운 비를 환영하듯이 바로 근처의 나뭇가지에서 몹시 새된 소리가 울려 퍼졌다.

기껏 망원경을 들고 왔는데 아직 한 번도 사용하지 않았다는 사실을 떠올리고, 부랴부랴 가방에서 꺼냈다. 꿈속에서는 안경을 끼듯이 가볍게 들고 있었던 망원경이었는데, 실제로는 꽤 묵직했다.

아까는 그렇게 또렷이 새의 모습을 찾을 수 있었는데, 막상

해 보니 망원경 사용 방법이 어려웠다.

비행기가 붕 떠서 베를린 땅을 이륙한 순간, 눈물이 멈추질 않았다. 점점 멀어지는 베를린 시내를 내려다보면서 입가를 손으로 꼭 막고 소리가 새어 나가지 않도록 애썼다. 다리를 두 팔로 껴안듯이 하고, 등을 구부린 채 시트에 몸을 웅크렸다.

이게 대체 뭐지. 내가 당시의 스미레짱이 되어 버린 것 같았다. 나는 그때, 반세기 전의 스미레짱 심경으로 하늘에서 베를린 시내를 내려다보고 있었다.

지금까지 손이 닿을 듯 닿지 않았던 스미레짱의 인생. 알고 있다고 생각했지만, 전혀 알고 있지 못했다. 베를린이 점점 멀어져 갔다.

스미레짱은 한스 씨를 남기고 떠나야만 했다. 온몸이 찢어지는 듯 아팠을 것이다. 혼이 절규했을 것이다. 결과적으로 두 번 다시 이 땅으로 돌아오지 못했다. 한스 씨는 그 뒤로 한 번도 만나지 못했다.

승무원이 음료 주문을 받으러 왔을 때도 나는 눈물이 멈추지 않았다. 수도꼭지가 고장 난 것처럼 눈물이 멎질 않았다. 할 수 없이 나는 울면서 대답했다.

정말로 날개가 있었더라면 좋았을 텐데.

한스 씨뿐만이 아니다. 베를린에 있던 사람들 모두 날개만 있었더라면 자유롭게 원하는 곳으로 날아갈 수 있었다. 목숨을 잃지 않았을 사람들도 많았다.

그러나 실제로는 날지 못했다. 벽을 올려다보며 그저 애를 태울 수밖에 없었다. 그 안타까움이 가슴에 와 닿았다. 나 같으면 절대로 견딜 수 없었을 것이다.

승무원이 따뜻한 커피를 가져다주었을 무렵, 간신히 감정의 파도가 가라앉았다. 한 자리 건너 통로 측에 앉은 남성이 내게 한두 마디 뭐라고 말을 건네주었다. 영어였는지, 독어였는지 모르겠다. 제대로 알아듣지 못했지만, 상대가 미소 짓고 있어서 나도 눈물을 닦으며 같이 웃어 주었다. 가방에서 손수건을 꺼내 눈물을 닦았다.

뮌헨에서 일본행 국제선으로 갈아탄 뒤로는 전혀라고 해도 좋을 정도로 기억이 없다. 물도 마시지 않고, 기내식도 먹지 않은 채 나는 시체처럼 계속 잤다. 뭔가 인생을 리셋이라도 하는 듯한, 깊고 깊은 잠이었다. 그리고 정신을 차렸을 때는 비행기가 일본 공항에 착륙하고 있었다.

어떻게 표현해야 할지 모르겠다. '즐거운' 것과도 '슬픈' 것과도 달랐다. 뭔가 이거다 하고 자신 있게 표현할 수 있는 단어가 생각나지 않는다. 여러 가지 기분이 포개졌고, 그 포개진 모든 기분의 극히 한 부분에 지금의 내 심경이 숨어 있다.

나는 베를린에 머무는 동안, 몇 번이나 신기한 체험을 했다. 왠지 모르게 자신의 의사대로 움직이는 것 같지 않은 느낌. 모두 뭔가 큰 힘에 이끌린 듯한 느낌이 들었다. 나는 그 보이지 않는 큰 힘에 이끌린 채, 베를린 도시와 숲을 걸었다.

그러나 여행은 아직 끝이 아니었다. 내게는 한 곳 더 찾아가야 할 곳이 남아 있었다. 역의 코인로커에 여행 가방을 보관한 뒤, 전철을 갈아타고 그곳으로 향했다.

기억은 어렴풋하게만 난다. 그도 그럴 것이 벌써 이십 년이나 지났다. 그 무렵 나는 아직 초등학생으로, 집에서 사방 500미터 정도가 세상의 전부였다. 그곳을 떠난 뒤, 나는 아직 한 번도 가 본 적이 없다. 일로 근처를 지나갈 때도 왠지 모르게 피했다. 현실을 보는 것이 두려웠던 것이다. 그러나 지금이라면 갈 수 있다. 가야만 한다.

가장 가까운 역의 개찰구를 나와서 상점가를 지나, 두부 가게 모퉁이를 도는 순간, 어디선가 반가운 기운이 흘러나왔다. 자주 놀러갔던 공원을 지날 때, 갑자기 기억에 색깔이 입혀졌다. 그네를 탄 뒤 손바닥에 밴 쇠 냄새까지 선명하게 되살아났다. 공원을 졸업한 것은 리본이 집에 온 뒤부터였다.

공원 입구에서 걸음을 멈추고 그 자리에 쭈그리고 앉았다.

발밑에 익숙한 잡초가 나 있다.

별꽃.

그렇다, 초등학생이었던 나는 이곳에서 리본을 위해 별꽃을 뜯었다.

별꽃은 그 시절보다 훨씬 싱싱했다. 무아지경으로 별꽃을 먹던 리본의 옆얼굴이 생각나, 정말로 그리워졌다. 그러나 가장 예쁜 부케를 만든 그날, 리본은 그걸 받지 않고 하늘로 사라졌다. 나는 그 시절처럼 한 송이 한 송이 정성껏 별꽃을 땄다.

별꽃을 들고 다시 일어나, 주택가를 걸었다. 오래된 목조 아파트 모퉁이를 돈 순간, 또렷이 떠올랐다.

그곳에 스미레짱이 쓰러져 있었다.

그러나 당시 살던 그 집은 이제 없다. 세 채가 나란했던 양쪽 집들도 없어졌다. 부모님의 대화로 그렇게 됐다는 것은 알고 있었다. 다만 내 눈으로 확인하기 전까지는 믿을 수 없었다.

내가 살던 집이 있던 구역은 맨션 주차장으로 바뀌었고, 그 안쪽으로 훌륭한 고층 맨션이 우뚝 솟아 있었다. 나는 그대로 맨션 부지에 들어가 보았다. 이제 우리집 대문의 위치조차 모호했다.

그러나 다음 순간, 나도 모르게 소리 내어 말하고 있었다.

"할아버지……."

글쎄, 할아버지 나무가 같은 자리에 변함없이 서 있는 것이었다. 옆집 주인이 베지 않고 남겨 둔 걸까.

할아버지 나무 밑동에는 태어나지 못한 리본의 친구들이 잠들어 있다. 내가 구멍을 파고 묻어 주었다. 그날 밤, 스미레짱이 영혼의 비밀을 가르쳐 주었다. 영혼이란 딸기 찹쌀떡의 딸기 같은 것이라고. 딸기 찹쌀떡에서 딸기가 없어지면 그냥 찹쌀떡이 돼 버린다고.

나는 문득 궁금해져서 나무 위를 보았다. 어쩌면 아직 남아 있을지도 모른다.

옆집에 부탁해서 스미레짱이 달았던 새장. 리본의 인생이 시작된 곳. 아마 저쯤에 있지 않았을까. 밑에서 두 번째에 뻗은 굵은 가지가 양 갈래로 갈라진 지점. 그 가지 끝에 우리집의 빨래 건조대가 연결되어 있었다.

눈을 감고 예전에 살던 집의 실루엣을 떠올려 보았다. 파란 함석 지붕이며 낡은 빨래 건조대며 색 바랜 빨래 집게가 떠올랐다.

나뭇잎에 가려졌는지, 아니면 새장 자체가 없어졌는지 내가 서 있는 위치에서는 새장을 찾을 수가 없었다. 그렇지만 내 마음에는 새장이 있던 정경이 생생하게 떠올랐다.

나는 할아버지 밑동에 쭈그리고 앉아, 옆에 있던 돌로 구멍을 파기 시작했다. 한 줌 남은 스미레짱의 마지막 뼈를 꼭 이곳에 묻어 주고 싶었다. 이곳 역시 스미레짱의 뼈를 묻어야 할 곳이라고 생각했다.

그렇게 깊지 않게 구멍을 파고, 마지막으로 새하얀 뼈를 조심스럽게 바닥에 뿌린 후, 흙을 덮으려고 할 때였다. 어디선가 소리가 났다.

나는 처음에 스미레짱의 뼈가 노래를 부르는 줄 알았다. 그럴 리는 없다고 생각하면서도 구멍 바닥에 뿌린 하얀 가루를 자세히 보며 귀를 기울였다. 기뻐서 노래 부르는 건가? 스미레짱의 뼈가? 그러나 설마. 그런 일은 있을 수 없다.

가만히 귀를 기울이고 있으니, 소리가 점점 또렷하게 들렸다. 헛들은 게 아니었다. 이 소리는 분명히 내 바깥 세계에서 들려오고 있다. 뭐지? 뭐지? 나는 분명히 알고 있었다. 그러나 그 정체를 알 수 없다. 뭐지? 뭐지?

드문드문 들리던 리듬은 이윽고 하나의 선율이 되어 가슴에 흘러들어 왔다. 그 한 가닥의 가는 실 같은 선율 끝을 놓치지 않으려고 귀를 쫑긋 세웠다. 선율의 일부가 스륵 내 손바닥에 닿았다.

앗, 하고 반사적으로 손가락을 잡은 순간, 몸이 붕 떠올랐다. 그대로 몸째 허공에 떠오를 것 같았다.

그것은 나무 위쪽에서 들리는 소리였다. 나는 일어서서 하늘을 올려다보았다. 할아버지 나무에는 드문드문 오렌지색 꽃이 피어 있었다.

아무래도 나무 위에서 들려오는 소리 같았다. 아니, 아니다, 그럴 리 없다. 그런 일이 있을 리 없다. 나는 또 꿈을 꾸고 있는 게 분명하다.

그런데 점점 눈물이 솟구쳤다. 정말로 들려왔다. 스미레짱밖에 모르는 그 노래가 나무 위에서 들려왔다.

나무 위에서 내려오는 그 소리에 스미레짱의 목소리가 포개졌다. 틀림없는 그 노래다. 스미레짱이 언제나 불렀던 새 이름이 나오는 노래.

노랫소리와 함께 금방 만든 만두처럼 윤기 나는 뺨과 아름답게 빛나는 호수 같은 눈동자, 솜사탕 같은 하얀 머리칼, 미끄럼틀 커브, 그것들이 마치 비처럼, 빛처럼, 하늘에서 천천히 내 손바닥으로 내려왔다.

노랫소리가 끊길 즈음, 조심스럽게 불렀다.

"리본?"

그러나 설마. 대답은 없었다.

"리본? 정말 리본이니?"

더 큰 소리로 불러 보았다. 그 순간,

"어서 와!"

큰 소리가 울렸다. 내 눈에 그렁거리던 눈물이 와르르 쏟아졌다. 내게는 이제 그런 말을 건네줄 상대가 없다고 생각했다. 나의 귀가를 기뻐하며 맞아 줄 곳도 이제 내게는 영원히 없다고 생각했다.

혹시 리본은 줄곧 여기서 나와 스미레짱이 데리러 오기를 기다렸던 것일까. 필사적으로 할아버지 나무를 찾아서 돌아온 것일까.

리본을 보고 싶다.

나는 나무 반대쪽으로 돌아가서 애타는 마음으로 나뭇가지를 살폈다. 그러나 좀처럼 보이지 않았다.

"어디 있니? 이리 오렴!"

사람들 눈도 신경 쓰지 않고 큰 소리로 불렀다. 그러자 그 무렵에는 제대로 말하지 못했던 내 이름을, 또렷하게 부르는 리본의 목소리가 들려왔다.

체온계, 톡톡이, 전람회가 아닌 전란. 알에다 표시한 ○와 ☆과 〒.

순식간에 나는 그 추억들에 묻힐 것 같았다.

"리본."

소리 내어 불러 보면서 한 손을 내밀었다.

"이리 오렴!"

한 번 더 큰 소리로 불렀을 때였다. 할아버지 나무의 가지 사이로 노란 새가 날개를 펼치고 날았다. 잠깐이었지만, 확실히 보았다. 역시 그곳에 있는 것은 리본이 틀림없었다.

리본은 살아 있었다.

정말로 살아 있어 주었다.

내가 올려다본 하늘 어딘가에 리본은 잘 숨어 있었다. 내 눈에는 보이지 않았지만.

바람이 휘익 분다고 생각했는데, 리본이 내 어깨에 앉았다. 우뚝 솟은 관모도, 오렌지색 동그란 연지도, 매끄럽고 광택 나는 노란 털도, 동그란 눈동자도 그 시절과 변함이 없었다. 내 손바닥에서 태어나 첫울음 소리를 울렸던 리본이 지금 이렇게 내 어깨에 앉아 있다.

초등학교 입학식 날 아침, 같은 위치에 꽃무늬 장식 핀을 꽂았던 게 생각났다. 그때, 나는 자랑스러웠다. 나카사토 히바리, 하고 이름을 불려 힘차게 대답하며 의자에서 튕겨나듯 일어섰다. 입학식에는 부모님과 함께 스미레짱도 와 주었다. 그 시절의 나는 자신에게 긍지를 가지고 살고 있었다.

리본이 내 어깨에 앉은 채, 무언가 종알거렸다. 알아듣지 못해 되묻자, 리본은 또렷한 목소리로 말했다.

"같이 놀자."

마치 내 마음속의 말을 들은 것 같았다.

동그란 눈으로 내 눈을 똑바로 바라보았다. 믿을 수 없었다. 이런 일이 일어날 리가 없다고 생각해도, 어깨에는 정말로 리본이 있다. 거품처럼 가벼운, 그렇지만 확실히 생명의 무게와 온기가 전해졌다. 리본은 가녀린 발로 내 어깨를 단단히 잡고 있었다.

리본이 놀라지 않도록 살며시 검지를 내밀었다. 얼굴을 비스듬하게 45도로 기울이고, 리본이 뭔가를 생각했다. 그리고 몸을 구부리고 내 손가락에 부리를 댔다. 리본의 동그랗고 부드러운 혀의 감촉이 정말로 반가웠다.

리본은 내 손가락 끝이 생각났다는 듯이 몇 번이고 가볍게 물었다. 내 손가락 끝과 리본의 부리가 비밀의 언어로 대화를 나누는 것 같았다.

리본이 날개를 펼칠 때마다 매끄러운 날개가 내 뺨을 스윽 어루만졌다. 그때마다 리본은 아름답게 나비 모양으로 묶은 리본 모양이 되었다. 간지러워서, 기뻐서 점점 눈물이 쏟아질 것 같았다.

우리는 한동안 손가락 끝과 부리로 장난을 쳤다. 설령 실제 대화는 나누지 못했어도, 리본의 마음과 온기를 고스란히 느낄 수 있었다.

잠시 후, 리본이 내 엄지에 한쪽 발을 뻗었다. 그리고 영차하고 기합이라도 거는 듯한 큰 동작으로 다른 한쪽 발도 이동했다. 보기에는 변함없어 보이지만, 역시 리본도 나이를 먹으며 살아왔다. 그 시절처럼 동작이 잽싸진 않았다.

우리는 손가락과 손가락으로 악수하며 재회를 기뻐했다. 리본의 두 다리가 내 검지를 꼭 감았다. 리본의 가늘디가는 발가락 끝으로 따스한 것이 전해졌다. 리본과 이렇게 있는 것만으로 행복했다. 나는 조심조심 팔을 움직여서 더 가까이 리본과 재회했다.

리본의 호흡이 산들바람처럼 전해졌다. 우리는 한동안 말없이 마주보았다. 리본의 동그란 눈동자 속에 내 얼굴이 비쳤다.

그러자 리본이 불쑥 말했다.

"무섭지 않아."

리본이 분명히 그렇게 말했다. 마치 리본 속에 누군가가 숨어서 하는 말 같았다.

"무섭지 않아? 무섭지 않다니 무슨 말이야?"

하지만 리본은 내가 아무리 물어도 흥미 없다는 듯이 모른 척했다. 그리고 천천히 몸의 방향을 비틀어 쓰다듬으란 듯이 머리를 숙였다. 비어 있는 쪽의 손가락으로 목 뒤를 긁어 주자,

리본이 눈을 게슴츠레하게 뜨고 기분 좋은 얼굴을 했다. 대체 지난 이십 년 동안, 리본은 어디에 있었던 걸까. 어떤 인생을 살아온 걸까. 이렇게도 작고 가벼운 몸으로.

리본이 눈을 가늘게 뜨고 몸을 들썩거렸다.

"리본, 기분 좋아?"

내가 묻자,

"히바리."

리본이 말했다. 우물거리는 어조였지만, 분명히 내 귀에는 그렇게 들렸다. 아니, 리본이 말한 것이 아니다. 스미레짱의 말을 리본이 기억했다가 전한 것이다. 지금 한 말은 스미레짱과 리본, 둘 다에게서 들려오는 목소리였다.

그 시절, 나와 리본과 스미레짱이 만든 삼각형은 아주 작았다. 셋이서 언제나 몸을 맞대듯이 하고 있었다. 그런데 지금 그 삼각형은 끝없이 크게 펼쳐졌다. 한 사람은 하늘보다 더 먼 세상에 있다.

"무섭지 않아."

리본에게, 그리고 천국의 스미레짱에게 대답했다. 그렇다, 나는 무섭지 않다. 사는 것이 무섭지 않다. 이십 년 이상이나 보고 싶어 했던 리본을 이렇게 다시 만났는걸. 멀리 돌아온 듯한 기분이 들었지만, 내게는 필요한 시간이었다. 우리는 줄곧 악수를 한 채 서로 마주보았다. 눈앞의 리본이 나를 물끄러미 보고 있다.

"고마워."

부드럽게 한 손을 들어 올린 순간, 리본이 날개를 활짝 펴고 파닥거렸다. 그대로 노란 리본이 파란 하늘 너머로 빨려 들어 갔다. 우리는 이제 각자 다른 길을 걷는다.

내 옆에 있거나 없거나 리본이 이 세상 어딘가에 살아 있다 는 사실은 변함이 없다. 스미레짱이 있었다는 사실도 영원히 변하지 않는다.

정신을 차리고 보니 오른손에 아직 별꽃 다발을 쥐고 있었 다. 리본에게 선물하려고 했는데, 나는 두 번이나 건넬 기회를 놓치고 말았다. 그러나 괜찮다. 리본은 이 별꽃이 아니어도 잘 살아갈 수 있다. 리본에게는 리본이 살아갈 길이 있다.

"다녀오렴. 건강해야 해!"

있는 힘껏 소리쳤다. 눈도 깜박이지 않고 리본의 모습을 지 켜보았다. 지금 이 순간을 아마 기적이라고 부를 수 있을 것이 다. 내게도 기적이 일어났다.

그래, 나는 이제 앞을 보며 살 수 있다. 무섭지 않다.

우리의 영혼은 보이지 않는 리본으로 영원히 연결되어 있을 테니까.

바나나 빛 행복

1판 1쇄 인쇄 2015년 12월 16일
1판 1쇄 발행 2015년 12월 23일

지은이 오가와 이토
옮긴이 권남희

발행인 양원석
편집장 김건희
책임편집 지소연
디자인 RHK 디자인연구소 남미현, 김미선
해외저작권 황지현
제작 문태일
영업마케팅 이영인, 전연교, 김민수, 장현기, 정미진, 이선미, 김수연, 김은유

펴낸 곳 ㈜알에이치코리아
주소 서울시 금천구 가산디지털2로 53, 20층 (가산동, 한라시그마밸리)
편집문의 02-6443-8879   **구입문의** 02-6443-8838
홈페이지 http://rhk.co.kr
등록 2004년 1월 15일 제2-3726호

ISBN 978-89-255-5779-3 (03830)